Comme si c'était lui

SUSAN WIGGS

Comme si c'était lui

*éditions*Harlequin

Titre original : HUSBAND FOR HIRE

Traduction française de JULIETTE BOUCHERY

HARLEQUIN®
est une marque déposée par le Groupe Harlequin
PRÉLUD'®
est une marque déposée par Harlequin S.A.

Photos de couverture
Femme: © ROYALTY FREE/TETRA IMAGES/GETTY IMAGES
Homme : © MARKUS MOELLENBERG/CORBIS
Paysage : ©LOOK/GETTY IMAGES

© 1999, Harlequin Books S.A. © 2011, Harlequin S.A.

83-85, boulevard Vincent-Auriol 75646 PARIS CEDEX 13.

Service Lectrices — Tél. : 01 45 82 47 47
www.harlequin.fr
ISBN 978-2-2802-1928-0 — ISSN 1950-277X

Chapitre 1

— Twyla, il te faut un homme, déclara Theda Duckworth.

— Un quoi ? demanda distraitement l'intéressée.

— Un homme, répéta son amie d'un ton sévère. Tu situes ? Un humain au masculin, avec de larges épaules et presque pas de cou.

En quelques gestes habiles, Twyla McCabe dégrada l'une des mèches blanc bleuté de son interlocutrice.

— J'ai déjà donné, répliqua-t-elle. C'est sans intérêt. Maintenant, j'ai un chien.

D'un geste, Mme Duckworth prit à témoin les autres clientes du salon de coiffure, avant de se retourner vers Twyla pour expliquer avec une patience exagérée :

— Nous en avons discuté et nous sommes toutes d'accord. Il est temps pour toi de te trouver un homme.

— Pourquoi devrais-je aller chercher les ennuis ! protesta Twyla avec énergie.

Puis, dans une tentative pour changer le sujet, elle ajouta :

— Regardez vos racines, nous allons devoir refaire votre couleur.

Dans le miroir, elle croisa le regard implacable de cette institutrice à la retraite.

— Pourquoi ? répéta posément celle-ci. Eh bien, pour t'accompagner à la réunion des anciens élèves de ton lycée.

Outrée, Twyla posa ses outils et se tourna vivement vers sa manucuriste.

— Diep ! Je t'avais demandé de ne rien dire. J'ai déjà décidé que je n'irais pas.

La minuscule Diep Tran ne leva pas les yeux des ongles de Mme Spinelli, une autre fidèle cliente.

— Moi, j'ai pas dit un mot, dit-elle de sa voix douce.

— Mais tu as montré l'invitation à tout le monde, je me trompe ?

— Je montre à tout le monde l'image de toi avec une couronne, expliqua Diep sans la moindre gêne.

Et elle se remit à peindre, avec des pinceaux minuscules, une illustration sur chaque ongle de sa cliente. Diep Tran était une véritable artiste, ses miniatures lui valaient une célébrité bien méritée et sa présence dans le salon ne cessait d'attirer de nouvelles clientes. Twyla l'appréciait beaucoup, et regrettait seulement son manque de discrétion !

Cette fichue réunion ! Twyla ne comprenait toujours pas comment le comité chargé de réunir, dix ans après, les élèves de sa classe de terminale était parvenu à la retrouver. Après le drame, elle n'avait dit à personne où elle comptait s'installer et, pourtant, l'invitation venait de traverser le Wyoming pour tomber dans sa boîte aux lettres.

— Diep dit vrai ! Nous ne t'avions encore jamais vue avec une couronne, ma grande, lança Mme Duckworth en riant.

D'un geste de prestidigitatrice, elle sortit le carton d'invitation de sous la blouse rose qui protégeait ses vêtements. Atterrée, Twyla se retrouva confrontée à un montage de photos des élèves de sa classe.

Se pouvait-il qu'ils aient jamais été aussi jeunes ? se demanda-t-elle. Aussi confiants ? Ces sourires, ces corps solides, ces visages rayonnant de certitude ! Aucun d'entre eux ne s'était encore heurté aux réalités de l'existence.

Au centre du montage, on reconnaissait Twyla, couronnée d'un diadème étincelant, au bras d'un garçon au visage franc et ouvert qui la contemplait avec adoration, sans que rien dans son attitude ne laisse soupçonner ce qui se passerait quelques années plus tard. Fascinée malgré elle, Twyla se souvint immédiatement de cette soirée ; elle eut presque honte de réaliser combien les détails en restaient vivants dans son esprit. A l'époque, elle croyait savoir exactement ce que la vie lui réservait. Elle allait faire de grandes choses, bien loin du petit bourg du Wyoming où s'était déroulée son enfance. Aux yeux de tous ses camarades, elle était celle qui *réussirait*. Et maintenant ?

Dans le coin du salon de coiffure aménagé quelques mois plus tôt en onglerie, Diep et sa cliente, Sugar Spinelli, discutaient, tout bas mais avec énergie. Les yeux de Sugar brillaient, ses boucles d'oreilles lançaient des éclairs. La troisième cliente, Sadie Kittredge, sortit avec précaution sa tête du casque du séchoir et se pencha pour prendre l'invitation des mains de Mme Duckworth.

— Je n'en reviens pas, dit-elle en comparant la photo à son modèle, dix ans après. Tu étais déguisée en Cendrillon ?

Ecartant avec impatience des souvenirs qui ne lui apportaient aucun réconfort, Twyla lui reprit vivement son invitation.

— C'est cela, lança-t-elle. Et vous savez comment cela s'est terminé pour elle.

— Eh bien, elle a vécu heureuse à tout jamais !

— Je n'en suis pas si sûre ! clama Twyla en se concentrant de nouveau sur la coupe de Mme Duckworth. L'histoire s'arrête le jour du mariage, on ne nous raconte jamais la suite et, personnellement, je me demande pourquoi.

— Oh, la suite, protesta Sadie en riant. Les gosses, les crédits, la belle-mère… Cela n'intéresse personne !

— Effectivement ! Et savez-vous, mesdames, où se trouve Hell Creek, dans le Wyoming ?

— Bien sûr, répliqua Mme Duckworth, indignée. J'ai tout de même été enseignante pendant trente-cinq ans !

— Moi, je ne suis qu'une humble conseillère d'orientation, avoua Sadie. Il faudra me le dire.

— C'est à mille miles de toute terre habitée.

Twyla recula d'un pas en braquant un regard aigu sur son œuvre. La coupe de Mme Duckworth était terminée et, malgré les distractions et les contrariétés, elle se sentait satisfaite de son travail. Tout en présentant un miroir pour permettre à son amie de se contempler sous tous les angles, elle reprit :

— C'est quasiment à Jackson. Bien trop loin pour que je puisse passer dire bonsoir, échanger quelques nouvelles, boire un verre et rentrer chez moi. Je n'ai aucune envie de me donner cette peine, et je ne perdrai pas mon temps à me rendre aux retrouvailles de ma classe de terminale.

— Mais ce ne serait pas une perte de temps ! protesta Sadie en brandissant la revue féminine qu'elle feuilletait en attendant son tour. Ils disent ici que c'est très bon pour l'équilibre émotionnel de garder le contact avec ses vieux amis.

— Ils disent aussi que pour toucher le cœur d'un homme, il faut passer par son estomac, répliqua Twyla. A mon avis, c'est viser trop haut.

— Oh, tu n'aimes pas les hommes, murmura tristement Diep. Ils ne sont pas tous comme ton premier mari.

En règle générale, Twyla s'arrangeait pour penser à Jake le moins souvent possible. Chaque fois que son image s'imposait à elle, elle le revoyait exhibant fièrement son diplôme de droit. Dire qu'elle l'avait épousé à dix-huit ans, dans un élan de pur espoir et de foi en l'avenir ! Un jeune homme si beau, si énergique et ambitieux, déjà en troisième année à l'université ; comment aurait-elle pu deviner que, à cause de lui, tous ses projets s'effondreraient de la façon la plus brutale qui soit, et qu'elle devrait fuir la petite ville de son enfance dans la honte et le chagrin ?

— Tu veux dire mon unique mari, dit-elle avec un brin d'ironie. Il n'y en aura pas de second.

— Tu n'as juste pas trouvé le bon, clama Sugar Spinelli.

Son propre mari se mettait en quatre pour satisfaire ses moindres désirs. Minuscule, souriante sous ses cheveux blancs, elle avait la sérénité d'une femme sûre de l'amour d'un homme formidable, et parlait d'un petit air entendu difficile à réfuter. Plutôt que la contredire, Twyla préféra installer Sadie dans le fauteuil de coupe et lâcher distraitement :

— Non, et je ne le cherche pas. D'ailleurs, dans mon métier, je ne risque pas de le croiser !

Elle jeta un regard satisfait à son salon de coiffure. En suivant un cours par correspondance de *management*, elle avait appris que tout commerce devait se doter d'une identité, un symbole reconnaissable. Son choix s'était porté sur les escarpins de rubis du *Magicien d'Oz,* et ce motif se retrouvait aujourd'hui sur l'enseigne, les blouses des clientes, les cadres au mur et même l'horloge. Twyla elle-même travaillait en ballerines rouge vif, imitée par Diep depuis son arrivée. Les souliers de rubis étaient là pour lui rappeler que toute la magie qu'elle pourrait désirer résidait en elle : qu'elle devait bâtir sa vie comme elle l'entendait, sans rien attendre d'un hypothétique destin bienveillant. Elle préférait le travail acharné aux concepts New Age, et estimait que l'univers avait mieux à faire que de se préoccuper de son cas.

Ses capacités magiques laissaient sans doute à désirer car elle voyait surtout les factures se multiplier, aussi bien dans le salon qu'à la maison. Quant aux bénéfices, ils restaient stationnaires et elle ne voyait guère d'amélioration à l'horizon.

Levant les yeux, elle se heurta à quatre regards attentifs. Son employée comme ses trois clientes la contemplaient en attendant manifestement qu'elle revienne sur sa décision. Excédée, elle s'écria :

— De toute façon, ce n'est pas comme si je pouvais aller au magasin me choisir un homme !

— Eh bien, justement…

D'un mouvement gracieux, Mme Duckworth sortit un autre papier de sous sa blouse.

— Comment? Qu'est-ce que c'est?

La vieille dame échangea avec sa grande amie, Mme Spinelli, un regard de connivence que Twyla trouva parfaitement insupportable.

— Oh, c'est une idée extraordinaire, dit-elle. Sugar et moi, nous ne parlons que de cela depuis une semaine.

Elle serrait maintenant contre son ample poitrine une sorte de catalogue aux couleurs vives. Négligemment, elle lança :

— Je suppose que vous connaissez toutes le ranch de Lost Springs?

Twyla approuva de la tête avec impatience. Bien sûr, tout le monde ici connaissait le centre qui se dressait à la sortie du bourg, sur la route de Shoshone. Depuis près de quarante ans, Lost Springs accueillait les garçons sans abri, orphelins, délinquants ou tout simplement jugés incorrigibles par leurs familles ou par la société. Parfois, le ranch était l'étape ultime avant la maison d'éducation surveillée ou la prison mais parfois aussi, grâce à l'intelligence et la fermeté des éducateurs, Lost Springs parvenait à changer la vie d'un garçon en difficulté. Twyla soupçonnait que le taux de réussite de l'établissement était dû en grande partie aux enseignants de la trempe de Mme Duckworth.

— Eh bien, je suis au regret de vous dire que le centre a des difficultés financières, reprit celle-ci. Et ils ont trouvé une idée magnifique pour faire rentrer des fonds.

— Vous allez adorer, intervint Mme Spinelli, qui inspectait ses ongles avec satisfaction. Dis-leur, Ducky.

Le soleil de cette fin d'après-midi faisait rutiler ses bijoux. Sugar ne sortait jamais de chez elle sans se parer d'une véritable fortune en bagues et bracelets. Les Spinelli possédaient des hectares de puits de pétrole et, depuis bien des années maintenant, Sugar se dévouait à des œuvres de toutes sortes. D'un geste auguste, Mme Duckworth tendit le catalogue à Twyla en s'écriant :

— Une vente aux enchères de célibataires !

Twyla leva les yeux au ciel. Sans faire un geste pour prendre le catalogue, elle entreprit de défaire les bigoudis de Sadie en protestant :

— J'ai entendu parler de ces ventes ! Des femmes solitaires qui dépensent des fortunes pour s'assurer la compagnie d'hommes qui se prennent pour un cadeau du ciel. C'est ridicule, c'est… honteux.

— Contente-toi de regarder les images, mademoiselle J'en-ai-fini-avec-les-hommes. Tu verras, c'est encore plus facile que de choisir une variété de radis dans un catalogue de semences.

— Oh, montrez-moi, je veux voir, s'écria Sadie en s'emparant de la brochure.

Ses sourcils fraîchement épilés se haussèrent, sa bouche s'arrondit dans un O de stupéfaction.

— Pour l'amour du ciel, soupira-t-elle d'une voix mourante.

— On regarde ensemble, décida Diep.

A son tour, elle s'empara du catalogue et l'ouvrit sur le comptoir. Elle était si petite que Twyla, qui se tenait derrière elle, put facilement découvrir ce qui impressionnait tant ses amies. Presque malgré elle, elle se pencha… et recula aussitôt en éclatant de rire.

— C'est une publicité pour Frederick's of Hollywood? D'où sortent ces types?

— De tes rêves, répliqua Mme Duckworth. Ce sont tous d'anciens pensionnaires du ranch. Ce sont eux qui se mettent aux enchères.

— Des hommes objets, des bimbos au masculin, lâcha Twyla avec dédain. Ils sont tous pareils.

— Mais non, regarde mieux, souffla Sadie avec gourmandise. Ils ont tous un visage différent. Il fallait bien trouver un moyen de les différencier.

— Je vous en prie! protesta Mme Duckworth, outrée. Vous faites preuve d'un sexisme rétrograde. Je ne vous comprends plus, vous, les jeunes.

— Ils vendent quoi? demanda Diep.

Son visage fin était très grave; ses yeux sombres en amande fixaient le portrait d'un garçon assez inquiétant, à califourchon sur une Harley.

— Ils se vendent eux-mêmes, ma chère. Tu n'as jamais entendu parler d'une vente aux enchères pour une bonne cause?

— Vente de bestiaux, oui, repartit Diep. Vente aux enchères, oui. Mon père a acheté un jour une chèvre de Nubie aux enchères. Mais célibataires? Ces hommes?

— C'est cela, murmura Twyla. On marchande exactement comme pour une chèvre de Nubie.

Le joli visage de poupée de Diep s'épanouit, émerveillé.

— Et ensuite, on en fait quoi?

— Tout ce que tu veux, ma grande…, marmotta Sadie.

Elle feuilleta le catalogue en s'attardant sur des photos de beaux gosses en uniforme de policier ou de ranger des parcs nationaux ; en costume d'homme d'affaires ; en tenue de golf ou de cow-boy. Posant la main sur sa poitrine comme pour reprendre son souffle, elle acheva :

— … du moment que c'est légal.

— Voilà, conclut majestueusement Mme Duckworth. La fille qui fait l'offre la plus intéressante obtient une sortie avec le garçon de son choix. L'intégralité de l'argent est versée au ranch et certains de ces garçons, ceux qui ont bien réussi dans la vie, ont promis de doubler la somme que l'on aura versée pour eux.

Se tournant vers Twyla, elle ordonna :

— Maintenant, jette un coup d'œil, et dis-nous lequel ce sera.

— Pardon? se récria Twyla, incrédule.

— Lequel de ces garçons, articula Sadie avec une patience exagérée. Tu dois en choisir un pour qu'il t'accompagne à ta réunion d'anciens élèves.

— C'est cela. Et ensuite, nous partirons là-bas en tapis volant!

— Oh, Twyla, c'est tout simplement idéal! s'enthousiasma Mme Spinelli. Nous sommes toutes d'accord : il est temps pour toi de rencontrer quelqu'un. Imagine la sensation que tu créeras auprès de tes anciens camarades en te présentant avec un homme aussi séduisant!

— Attendez une minute. Je ne sais pas sur quel ton

je dois vous le répéter : je ne veux pas d'homme, et je n'irai pas à cette réunion.

— Si, assena Mme Duckworth, avec toute la sévérité de ses trente-cinq ans d'enseignement primaire.

Twyla ne se sentait pas la force de lui tenir tête ; elle préféra déplacer le combat sur un autre terrain.

— Et même si cela m'intéressait, je n'ai pas l'argent nécessaire pour entrer en lice. Je suis une maman divorcée, patronne d'une entreprise minuscule, et je ne peux absolument pas me permettre de gaspiller mon petit pécule pour un beau gosse…

Malgré elle, son regard se posa sur le cow-boy en jambières de cuir. D'une voix un peu distraite, elle enchaîna :

— Gâté…

Elle regardait maintenant la page voisine, où un homme en complet Armani lui souriait, une rose rouge à la main.

— Sûr de ses privilèges, narcissique…

La photo suivante montrait un homme en toque et tablier de cuisinier… et rien de plus. Furieuse de s'être laissé surprendre à dévorer du regard un homme à demi nu, Twyla se concentra sur le brushing de Sadie, sculptant avec art les cheveux couleur de miel de son amie.

— De toute façon, conclut-elle, je n'ai ni l'argent ni l'envie, alors parlons d'autre chose, voulez-vous ?

Mme Duckworth lissa les pages brillantes de la brochure avec un soupir qui serra le cœur de Twyla. Elle détestait faire de la peine à ses amies, et c'était tout de même pour une bonne cause ! De plus, elle avait beau ridiculiser l'idée, elle trouvait tout de même assez excitante cette vente aux enchères de beaux garçons. Elle avait honte de se l'avouer mais... est-ce que ce ne serait pas fantastique si un homme, un type tout à fait présentable, se matérialisait subitement devant elle pour la sortir, rien qu'un soir? Avec un compagnon pareil, elle ferait bonne figure à la réunion des anciens élèves de Hell Creek. Ce serait une consolation de pouvoir revenir la tête haute; ce serait le moyen de leur faire savoir à tous qu'elle faisait quelque chose de sa vie, malgré tout et malgré eux. Elle se sentirait moins prisonnière de cette existence qui ressemblait si peu à celle dont elle rêvait dix ans auparavant.

— Ecoutez, dit-elle avec lassitude, ces types jouent dans la cour des grands. Ils comptent rapporter chacun je ne sais combien de milliers de dollars...

— Moi, je joue dans la cour des grands, murmura Mme Spinelli.

Muette d'horreur, Twyla se retourna vers elle.

— Oh, non. Pas question. Je ne vous laisserai pas dépenser une somme pareille pour... pour me payer un homme.

Mme Spinelli éclata de rire.

— L'an dernier, j'ai payé deux mille cinq cents dollars le cochon qui venait de remporter la médaille à la foire agricole, et le pauvre a fini à l'abattoir. Cela aussi, c'était pour une bonne cause.

— Un célibataire, ce serait plus amusant, glissa Sadie, et tu n'aurais même pas à l'envoyer à l'abattoir ensuite.

— Non! cria Twyla sans l'écouter.

Quatre regards accusateurs la contemplèrent en silence. Elle chercha désespérément une porte de sortie.

— Nous pourrions aller assister à la vente, proposa-t-elle. En spectatrices. Nous pourrions apporter le patchwork que ma mère est en train de terminer pour la société d'accompagnement des malades de l'hôpital. Nous le mettrions aux enchères, nous aussi, et nous ferions un don groupé.

— Tu n'es pas drôle, soupira Diep.

Tendant sa petite main enfantine vers les courtes biographies qui accompagnaient les photos de la brochure, elle demanda :

— Vous faites la lecture, madame Duckworth ?

Celle-ci choisit le paragraphe qui traitait du cuisinier. En le parcourant du regard, elle retrouva aussitôt le sourire.

— Celle-ci est croustillante, écoutez. Age : trente et quelques, emploi : conseiller en investissements, hobby : un véritable dieu de la cuisine.

Le reste du paragraphe précisait, de façon assez prévisible, son signe astrologique, sa chanson préférée, la marque de sa voiture, le succès dont il était le plus fier et le moment le plus humiliant de toute son existence.

— Oh, le pauvre, s'exclama-t-elle. Il préparait un poulet cordon-bleu pour une jolie fille, il s'est laissé emporter par les événements sans penser à éteindre le four et tout a brûlé.

Souriante, Sadie promena le bout de ses doigts sur les épaules de l'homme de la photo, un garçon assez irrésistible.

— Vous savez, dit-elle d'une voix rêveuse, j'ai lu quelque part que la faim et la passion gravent la même expression sur le visage d'un homme.

— Tu veux dire que pendant toutes ces années, j'aurais pu me contenter de *nourrir* Roy? demanda ingénument Mme Spinelli.

Toutes les femmes, même Diep, éclatèrent de rire. Oubliant ses réticences, Twyla se pencha à son tour sur la brochure.

— Oh, non, sa femme idéale a de longs cheveux blonds et est très libre et spontanée. Autrement dit, il cherche Barbie en Floride.

— Tu veux dire quoi? demanda Diep, les sourcils froncés de perplexité.

— Il cherche une relation torride sans engagement de part et d'autre.

— Très bien, celui-là n'est pas pour toi.

Sans se décourager, Mme Duckworth lut quelques autres biographies et chaque fois, Twyla trouva une objection.

— Ce n'est pas possible, finit-elle par éclater. Chacun de ces hommes cherche à suggérer qu'il n'attache aucune d'importance à la beauté physique, qu'il privilégie les échanges d'âme à âme, que sous une apparence de dur il est un type sensible, qu'il conduit une Porsche parce que c'est pratique, que ses intentions sont honorables, son plan de carrière, tout tracé, et qu'il a un formidable sens de l'humour. Vous savez, avant de nous faire trop d'illusions, nous devrions nous souvenir d'où viennent tous ses garçons.

— Ils viennent du ranch de Lost Springs, répondit Mme Duckworth sans comprendre. C'est pour cela qu'ils se sont portés volontaires pour cette vente aux enchères.

— Oui. Autrement dit, ils étaient des délinquants juvéniles. Ou, au mieux, des orphelins, ou des enfants abandonnés par leurs parents.

Elle pensa à son petit Brian et un élan de tendresse lui serra le cœur. D'une voix plus douce, elle précisa :

— Cela laisse forcément des cicatrices.

Du doigt, elle indiqua le cow-boy aux yeux d'un bleu de glace.

— Il faut tout de même se demander quel genre de bagage ils portent.

— Je parie qu'il te montrerait ses bagages si tu lui demandais gentiment, insinua Sadie. Oh, cette bouche. Tu crois qu'il fait du cinéma ?

— Moi, je trouve tout simplement formidable qu'ils aient réussi à s'en sortir, déclara Mme Spinelli.

— Ils sont tous célibataires, insista Twyla. S'ils sont si formidables, pourquoi ne sont-ils pas mariés ?

— Il faut parfois faire plusieurs tours de manège avant de décrocher le pompon, dit Sadie.

Twyla dut réprimer une grimace. Sadie ne cherchait pas à lui faire de la peine ; si personne à Lightning Creek ne savait grand-chose de son passé, elle s'était un peu confiée à sa meilleure amie. Sadie connaissait ses anciens rêves, et savait à quoi elle avait dû renoncer lors de l'échec de son mariage.

— C'est vrai, dit-elle d'une voix contenue. Mais ce que vous refusez de comprendre, c'est que, quoi qu'un homme puisse m'offrir, j'ai déjà mieux. J'ai ma propre entreprise et le fils le plus adorable que l'on puisse rêver. Quand je me suis mariée, je n'étais qu'une gamine, je ne savais pas ce qui compte vraiment.

Et pourtant, il lui arrivait parfois de rester étendue dans son lit sans parvenir à trouver le sommeil, hantée par l'impression de s'être contentée de peu de chose.

— Je serais la première à admettre que j'ai raté mon mariage, ajouta-t-elle avec davantage d'assurance, mais il se trouve que je ne tiens pas du tout à faire un second tour de manège, comme tu dis. Ma vie me convient telle qu'elle est.

— Mais ce serait tout de même plus amusant si tu sortais de temps en temps ! s'écria Sadie, qui sortait très souvent et cherchait sans cesse à convaincre son amie de l'imiter.

Depuis quelques instants, Mme Duckworth ne les écoutait plus, mais lisait sa brochure avec beaucoup de concentration.

— Oh, mais oui, s'écria-t-elle tout à coup. C'est le petit Robbie Carter.

Elle montrait l'homme à la rose. Il y eut un bref silence tandis que les femmes encaissaient l'impact de ce sourire de papier glacé, puis la petite voix de Diep résuma le sentiment général.

— Il est plus si petit…

— Je me souviens de lui, racontait Mme Duckworth sans prendre garde à elle. Il est passé dans ma classe de CE2. Seigneur, on peut dire qu'il présente mieux, aujourd'hui.

— Il est médecin, s'émerveilla Mme Spinelli.

— Et Lion. C'est un bon signe, ajouta Sadie.

Lassée de cette discussion stérile, Twyla se remit à son travail. Distraitement, elle entendit que l'homme à la rose parlait espagnol, adorait les voyages, conduisait une Lincoln et travaillait comme médecin associé dans un laboratoire de pathologie à Denver. Curieusement, ces quelques éléments la déçurent. Cet homme était si invraisemblablement beau, si élégant qu'elle aurait presque espéré trouver dans ce bref paragraphe un élément qui le situerait à part des autres. Un élément montrant que sous cette façade trop parfaite, il était doté d'une véritable personnalité.

— Ils disent qu'il a payé ses études avec une bourse sportive et « de rudes travaux manuels ». Je me demande quel genre de travaux, s'interrogea Mme Spinelli avec gourmandise.

Malgré elle, Twyla dressa l'oreille. Un garçon capable de se prendre en charge ? Au point de financer ses propres études ? Incroyable. Du moins, si c'était vrai : un homme qui cherche à se vendre peut bien dire tout ce qu'il veut. Quelques instants plus tard, l'étincelle d'intérêt qui pointait en elle s'éteignit tout à fait quand elle entendit Mme Duckworth lire la description de sa femme idéale : « une citadine très cultivée, engagée dans une grande carrière socialement responsable ». En d'autres termes, toujours Barbie en Floride, mais agrémentée de quelques diplômes et d'un pedigree. Dans ce cas, qu'il reste en ville, pensa-t-elle sans regret.

Les autres s'en donnèrent à cœur joie, étudiant la brochure de la première à la dernière page, pouffant, soupirant, discutant des mérites respectifs d'un anneau unique à l'oreille et d'une rangée de piercings, et débattant de la question de savoir si un industriel du jouet saurait mieux satisfaire une femme qu'un *ranger* de parc national.

— Vous plaisantez ? s'esclaffa Sadie. Quel genre de jouets pensez-vous qu'il fabrique ?

Twyla termina sa coiffure et recula de quelques pas pour juger de l'effet.

— Voilà, conclut-elle. Jennifer Aniston, c'est toi.

Sadie se tourna vivement vers le miroir pour braquer un regard critique sur son reflet. Ses cheveux tombaient sur ses épaules comme un rideau de soie.

— Ma grande, dit-elle enfin, tu t'es surpassée.

— Alors, Twyla ? demanda Mme Duckworth, taquine. Juste pour rire ! Entre tous ces garçons, lequel choisirais-tu ?

Sachant qu'elles la harcèleraient jusqu'à ce qu'elle réponde, et décidant qu'elle pouvait aussi s'amuser un peu, Twyla lui prit la brochure des mains.

— Très bien, s'exclama-t-elle, surprise de sentir son cœur battre un peu trop vite. Disons ce médecin qui a l'air si satisfait de lui-même !

Chapitre 2

— Rappelle-moi comment tu as réussi à me convaincre de venir ? soupira Rob Carter en contemplant sombrement les collines couvertes de sauge qui défilaient à vive allure de part et d'autre de l'Explorer noir loué à l'aéroport de Casper.

Dix-neuf années après, il reconnaissait chaque virage, chaque colline et chaque vallon de la route de Lost Springs. Il retrouvait le tremblement de l'air surchauffé à la surface de la petite route, et le profil étrange des puits de pétrole, gros corbeaux de métal picorant la terre. A cet instant précis, il se souvenait par-dessus tout du soulagement avec lequel il avait tourné le dos à la vie si étriquée de Lightning Creek.

Des parasites crépitèrent, puis le rire enchanteur de Lauren DeVane s'éleva des haut-parleurs de la voiture.

— Chéri, je ne comprends pas pourquoi cela te pose problème ! C'est pour rire. Lindsay Duncan est une amie très chère et si elle a besoin d'aide pour financer Lost Springs, il ne faut pas hésiter une seconde !

Un mouvement rapide attira le regard de Rob. Aussitôt, il leva le pied, puis freina pour faire bonne mesure. Juste à temps car un *pronghorn*, gracieuse petite antilope de la région, franchit la route en deux bonds et disparut dans les buissons dans un éclair de sa queue blanche.

— Oui, dit-il en s'adressant au kit mains libres qui le reliait à Lauren, mais ce n'est pas toi qui dois t'exhiber à la foule pendant qu'on te met aux enchères.

— Moi, je dois supporter qu'une autre femme s'offre une soirée avec toi.

Il entendit le sourire dans sa voix. Lauren. Superbement belle, intelligente, et beaucoup trop sûre d'elle pour se sentir menacée par cette situation.

— Dans ce cas, viens m'acheter, toi, proposa-t-il en scrutant les abords de la route à la recherche d'autres *pronghorns*. Cela arrangerait tout.

— Non, voyons, je ne peux pas repousser mon voyage à San Francisco. De toute façon, ce serait déloyal. Tout l'attrait de cette vente se trouve dans le fantasme d'une rencontre entre deux inconnus.

— Pas pour moi, merci. Mais si cela t'intéresse à ce point, tu peux encore faire un saut jusqu'ici et t'offrir un beau cow-boy.

Rob s'efforçait de parler d'un ton léger, mais plus il approchait du but de son voyage, plus la situation entière le hérissait.

Il entendit de nouveau le rire de Lauren, et sa voix cultivée emplit l'habitacle, lui arrachant un sourire.

— Je ne comprends pas cette fascination pour les ranchs et les cow-boys, disait-elle. Les cow-boys sont des rustres sans aucune conversation. Il me faut quelque chose de plus sophistiqué ! De toute façon, mon séjour sur la Baie est prévu depuis une éternité, je ne peux absolument pas me libérer.

Il y eut un bref silence, puis elle ajouta :

— Tu vas me manquer. Je penserai à toi à chaque instant.

— Idem.

Se doutait-elle qu'en réalité il était plutôt soulagé qu'elle n'assiste pas à cette vente aux enchères ? Choisissait-elle de ne pas venir par délicatesse ? Elevée dans un milieu fabuleusement riche, Lauren n'avait aucune conception des conditions dans lesquelles s'était déroulée son enfance. Au fond, il préférait : il voulait lui épargner cela, parce qu'elle était sensible et souffrait du moindre écho d'une tragédie.

Elle ne l'avait jamais interrogé sur son passé, ou sur ce que cela signifiait de grandir au Ranch de Lost Springs. Non pas parce que cela ne l'intéressait pas ! Dans un sens, elle préférait ne pas savoir, ne pas voir que, malgré sa réussite — et il avait travaillé avec un acharnement inimaginable pour arracher cette réussite à la vie —, il serait toujours un homme sans famille, sans pedigree, sans nom à part celui griffonné sur un formulaire par la mère qui l'avait abandonné.

D'un mouvement réflexe, il abattit son poing sur le volant. Il s'était toujours interdit de s'apitoyer sur son propre sort. Lauren avait beaucoup de cœur, ce n'était pas sa faute si elle ne pouvait pas comprendre ce qu'il avait vécu. Quant à lui, il se refusait à chercher à lui expliquer.

— Je me sauve, chéri, dit-elle. J'ai rendez-vous chez le coiffeur.

— Tu ne vas rien couper ? demanda-t-il, le cœur serré.

La cascade brillante de cheveux de Lauren était pour lui le plus beau panorama du monde.

— Mais non, voyons : ils vont me les allonger !

Encore un délicieux éclat de rire, puis elle lança gaiement :

— Bien sûr que je vais couper. Tu vas adorer.

— Comme tu voudras, soupira-t-il.

C'était une idée fixe chez lui. Il avait horreur des coiffeurs et estimait qu'il faudrait exécuter tous ceux qui osaient couper les beaux cheveux des femmes.

— Au revoir, mon ange ! Appelle-moi ce soir !

Le silence qui tomba quand elle raccrocha était si pesant que Rob se hâta d'allumer la radio. Une voix nasillarde s'éleva, chantant une complainte *country* ; un panneau indiqua que Lightning Creek n'était plus qu'à un mile. Malgré la chaleur torride, Rob dut réprimer un frisson. Il n'y avait rien ici, rien qu'une petite bourgade des montagnes de l'ouest et une nature sauvage et vide. A dix-sept ans, il était parti à pied, sans se retourner. En stop jusqu'à Casper, puis en train vers la côte Est, en se jurant de ne jamais revenir…

Malgré quoi, lorsque Lindsay Duncan avait battu le rappel pour relayer la supplique du directeur du ranch, Lauren s'était mis en tête qu'il ne devait pas refuser. Tous les anciens élèves volaient au secours du ranch ! Rob avait eu beau proposer de verser une somme généreuse, Lindsay, et Lauren, tenaient absolument à le faire venir sur place.

Il ne pouvait pas refuser. Il devait littéralement la vie à Lost Springs. Si sa mère ne l'avait pas emmené là-bas l'année de ses six ans, il était bon pour un abandon pur et simple dans un motel miteux, comme une vieille chemise oubliée au crochet derrière la porte. Il ne gardait que peu de souvenirs de sa mère mais il savait qu'elle oubliait tout… y compris le fait que son fils l'attendait dans le Wyoming.

Voilà, il y était. Il ralentit en entrant dans le bourg et remonta la rue principale. Le temps passait-il plus lentement dans ce coin perdu ? Rien n'était changé et tout semblait dater d'un siècle : les magasins avec leurs enseignes de bois peint, le trottoir de planches avec sa balustrade, les cors de cerf suspendus au-dessus de quelques portes d'entrée. Une marée de souvenirs déferla sur lui. Il se revit économiser ses piécettes pour s'offrir un cheeseburger et une boisson chocolatée au restaurant et bar local, que l'on appelait le Grill Roadkill, pour plaisanter. Plus pénible, il retrouva le jour où il avait été surpris à voler à l'étalage au magasin général, mi-supérette, mi-marchand de granulés pour les éleveurs de la région. En face se dressait un établissement qui n'existait pas de son temps, un salon de beauté au nom un peu précieux, « Twyla », avec une façade rose bonbon et une enseigne décorée d'escarpins rouge vif. Quel gâchis, pensa-t-il amèrement. Pourquoi ouvrir un commerce où les femmes payaient du bon argent pour se faire tondre ?

Puis il fut au rond-point, avec sa statue d'un cow-boy sur un cheval sauvage, tous deux figés pour l'éternité, le cheval bondissant pour désarçonner son cavalier qui jetait un bras en l'air pour garder son équilibre. Cette statue était à la fois une curiosité locale et un symbole pour les garçons de Lost Springs, dont beaucoup rêvaient de devenir cow-boys, de remporter des trophées de rodéo, et même de posséder un jour leur propre ranch.

Pas Rob Carter ! La sauvagerie de ces collines résonnait en lui d'une façon inquiétante ; quant à la petite bourgade, elle l'étouffait. Pendant que certains de ses camarades se vouaient aux rudes travaux du ranch, il s'était plongé dans ses études en se réfugiant dans tout ce qui lui donnait le sentiment réconfortant qu'il existait dans l'univers un équilibre, des lois : les maths, les sciences, la physique.

Poussé par le besoin de se réaliser, il s'était imposé l'emploi du temps le plus exigeant, l'obligation de remporter les meilleures notes : parce que c'était son unique espoir de s'échapper d'ici. Et il avait continué au même régime tout au long de ses études de médecine, en travaillant de nuit en tant qu'aide-soignant : des horaires insensés, une charge de travail inhumaine. Et aujourd'hui... aujourd'hui, il était associé dans un laboratoire prospère de Denver et il gagnait une fortune.

Dieu, que cela faisait du bien !

Il prit Poplar Road et rangea sa voiture de location sur le parking du Starlite Motel. Ici non plus, rien n'avait changé. Il reconnaissait l'enseigne de néon avec son étoile clignotante, et en dessous, le mot « complet » que l'on n'avait jamais l'occasion d'allumer, et auquel il manquait le « m ». Oui, c'était une chance que Lauren n'ait pas choisi de l'accompagner ! Avec un bref sourire, il sortit son sac de voyage du coffre et entra prendre possession de sa chambre.

Le matelas était moyen mais les draps très propres sentaient le soleil. L'unique fenêtre donnait sur la petite piscine, un losange d'un bleu improbable placé en retrait du parking et entouré d'une clôture métallique. Rob posa son sac en soupirant. Il avait besoin d'une bière bien fraîche. Ce soir, il devait participer à une sorte de soirée avec ses camarades de corvée, les autres victimes de la vente aux enchères. Pouvait-il encore se défiler ? Ce serait sympathique, dans un sens, de retrouver de vieilles connaissances, mais ils parleraient tous de ce passé qu'il s'efforçait d'oublier — et auquel, aujourd'hui, il pensait sans cesse.

Il prit quelques minutes pour défaire ses bagages. Lauren, que cela semblait beaucoup amuser de soigner son personnage pour cette fichue vente aux enchères, lui avait dicté ce qu'il devait emporter, comme elle avait mis en scène la séance de photos pour la brochure, et choisi cet habit de soirée créé pour lui par un tailleur de génie. Il détestait cet habit mais Lauren l'adorait et il pouvait lui faire confiance, car elle s'entendait à réussir ce genre de tableau. Rob comprenait très bien le principe, sans l'apprécier pour autant : il suffisait de soigner l'apparence du produit, et les clients payaient !

Planté devant la fenêtre, il regarda une jeune maman traverser le parking en manœuvrant entre les nids de poule une poussette avec un petit auvent rayé à franges. Deux bambins un peu plus âgés couraient devant. Un ballon brillant jaillit, les gosses se jetèrent dans la piscine en hurlant de joie. La maman prit le bébé sur ses genoux et étendit longuement de la crème solaire sur son petit corps dodu.

Malgré lui, Rob ressentit un élan bizarre. L'espace d'un instant, il crut à de la nostalgie, ou à une aspiration... Il se hâta de repousser cette idée et décida qu'il digérait mal son déjeuner. Le stress, sans doute.

Chapitre 3

Twyla leva les yeux vers l'horloge et, comme elle le faisait chaque matin, alla se poster au pied de l'escalier pour crier :

— Alors, champion ? Tu es prêt ?

— J'arrive !

Elle hocha la tête et retourna terminer son café. Quelques instants plus tard, un bruit retentit qui tenait à la fois d'une avalanche et d'un roulement de tambour. Brian ne marchait jamais : à son avis, si un lieu valait la peine que l'on s'y rende, il méritait qu'on y aille en courant. Twyla se précipita dans l'entrée au moment où son fils s'agrippait au montant massif qui soutenait la rampe pour amorcer son virage en voltige.

— Brian, non, tu sais bien que…

Elle était intervenue un instant trop tard. La boule qui couronnait le montant se détacha ; l'atterrissage du petit garçon manqua de grâce mais il ne se démonta pas pour autant.

— Je ne l'ai pas fait exprès, plaida-t-il en tendant la boule à sa mère.

— Un quart d'heure plus tôt au lit ce soir, décréta celle-ci.

Un quart d'heure! Pour un garçon de six ans, c'était une éternité.

— Oh, m'man! supplia-t-il.

— Tu dois apprendre à ménager un peu cette pauvre maison.

— Oui, m'man...

Réprimant un soupir, Twyla remit la boule branlante à sa place. Etait-ce à cela que se réduisait sa vie? Rassembler tant bien que mal des éléments qui tombaient en morceaux? Des petits tracas, une lassitude pesante; toujours trop à faire, jamais suffisamment de temps... ou d'argent! Elle aimait sa maison de bois; bâtie dans les années vingt sur une petite butte à quelques centaines de mètres du bourg, avec une vue magnifique, c'était une vraie propriété dotée d'un grand jardin en pente, de quelques vieux arbres et du charme fatigué d'un foyer où l'on a bien vécu. Bien entendu, elle présentait aussi tous les inconvénients des vieilles maisons : une électricité défaillante, une plomberie à fuites, des lassitudes au niveau de la structure. C'était même uniquement en raison de ces défauts que Twyla avait pu s'offrir cette maison en arrivant à Lightning Creek, enceinte et encore sous le choc des événements qui venaient de précipiter son départ. Le bien était sur le marché à un prix ridiculement bas; au niveau de l'entretien, en revanche, Twyla ne s'en sortait tout simplement pas.

Grondé, Brian fila doux pendant dix bonnes secondes. Tête basse, très sérieux sous ses taches de rousseur, il ressemblait à un angelot de carte de vœux. Twyla ne s'y trompa pas, mais elle lissa avec attendrissement ses cheveux roux et sourit de voir son épi se redresser aussitôt.

— Tu as toujours ta dent ? demanda-t-elle.

Il ouvrit tout grand la bouche et fit basculer sa dent du bout du doigt en articulant avec difficulté :

— Elle bouge !

— Je crois qu'elle est près de tomber. Tu veux que je la fasse sortir ?

— Non !

Brian recula, les yeux ronds et les deux mains plaquées sur sa bouche. Twyla lui sourit de nouveau, avec tendresse. C'était la seule chose qu'il redoutait : qu'on lui arrache une dent. Pour le reste, il n'était pas du tout douillet.

— Comme tu voudras. Nous devons y aller. Tu me portes la boîte de tickets de tombola ?

— Oui !

Il s'empara de la boîte, fila comme une flèche et grimpa dans leur vieux pick-up comme un tourbillon. Amusée par son exubérance, Twyla le suivit d'un pas plus tranquille. Brian était particulièrement électrique en ce moment. Il ne restait plus que deux semaines d'école avant l'été, et il mourait d'impatience d'arriver aux grandes vacances.

Sur le seuil, elle se retourna pour lancer :

— Maman ? Tu es sûre que tu ne veux pas venir avec nous ?

— Non, merci, ma chérie, lança une voix fraîche.

Gwen McCabe parut sur le seuil de « ses appartements », comme la famille appelait l'extension de deux pièces ajoutée à la maison dans les années quarante, et qui lui servait aujourd'hui de logement.

L'invitation de Twyla était un rituel, elle n'espérait même plus une réponse positive. Gwen refusait chaque fois, mais toujours avec le sourire, ce qui leur permettait de faire comme s'il ne se passait rien de particulier. La maman de Twyla était toujours pimpante et même coquette avec ses cheveux blancs si joliment coiffés. Pour une raison que sa fille ne s'expliquait pas, son charme et sa vitalité semblaient rendre sa condition encore plus incompréhensible.

Veuve depuis sept ans maintenant, Gwen vivait avec sa fille et son petit-fils, et était présente pour garder Brian lorsque Twyla était au salon. Une formule idéale, une solution de rêve pour une jeune maman qui travaille ! N'était-ce pas le plus grand des luxes d'avoir chez soi une mamie adorable, toujours prête à préparer de bons petits plats, à chanter des chansons ou à lire des histoires ? Un luxe, ou peut-être un piège ? Aujourd'hui, Twyla se demandait si cette situation avait contribué au développement de la phobie qui assombrissait la vie de Gwen depuis si longtemps.

Si celle-ci devina les pensées de sa fille, elle n'en montra rien. D'un ton léger, elle lança :

— Je regardais ce catalogue de célibataires que tu as rapporté du salon.

— Tu as trouvé ton bonheur ? taquina sa fille.

— Pour l'amour du ciel, pas pour moi ! Mais toi, tu pourrais très bien t'y intéresser.

— Oh, maman, tu sais bien que…

— Je sais bien que les hommes ne grandissent jamais

tout à fait, mais ceux-ci sont nettement trop jeunes pour moi !

Les yeux de Gwen, si bleus sous ses cheveux blancs, brillaient d'humour. Un instant déconcertée, Twyla riposta :

— Cela dépend de ce que tu veux en faire !

— Ma foi, si tu en trouves un au rabais, ramène-le ici et fais-lui faire un peu de bricolage.

Gwen regardait la boule de l'escalier, posée de guingois sur son socle. Twyla éclata de rire.

— Je n'ai vu aucun bricoleur dans le catalogue !

— Tu as raison, ils semblent plutôt s'intéresser à d'autres occupations, mais le fait de ne pas savoir réparer quelque chose n'a jamais empêché un homme d'essayer !

— Maman, je ne vais pas là-bas faire mon shopping ! Je veux seulement vendre des billets de tombola pour le patchwork de l'hôpital. Sincèrement, vous avez fait du beau travail.

— C'était un plaisir.

Un petit groupe de dames, rassemblé autour de Gwen, formait depuis quelques années un cercle de couture. Douze d'entre elles se retrouvaient chaque semaine chez Twyla pour un long après-midi de couture et de bavardages. Les patchworks qu'elles créaient étaient célèbres dans la région, très recherchés pour la fraîcheur de leurs teintes et l'énergie de leurs dessins. Twyla était perpétuellement émerveillée par la façon dont ces femmes transformaient un panier de chutes d'étoffe mal assorties en une œuvre d'art.

Avec un dernier signe de la main pour Gwen, Twyla prit ses clés et dévala la pente vers son pick-up. Le vieux

Chevy n'était pas beau à voir, mais il restait fiable, même par les hivers les plus rudes. L'année précédente, pour rire, elle avait fait poser sur la portière une applique reproduisant l'enseigne du salon de coiffure. Le gros écusson rose avec les escarpins rouge vif faisait beaucoup d'effet sur la rouille de la vieille carrosserie !

En démarrant, elle jeta un coup d'œil dans le rétroviseur et soupira de découragement. A première vue, tout cela était charmant : la vieille maison aux formes harmonieuses, les géraniums qui fleurissaient à chaque fenêtre… Pourquoi alors ne voyait-elle que les défauts ? Les volets qui pendaient de travers, la peinture écaillée mangée par les intempéries. Où trouverait-elle le temps, où trouverait-elle l'argent de s'atteler à des réparations chaque jour plus indispensables ? Le contraste entre les fleurs splendides aux fenêtres et le délabrement de la maison n'avait rien de poétique, il était tout simplement lamentable. Pour la centième fois, elle se demanda si elle ne ferait pas mieux de renoncer et de prendre un petit appartement dans le bourg. Mais non, ce serait trop triste pour Brian qui ne pourrait plus courir avec son chien Shep dans le grand jardin, ou grimper aux arbres. Elle voulait voir son fils grandir dans un vrai foyer, même si sa famille ne comptait qu'une mère et une grand-mère, toutes deux marquées par un passé douloureux.

Quand ils entrèrent sur les terres du ranch de Lost Springs, Brian se pencha en avant, sa poitrine menue tirant sur la ceinture de sécurité.

— C'est beau, non ? lui demanda sa mère.

— Oui…

Une barrière blanche longeait la route ; au loin, un groupe de chevaux broutait paisiblement à l'ombre d'un chêne. Ici et là, de petits tourbillons de poussière se levaient du pâturage. L'été était en avance cette année et la pente au-delà des bâtiments du centre se couvrait de fleurs sauvages.

— Sammy Crowe habite ici, dit Brian, qui semblait très impressionné. Les garçons qui habitent ici sont des orphelins.

— Certains d'entre eux, oui.

Twyla ne savait pas grand-chose de ce ranch, pourtant implanté sur la commune depuis bien des années. Sammy, un camarade de classe de Brian, venait à l'école en bus tous les matins, et l'une des mamans avait appris aux autres, en baissant la voix d'un air entendu, que la mère du petit était incarcérée à la prison de l'Etat.

— Certains sont ici parce que leurs parents ne peuvent pas s'occuper d'eux, ajouta Twyla sans emphase.

— Comme mon père ne pouvait pas s'occuper de nous ? demanda aussitôt Brian.

Sa maman réprima une grimace. Avec Jake, la question n'était pas de pouvoir ou pas : il ne *voulait* pas. Le regard résolument fixé sur la route, elle répondit d'un ton léger :

— Pas exactement comme nous, non. Et puis nous sommes deux à nous occuper de toi : moi et Grammy.

— Mais qui s'occupe de toi et Grammy ?

Elle lui jeta un regard amusé :

— Nous nous occupons de nous-mêmes, mon grand. Et nous nous débrouillons très bien !

— On est bien, oui, dit-il avec beaucoup de satisfaction.

Le cœur de Twyla se gonfla de tendresse. Brian!
Comme il grandissait vite, comme il mûrissait depuis
quelques mois! Il lui venait un bon sens, une sagesse
émouvante. Parfois elle se demandait si c'était parce
qu'il n'avait pas de père. Certains soirs, seule dans son
lit, elle retournait sans fin ce problème dans sa tête.
Son petit garçon était formidable mais il y avait tant de
choses qu'une mère et une grand-mère ne pouvaient
lui offrir. Des choses qui étaient du domaine d'un père
— à commencer par cette relation unique, magique
qu'elle-même avait vécue avec le sien. Malgré tous ses
défauts, son amour avait tant apporté à sa fille! Que
serait-elle sans lui? Elle redoutait qu'il ne manque toujours
quelque chose à Brian; comme un patchwork auquel
il manquerait un carré, il serait beau mais incomplet.

Elle se hâta de repousser cette pensée. Brian ne souffrait pas de l'absence de ce qu'il n'avait jamais connu.
Au fond, la situation était beaucoup plus difficile pour
elle que pour lui.

Elle dut tourner un certain temps dans les parkings
bondés avant de trouver une place. De nouvelles voitures
ne cessaient d'arriver, certaines avec des plaques d'im-
matriculation d'Etats lointains. Cette invraisemblable
vente aux enchères attirait donc tant de monde? Et
du beau monde, à en juger par les modèles coûteux et
récents des voitures! Les organisateurs de l'événement
devaient avoir beaucoup de relations, à moins que les
célibataires eux-mêmes n'aient fait circuler l'informa-

tion dans leurs réseaux ? Si la brochure ne mentait pas sur leur réussite…

En voyant les camionnettes d'une équipe de télévision, elle se demanda si certains d'entre eux étaient des célébrités. Cela expliquerait que leur présence aujourd'hui attire les médias locaux… ou nationaux ? Puis elle décida que c'était plutôt le côté insolite de l'événement : les journalistes comptaient jouer la carte du fantasme, et filmer la lutte des femmes qui s'arracheraient ces hommes idéaux.

Elle fut tout de même prise de court quand, dès qu'elle descendit de son véhicule, un inconnu lui mit un micro sous le nez en exigeant de savoir son nom. Interdite, elle répondit sans réfléchir :

— Moi ? Twyla McCabe.

— Et qu'espérez-vous trouver ici aujourd'hui ? demanda le reporter d'une voix rapide et agressive.

— Des hommes ! répliqua-t-elle, ironique.

— Vous espérez faire une rencontre pour le fun, ou vous cherchez un mari ?

— Comment ?

Cet homme au visage bronzé la regardait d'une façon si impersonnelle… Pensait-il vraiment qu'elle parlait sérieusement ?

— Vous pensez trouver un candidat au mariage ? insistait-il.

Ce fut plus fort qu'elle : elle éclata de rire.

— C'est cela, oui, s'exclama-t-elle. J'hésite entre un millionnaire et un beau cow-boy avec des pectoraux d'acier.

— Comment décririez-vous l'ambiance de l'événement : romantique, torride, pleine d'espoir ?

Reprenant son sérieux, elle écarta le micro de son visage en recommandant :

— Essayez « malsaine » ou « grotesque ».

Le reporter renonça et, suivi de ses deux techniciens, se précipita vers une autre voiture.

— C'était qui, maman ? demanda Brian en descendant à son tour.

— Je n'en ai pas la moindre idée mais j'espère bien qu'on me coupera au montage. Viens, mon grand, tu vas m'aider à tout porter.

Elle lui confia de nouveau la caisse de la tombola et alla ouvrir le hayon arrière pour décharger le patchwork, bien emballé dans un sac volumineux. Les pièces de coton usé, très douces, formaient un dégradé subtil de couleurs ; de l'avis de Twyla, c'était le plus beau jamais réalisé par le groupe. La tombola serait forcément un succès !

Une fois le pick-up verrouillé, elle se mit en marche vers le chapiteau installé devant les bâtiments du ranch, portant maladroitement une table pliante sous un bras, le patchwork sous l'autre. Un Explorer vira vers eux pour s'emparer d'une place libre.

— Brian, fais bien attention aux voitures, lança-t-elle par-dessus son épaule.

Dans le mouvement qu'elle fit pour se retourner, le pied métallique de la table érafla sa jambe. La douleur fut cuisante, elle dut serrer les dents pour ne pas jurer. Il faisait trop chaud, elle transpirait ; elle venait à peine d'arriver et elle était déjà de mauvaise humeur.

— Je peux vous donner un coup de main ?

Elle se retourna de nouveau, avec précaution pour ne pas mettre son chargement en péril. Eblouie par le soleil qui se reflétait sur le pare-brise, elle plissa douloureusement les yeux et vit un homme de haute taille descendre de l'Explorer, puis l'inconnu s'approcha et le sourire reconnaissant de Twyla se figea. C'était lui ! Le type de la brochure, celui avec l'habit de soirée et la rose rouge.

Pour l'instant sans habit ni rose, il réussissait tout de même le tour de force de sembler à la fois très élégant et très décontracté en pantalon de toile et polo bleu. Une montre en or luisait à son poignet, il avait les cheveux noirs, les dents blanches et le genre de visage que l'on ne voit que sur les écrans de cinéma.

— Ah, je... merci. Vous... pourriez peut-être prendre cette table ?

Dans le mouvement qu'il fit pour la débarrasser de son fardeau, sa main effleura celle de Twyla. Très gênée, elle prit conscience de la moiteur de sa propre peau. De son côté, Brian contemplait le nouveau venu sans le moindre complexe, la main en abat-jour au-dessus des yeux.

— Je m'appelle Brian McCabe, dit-il. J'ai une dent qui bouge.

— Félicitations, répondit l'homme avec un sourire. Je suis Rob Carter. Content de te rencontrer, et vous aussi, madame.

Son nom, Twyla le connaissait déjà, elle savait même tout de lui ! Robert Carter, profession : médecin, signe astrologique : Lion, chanson préférée : « Misty », type de femme : Grace Kelly.

— Twyla McCabe, se présenta-t-elle à son tour. Et ne m'appelez pas « madame », je me fais l'effet d'avoir cent ans.

— Je m'en souviendrai.

— Moi, quand tu me grondes, j'aurais presque envie de t'appeler madame, observa Brian.

— Espérons qu'elle ne me grondera pas.

Un instant, Brian eut l'air très surpris, puis il éclata de son charmant rire de petit garçon.

— Il ne faudra pas faire de bêtises, alors !

— Je ferai attention.

Ils échangèrent un regard de connivence bien masculine, et Twyla dut se forcer à détourner les yeux. Ce M. Carter était si absurdement séduisant que c'était un effort de ne pas le dévisager. Et ce grand corps mince d'athlète, cette coupe de cheveux sophistiquée, cette eau de toilette exquise… Elle avait le sentiment de se trouver en présence d'une forme de vie d'une autre planète.

— Twyla, dit-il gaiement. Je n'avais encore jamais rencontré quelqu'un appelé Twyla.

— C'est mon papi qui a choisi son nom, expliqua Brian sur le ton de l'évidence.

Le petit garçon n'avait jamais connu son grand-père mais Gwen lui racontait souvent des anecdotes sur son défunt mari, le soir, en cousant ses patchworks. Des histoires qui dépeignaient un rêveur fantaisiste, et qui finissaient toujours bien. Brian était trop jeune pour connaître la vérité.

Robert Carter se tourna vers Twyla avec un sourire éblouissant. C'était bizarre : plus il se montrait charmant, plus elle sentait son moral s'effondrer. Face à cet homme trop parfait, elle se souvenait tout à coup que la climatisation de son pick-up ne fonctionnait plus depuis trois ans ; elle prenait conscience de sa robe de coton collée à son dos par la transpiration, elle se sentait gauche, ordinaire, presque vulgaire. Pourquoi n'avait-elle pas pris le temps de se parfumer après sa douche ce matin ? Robert Carter, ou Rob comme il disait, était trop beau, trop à l'aise, trop masculin. Face à lui, elle perdait toute confiance en elle.

Autour d'eux flottaient les appels et les rires de la foule rassemblée pour l'événement. Des haut-parleurs diffusaient une chanson country sentimentale, des parfums délicieux de plats de côtes et de poulet mariné s'élevaient des grils dressés pour le barbecue de midi, et les jeunes résidents de Lost Springs couraient en bande avec leurs camarades du bourg.

— Voilà Sammy ! cria Brian en montrant un gamin très brun qui escaladait un arbre. Je peux aller avec lui ? Je peux, maman ?

Twyla approuva de la tête.

— Je viendrai te chercher quand ce sera l'heure de manger.

— A tout à l'heure, dit gentiment Rob quand Brian lui remit la boîte de la tombola avant de filer en flèche.

— C'est par ici, dit Twyla d'une voix brève.

Une autre bénévole avait déjà accroché la banderole « L'Hôpital du Comté Converse : 35 ans de Soins et de Partage » sous un arbre touffu qui offrait un ombrage délicieusement frais par cette journée torride. Docile, Rob entreprit de déplier la table en demandant :

— Vous travaillez dans un hôpital ?

— Non, je suis bénévole, je donne un coup de main une fois par semaine.

Un instant, elle envisagea de l'encourager à parler de sa propre carrière, et décida de s'abstenir. A quoi bon lui donner l'occasion de se vanter ? D'un air de défi, elle lança :

— Moi, mon gagne-pain, ce sont les cheveux.

Il trouva un emplacement plus ou moins plat pour la table, la secoua légèrement pour tester sa stabilité, puis releva la tête vers Twyla. Il se tenait tout près d'elle, ses mains hâlées à plat sur le plateau, les branches sombres de l'arbre encadrant sa tête et ses larges épaules.

— *Chez Twyla*, dit-il. Voilà où j'avais vu votre nom.

— Vous connaissez mon salon ?

— Je suis passé devant tout à l'heure. Et on vous paie pour cela ?

— Tout à fait. Je suis coiffeuse.

Twyla rougit brutalement. Tout à coup, elle regrettait de ne pas pouvoir dire : « je suis procureur de la République », ou même « je sculpte des hommes nus » : un métier qui la présenterait sous un jour valorisant, ou tout au moins insolite. Mais la vérité était là, elle était coiffeuse et maman, et ce serait absurde de sa part d'en avoir honte.

Rob ne fit aucun commentaire, mais elle crut voir son sourire se durcir un peu. Normal. Les hommes comme lui n'avaient pas grand-chose à dire aux petites coiffeuses.

— Je vous remercie pour le coup de main, dit-elle poliment.

Lui tournant le dos, elle entreprit de déballer le patchwork.

— De rien !

Sur un dernier signe de la main, Robert Carter s'éloigna vers le chapiteau en chaussant une paire de lunettes de soleil à reflets.

Twyla fixa aux pieds de sa table le panneau annonçant la tombola, puis déroula la corde à linge à laquelle elle comptait suspendre le patchwork. Maintenant, il s'agissait de trouver deux branches à sa portée. Un peu tard, elle se dit qu'elle aurait dû retenir le beau Rob quelques minutes de plus : lui n'aurait eu aucune difficulté avec sa haute taille ! Qu'importe, elle l'avait laissé partir et se débrouillerait sans lui.

En se juchant sur la petite boîte métallique qui contenait sa caisse, elle parvint à passer l'extrémité de sa corde autour d'une fourche et à serrer le nœud. Très contente d'elle, elle redescendit, choisit une autre fourche, déplaça son perchoir, s'étira de toute sa hauteur… et sentit la boîte basculer. Instinctivement, elle se raccrocha à sa branche et se retrouva dans une situation absurde, suspendue dans le vide et regrettant amèrement d'avoir choisi de porter aujourd'hui ses sandales à talons aiguilles. Si elle se laissait choir, elle se foulerait probablement la cheville. Tout était suffisamment compliqué en ce moment, elle ne voulait ni d'une facture de soins ni d'un arrêt de travail !

Pouvait-on la voir dans cette posture ridicule ? Elle se trouvait dos à la foule et ne pouvait savoir si on la regardait, si on riait d'elle. Ses doigts glissaient. Sentant qu'elle allait lâcher, elle se raidit en prévision du moment où sa cheville se briserait net… et se sentit saisie à la taille et déposée comme une fleur sur le sol.

— Coiffeuse et trapéziste. C'est original, dit Robert Carter.

— Très drôle.

— Personnellement, j'ai beaucoup apprécié le coup d'œil, repartit-il, mais je ne tenais pas à vous voir tomber.

Twyla ajusta rapidement sa robe et pressa ses mains sur son visage brûlant.

— Je ne me suis pas sentie aussi gênée depuis le jour où les cheveux d'une cliente ont viré au vert citron, soupira-t-elle.

— J'imagine que cela a dû être très embarrassant.

Ce rire léger, amical! Un peu rassérénée, elle osa regarder son sauveur et vit qu'il achevait, sans le moindre effort, de tendre sa corde. Avec un nouveau soupir, elle lui tendit son patchwork, qu'il arrima à l'aide de quelques pinces à linge.

— Presque aussi embarrassant qu'aujourd'hui, avoua-t-elle.

Sa tâche terminée, il lui tendit un gobelet de plastique embué contenant une citronnade glacée.

— J'ai pensé que vous auriez sans doute soif, alors je suis allé vous chercher ceci.

Surprise et enchantée, elle s'empara du gobelet et en but la moitié avant de lui lancer un sourire reconnaissant.

— Merci! C'est vraiment très gentil à vous.

— Vous semblez surprise.

— Moi?

— Oui. Cela vous étonne quand un inconnu a un geste aimable envers vous ?

— Cela me surprend quand n'importe quel homme a un geste aimable, s'écria-t-elle en riant.

Il retira ses lunettes pour la regarder attentivement.

— J'espère que vous plaisantez !

— Ne faites pas attention, c'est de l'humour de salon de coiffure.

Il se retourna pour étudier le patchwork.

— Et vous vendez… ceci ?

— Je vends des billets de tombola. Le gagnant remportera ce patchwork et la somme ira au fonds d'accompagnement des malades de notre hôpital. J'adore les patchworks, chacun me fait l'effet d'un petit miracle. Je n'en reviens pas que de vieilles chutes d'étoffe puissent donner un résultat aussi spectaculaire.

D'un geste vif, elle posa la main sur un carré en ajoutant :

— Regardez : cette pièce a pu faire partie de la chemise de travail d'un vieux fermier ; celle-ci, avec des fleurs, du tablier d'une grand-mère. Il était probablement troué, avec des traces de brûlures ; individuellement, ce ne sont que des chiffons bons à mettre au rebut mais si on prend un petit morceau de l'un, un petit morceau de l'autre, et qu'on les coud ensemble, on obtient un dessin magnifique. Et le résultat vous tiendra chaud toute votre vie.

— Dites donc, s'écria son interlocuteur en sortant un mince portefeuille de cuir, voilà un boniment remarquable !

Il lui tendait un billet de cent dollars. Twyla secoua la tête avec un rire incrédule.

— Je n'ai pas la monnaie pour une somme pareille !

— Je ne veux pas de monnaie, je veux cent billets de tombola.

Muette de saisissement, elle articula le mot « cent » en silence. Cent dollars ! Le comité de l'hôpital s'estimait heureux quand une tombola en rapportait soixante-quinze ! Elle accepta le billet, dévida son gros rouleau de tickets en examinant les numéros, et le déchira vers son milieu.

— Ne les perdez pas, recommanda-t-elle, et écoutez bien quand nous ferons le tirage.

Il recula d'un pas en secouant la tête.

— Gardez-les pour moi, je passerai plus tard. C'est peut-être mon jour de chance.

— Mais…

— Je m'en remets à vous.

— C'est ce que disent mes meilleures clientes…

Il lui sourit en remettant ses lunettes de soleil.

— Je dois y aller. Je crois qu'ils vont bientôt commencer.

— Commencer…, répéta-t-elle sans comprendre.

Ce type était vraiment trop parfait ; à force de le dévisager, elle sentait son QI tomber en chute libre.

— La vente aux enchères ! Vous pensez faire une offre, Twyla ?

Il prenait la voix du reporter qui l'avait accueillie à son arrivée. Elle se sentit virer au rouge pivoine.

— Je vous fais l'effet d'une fille qui est obligée de payer un inconnu pour sortir avec elle ? protesta-t-elle.

— On ne sait jamais, répondit-il paisiblement. Je vous fais l'effet de quelqu'un qui est obligé d'acheter une couverture à une coiffeuse ?

— Un patchwork, corrigea-t-elle.

Chapitre 4

Rob, qui s'attendait à vivre un véritable calvaire, fut surpris de s'apercevoir qu'il s'amusait. Certes, la jolie Twyla McCabe ne cessait de s'immiscer dans ses pensées, mais c'était un inconvénient mineur ; pour le reste, il s'intéressait plus qu'il ne l'aurait cru à ces retrouvailles avec des camarades de classe perdus de vue depuis tant d'années. Et c'était extraordinaire de pouvoir discuter, entre adultes, avec ses anciens professeurs et éducateurs du ranch !

Ils s'étaient installés tous ensemble à une longue table à l'ombre, mais leurs discussions manquaient parfois de naturel car des groupes de femmes ne cessaient de passer en dévisageant les anciens pensionnaires du ranch, pour s'éloigner aussitôt en chuchotant et en pouffant comme des collégiennes.

Tout en écoutant ses anciens camarades décrire leur parcours, Rob se demanda tout à coup ce qu'étaient devenus les autres : ceux qui n'étaient pas venus aujourd'hui. Ceux qui n'étaient jamais ressortis du tunnel.

Un tunnel, voilà exactement comment il voyait son séjour à Lost Springs. Et avant son arrivée, la contrée inaccessible, ensoleillée de sa petite enfance.

Aujourd'hui, sa mémoire ne lui restituait plus qu'une série de tableaux vivement colorés. Avec sa mère, tout était toujours surprenant, merveilleux. Voilà le souvenir qu'il gardait d'elle : des rires, des jeux, de la tendresse… et une inconséquence totale, une terrible tendance à tout oublier. Petit, Rob pouvait se coucher à n'importe quelle heure, ou pas du tout. Il ratait régulièrement le bus scolaire. Leurs logements successifs — aujourd'hui, il les voyait comme des taudis — étaient perpétuellement remplis de musique et d'amis, les repas arrivaient dans des barquettes à emporter. De sa perspective d'adulte, il semblait à Rob que sa mère avait été terriblement jeune, et tout à fait irresponsable.

Ensuite venaient les longues années sombres passées à faire sans joie ce que l'on attendait de lui, écrasé par le sentiment d'avoir été abandonné en punition d'une faute incompréhensible. A tort ou à raison, ce sentiment l'obligeait à exceller dans tout ce qu'il entreprenait. Chaque succès, dans le sport ou les études, le rapprochait insensiblement de la faible lueur qui brillait au loin, là où le tunnel s'ouvrait sur l'avenir. Dans ses moments les plus négatifs, Rob se demandait parfois si cette sortie, il l'avait jamais atteinte. Aucun de ses triomphes ne lui avait jamais donné le sentiment de déboucher en pleine lumière.

La récompense serait-elle Lauren DeVane, et la vie qu'ils partageraient un jour ou l'autre, quand ils se décideraient à parler de l'avenir ? Lauren, si belle que tout le reste en devenait terne, Lauren qui évoluait dans un monde étincelant, extraordinaire. Un monde où les mères adolescentes n'abandonnaient pas leurs petits garçons, où les enfants n'avaient pas peur du noir ; un monde où l'élégance et le style aplanissaient toutes les difficultés de l'existence. Quand il était avec Lauren, Rob prenait pied dans ce monde, sans jamais s'y sentir tout à fait chez lui. Mais cela viendrait ! C'était juste une étape de plus à franchir.

Il alla se servir au barbecue et revint s'attabler avec ses anciens camarades. Tout en mangeant, il suivait distraitement la conversation générale mais regardait surtout autour de lui, fasciné de retrouver ce lieu auquel il n'avait pas pensé depuis des années. Son regard s'attarda sur le terrain de jeux. Les équipements n'étaient plus les mêmes, et il trouva le fort de rondins et le cadre d'escalade beaucoup plus sûrs que les structures métalliques d'autrefois. Sur le pneu qui servait de balançoire, il reconnut le petit Brian, le fils de Twyla McCabe. Il avait entortillé la chaîne et tournait maintenant à une vitesse folle, la tête rejetée en arrière et riant aux éclats. Ce rire arracha un sourire spontané à Rob.

Lauren ne voulait pas de gosses. Ils en avaient longuement parlé et conclu qu'ils aimaient trop la spontanéité, les voyages impromptus, pour accepter les contraintes liées au fait d'élever une famille. Curieux, pensa Rob en regardant Brian se démener comme un beau diable : ils avaient parlé des enfants sans jamais aborder la question du mariage. C'était pourtant la prochaine étape logique pour leur couple, mais ni l'un ni l'autre ne se sentait pressé de franchir le pas.

Brian termina son second tour de toupie et s'éloigna en titubant un peu. En voyant son visage livide, Rob comprit aussitôt ce qui allait se passer.

— Je reviens, lança-t-il rapidement aux autres.

Sautant sur ses pieds, il traversa à grands pas le terrain de jeux. Devant lui, une bande de petits garçons se rassemblait en poussant des exclamations de dégoût autour du jeune Brian qui vomissait, plié en deux, les mains appuyées sur ses genoux. Rob sortit son mouchoir et s'accroupit à côté de lui.

— Ça va mieux? demanda-t-il gentiment.

— Non, chuchota le petit garçon.

Un peu gêné, Rob lui tapota l'épaule, puis lui tamponna doucement le visage avec son mouchoir. A une époque, il avait envisagé de devenir pédiatre, mais décidé qu'il n'avait ni la patience ni la tendresse nécessaires pour soigner les enfants. Le petit Brian fut pourtant très facile à réconforter. Rob l'emmena aux toilettes, lui lava les mains et le visage, et lui proposa de retrouver sa mère.

En chemin, il s'arrêta pour prendre à une buvette un verre d'eau fraîche pour le petit. Il repéra Twyla de loin; debout derrière sa table, elle discutait avec animation avec un type vêtu de cuir, les cheveux en queue-de-cheval.

Si Rob l'avait immédiatement remarquée sur le parking, c'était pour des raisons évidentes. Il avait même ressenti une sorte de choc intime en découvrant cette silhouette parfaite et cette magnifique crinière de cheveux roux. Cette couleur extraordinaire provenait sans doute d'un flacon; en tant que coiffeuse, elle devait connaître toutes les astuces pour donner l'illusion du naturel. A moins que ce ne soit vraiment sa couleur? Après tout, le petit Brian aussi était roux.

Elle ne portait pas d'alliance ; cela aussi, il l'avait remarqué aussitôt. Sa propre attitude le surprenait un peu car ce qu'il ressentait semblait déborder du cadre purement physique. Après tout, il avait déjà croisé des femmes très belles, en avait même couché certaines dans son lit. Mais celle-ci n'était pas seulement ravissante : elle avait le visage le plus expressif qu'il ait jamais vu, son regard se livrait sans la moindre réserve. Tout à l'heure, en parlant avec elle, il avait senti dans leur échange une sorte d'harmonie, un rythme fluide, très agréable. En quelques phrases seulement, elle était passée de l'humour à tristesse, de l'impertinence au pragmatisme ; elle avait montré à la fois de la modestie et de la fierté.

Le type à la queue-de-cheval dit quelque chose qui la fit éclater de rire. Elle n'avait pas ri comme cela pour Rob. Dès que cette pensée lui vint, il se trouva grotesque. Pourquoi se préoccuperait-il de faire rire une inconnue ? A cet instant, le regard de Twyla se posa sur eux ; dès qu'elle vit son fils, son visage fut transfiguré par une joie très douce. Le petit Brian courut vers elle, et le geste qu'elle eut pour poser la main sur ses cheveux fit jaillir en Rob un souvenir fulgurant du passé.

Troublé, il s'arrêta net, les sourcils froncés. Que lui arrivait-il ? Il avait toujours évité de verser dans la nostalgie. Pour survivre, il s'était obligé à se concentrer sur ses objectifs, sur l'avenir. Ce retour à Lost Springs allait-il affaiblir le rempart qui le protégeait ? Plus vite cette vente aux enchères serait terminée, mieux cela vaudrait !

Twyla ne l'avait pas regardé. Penchée vers son fils, elle dit :

— Salut, toi ! Il t'est arrivé quelque chose ?

— J'ai vomi, avoua le petit, penaud.

Rob se trompait en pensant qu'elle n'avait pas remarqué sa présence. Levant les yeux vers lui, elle demanda :

— Et qu'en dit le corps médical ?

Elle savait donc qu'il était médecin ? Comment ? Sans doute avait-elle eu entre les mains la fichue brochure annonçant la vente aux enchères.

— Il s'est donné le vertige en tournant sur la balançoire, expliqua-t-il avec un sourire. Il n'y aura pas de séquelles. Faites-le asseoir à l'ombre une petite demi-heure.

— Vous allez me facturer ce conseil ?

— Uniquement si je ne gagne pas la couverture !

— Le patchwork, répéta-t-elle. C'est un patchwork du style « cabane de rondins ».

— Viens, Rob, c'est l'heure de retourner dans la fosse aux lions, dit l'homme à la queue-de-cheval.

Interdit, Rob le dévisagea… et reconnut encore un ancien de Lost Springs.

— Stan ! Je suis content de te revoir.

Un affreux effet Larsen couvrit la réponse de Stanley Fish. Rob se retourna vers le chapiteau en s'abritant les yeux du soleil.

— Tu as raison, je crois qu'ils vont commencer.

Un pincement absurde de trac le saisit au plexus ; du fond du cœur, il maudit Lauren et sa vieille copine Lindsay. Que faisait-il ici, comment s'était-il laissé convaincre de participer à ce rituel grotesque ? S'efforçant de faire bonne figure, il lança :

— A tout à l'heure, sans doute. Brian, ne fais plus tourner la balançoire aujourd'hui, d'accord ?

Les deux hommes s'éloignèrent côte à côte. Toujours en proie à cette appréhension absurde, Rob voulut meubler le silence en demandant :

— Alors, tu es aussi venu pour le marché d'esclaves ?

— Non, répondit Stan avec satisfaction. Je suis venu couvrir l'événement.

— Couvrir… ?

— Je suis journaliste. Pour le magazine *Clue*.

— Oh, non. Tu veux dire qu'on parlera de cette histoire dans un magazine à diffusion nationale ?

— Et pourquoi pas ? C'est une histoire bourrée d'humanité, surprenante et même drôle. Il y a le côté positif de ces garçons perdus qui se sortent d'affaire, le côté sexe de ces gars mis à l'encan et de ces femmes qui dépensent des sommes folles pour remporter le morceau… Nos lecteurs vont adorer.

— Dans ce cas, rends-moi service, soupira Rob. Ne cite pas mon nom, tu veux ?

— Dans tes rêves, repartit Stan avec bonne humeur.

Atterré, Rob le vit sortir un petit carnet pour griffonner quelque chose. Il allait protester quand une jeune femme harnachée d'un nombre surprenant d'appareils photo les rejoignit au trot.

— Stan, on y va ! Bonjour ! ajouta-t-elle en remarquant la présence de Rob.

— Bonjour, répondit celui-ci. Et vous, que pensez-vous de l'idée de mettre des hommes aux enchères ?

— Un vrai bonheur, lança-t-elle en abaissant la visière de sa casquette de base-ball pour s'abriter les yeux. J'ai toujours adoré faire les boutiques.

— Rob, lâcha Stan, toujours plongé dans ses notes, je vais t'appeler le « célibataire récalcitrant ». Ça sonne bien, non ? Alors dis-moi : pourquoi es-tu venu, si cela te dérange autant ?

— Parce que ce ranch a été mon foyer pendant onze ans.

La vérité toute nue, c'était que tout l'amour, toute l'estime qu'il avait reçus pendant cette période cruciale de sa vie, il les devait à ce centre. On lui avait beaucoup donné, il pouvait le reconnaître aujourd'hui. A l'époque, il percevait uniquement le vide immense, la carence monstrueuse dans son cœur.

— Je suis venu pour rendre service, ajouta-t-il d'un ton bref.

Il préféra ne pas prononcer le nom de Lauren. La presse parlait déjà suffisamment d'elle et de sa famille.

— Et quel effet cela te fait-il de te louer pour un soir ?

— Le même effet qu'une visite chez le dentiste.

Laissant là les deux journalistes, il rejoignit l'aire où l'on rassemblait les célibataires. Les organisateurs étaient sur les dents, un homme corpulent agitait son chapeau de cow-boy comme pour chasser du bétail récalcitrant. Une foule de femmes s'installait sur les gradins, les candidats prenaient place sur les fauteuils de toile alignés devant l'estrade du commissaire-priseur. Les voisins de Rob, sans doute aussi mal à l'aise que lui, plaisantaient, chahutaient ou échangeaient des anecdotes du temps où ils étaient camarades de classe. Rob trouva une place

libre à côté d'un garçon plutôt calme, dont le nom lui
revint au bout de quelques secondes. Cody Davis, un
type discret, intelligent, qu'il avait apprécié à l'époque.
Se penchant de côté, Rob lui demanda à mi-voix :

— Tu es aussi terrifié que moi ?

— Oui, répondit son voisin sur le même ton. D'où
sortent toutes ces femmes ?

A l'abri derrière ses lunettes de soleil, Rob parcourut
les gradins du regard. Il y avait là des femmes de tous les
formats, de tous les âges et de tous les styles. Certaines
portaient des jeans qui les moulaient comme une
seconde peau, d'autres des robes ; certaines sifflaient
avec entrain les hommes du groupe qui prenaient
des poses de culturistes en gonflant leurs biceps. Une
grande blonde en débardeur semblait être arrivée là
par hasard ; elle contemplait la scène avec perplexité et
hésitait manifestement à rester. Une autre, assise entre
deux petits enfants, discutait très sérieusement avec eux
en faisant des gestes vers la rangée d'hommes. Une fille
enceinte serrait la brochure sur son cœur. Rob frémit
d'angoisse.

Au tout premier rang, il repéra un carré assez insolite :
deux dames âgées portaient des T-shirts à paillettes et
des baskets rutilantes, la troisième fumait avec décon-
traction, ses cheveux d'or relevés dans un chignon
improbable ; la quatrième, une Asiatique minuscule,
semblait absolument fascinée par les hommes alignés
devant elle.

Le cœur battant, Rob se renversa dans son siège en
croisant les bras.

— Tu sais, murmura-t-il à son voisin, aucune

femme n'est laide, du moment qu'on prend le temps de la connaître.

Davis hocha la tête avec empressement. Ce fut le moment que choisit le commissaire-priseur pour bondir sur son estrade, souhaiter d'une voix tonnante la bienvenue à l'assistance, et expliquer le déroulement de la vente. Rob ne l'écouta pas. La situation était si absurde qu'il se sentait tout à fait détaché de la réalité.

Dans un sens, Lost Springs s'était toujours situé en dehors de la réalité ordinaire. Quoi de plus artificiel que ce rassemblement de garçons sans famille ? Réunis ici par le hasard, ils avaient grandi de leur mieux en étudiant, en riant, pleurant, en se battant à l'occasion. Pour eux, ce ranch était souvent l'unique espoir de se construire. Voilà pourquoi Rob avait répondu à l'appel, et accepté de participer à cette vente grotesque : parce que ce lieu faisait une œuvre importante et qu'il ne pouvait pas le laisser couler faute de financement. Sans Lost Springs, les garçons comme lui n'auraient nulle part où aller.

Lauren était une inconditionnelle des bonnes œuvres. C'était même une tradition familiale : cinquante ans auparavant, une fondation avait été créée pour gérer les dons. Cette fondation employait douze permanents et Lost Springs se trouvait sur sa liste depuis des années. Rob avait rencontré Lauren lors d'un gala de charité. Un événement beaucoup plus conventionnel que celui-ci !

Lauren… Rob n'en revenait toujours pas de cette rencontre, et de l'entente parfaite qui s'était installée entre eux. Quel couple improbable, l'héritière et l'orphelin, le Petit Chose et la princesse Grace. Parfois, ce décalage le dérangeait encore un peu, il ressentait un malaise diffus, indéfinissable, une pointe douloureuse comme un caillou dans sa chaussure. Lauren était fière de lui et de sa réussite, elle lui prédisait un avenir remarquable mais, au fond de lui, il se demandait toujours si elle regrettait qu'il ne soit pas né avec davantage de classe.

Il se hâta d'écarter ces pensées. Oui, bien sûr, ils venaient de mondes radicalement différents mais ils avaient suffisamment d'intelligence pour se rejoindre au-delà de leurs différences. Quand les organisateurs de cette journée lui avaient demandé de faire en quelques mots le portrait de sa femme idéale pour leur catalogue, c'est Lauren qu'il avait décrite.

A cet instant, une couronne de cheveux dorés dans la foule lui fit battre le cœur. Mais non, bien sûr, ce n'était pas elle ! Reste qu'il se serait senti absurdement heureux de découvrir qu'elle ne supportait pas de le voir mis aux enchères et livré à une inconnue. Au fond, il aurait aimé qu'elle se précipite ici pour le louer elle-même… mais cela, c'était un fantasme qui ne correspondait pas du tout au personnage de Lauren.

— Alors, qui aimerais-tu voir faire une offre ? demanda Davis. Tu as tes préférences ?

Instinctivement, le regard de Rob se tourna vers le grand chêne qui bruissait doucement dans la brise. Twyla McCabe se tenait devant son patchwork, les mains sur les hanches ; de loin, elle suivait l'ouverture des enchères. Quand il réalisa où l'avait mené ce mouvement spontané, Rob ramena brusquement son regard vers les gradins.

— Pas de préférences, dit-il très vite. C'est comme

je le disais, toutes les femmes sont belles, toutes. Et puis, c'est pour la bonne cause.

—... plus simple de procéder par ordre alphabétique, disait le commissaire-priseur dans son micro. Mesdames, applaudissez notre premier célibataire, le Dr Robert Carter !

Le rouge au front, Rob se mit sur pied, très conscient de ses mouvements raides et sans grâce. Ecrasé par les regards gourmands braqués sur sa personne, il se répéta qu'il faisait cela pour le ranch, pour les garçons... Il n'y avait pas de place ici pour la fausse honte, ce n'était qu'un jeu, une enchère pour rire. Au prix d'un effort, il réussit à plaquer sur son visage un large sourire cordial. Lindsay Duncan s'était approchée pour le présenter ; bien décidé à jouer son rôle, il lui prit la main et s'inclina galamment pour la porter à ses lèvres. Un soupir audible s'éleva des gradins. Délivré de son trac, il se mit à rire.

Le commissaire-priseur résumait le paragraphe biographique du catalogue. A l'entendre, Rob était un type absolument fascinant, et des « oh » et des « ah » admiratifs jaillissaient des gradins à l'énoncé de chacun de ses diplômes ou trophées sportifs. En remplissant son questionnaire de candidat célibataire, il avait surtout parlé de son travail au laboratoire, mais les organisateurs ne s'étaient pas servis de ce matériel. Isoler des virus dangereux ou maîtriser des épidémies, ce n'était manifestement pas « sexy ».

— Et la cerise sur le gâteau, mesdames, susurra le commissaire-priseur : il a l'âme d'un poète.

Pris de court, Rob haussa les sourcils. Un poète,

lui ? D'un geste théâtral, l'homme au micro sortit d'un dossier une copie jaunie. Stupéfait, Rob haussa le cou pour tenter de mieux voir. La page semblait couverte d'une écriture appliquée, et il distingua une étoile collée en haut à droite — l'accolade pour un devoir particulièrement réussi.

— Ceci nous a été remis par Mme Theda Duckworth, ancienne institutrice de l'école primaire locale, annonçaient les haut-parleurs de l'estrade.

Rob fouillait dans ses souvenirs. Mme Duckworth, oui. Une institutrice merveilleuse, formidablement terre à terre, à la fois tendre et sévère. Elle tenait beaucoup à leur inculquer une belle écriture bien lisible. Il ne se souvenait absolument pas d'avoir rédigé de poèmes dans sa classe.

— Voici ce que Rob a écrit alors qu'il était encore tout petit. « Quand je serai grand, je veux être un papa. Il paraît que ce n'est pas si difficile. Je ne sais pas, parce qu'il n'y en avait pas chez nous. »

Un petit rire attendri s'éleva des gradins. Le sourire de Rob se figea un peu. A quoi jouait le commissaire-priseur ? Croyait-il faire monter les enchères en exhibant les raisonnements naïfs d'un gosse de neuf ans ?

— « Dans une famille, le papa répare tout, enchaînait l'homme d'une voix que Rob trouva souverainement irritante. Surtout la voiture, mais aussi tout ce qui ne va pas au jardin ou dans la maison. Les papas sont très forts, mais il faut la maman et les enfants pour transformer un type en père. Je crois que je vais devoir y réfléchir encore un peu. »

Les femmes des gradins riaient, applaudissaient,

poussaient des exclamations attendries. Avec difficulté, Rob réprima une grimace. Surtout, ne pas montrer combien il trouvait humiliant qu'on ait livré ainsi ses interrogations de gosse, quand il se demandait sincèrement ce qu'était un père. De toutes ses forces, il s'efforça de sembler détendu, amical, tandis que le commissaire-priseur lançait les enchères.

— Qui me propose cinq cents dollars pour ce magnifique jeune homme?

Une main jaillit vers le ciel.

— Cinq cents dollars, j'ai cinq cents. Qui dit six?

Rob réprima un soupir d'angoisse. Tourné vers la foule, il fit mine de suivre avec intérêt l'évolution de la situation. La litanie rapide et monotone du professionnel des enchères le hérissait, il se demandait comment il se retrouvait ici alors qu'on avait aboli depuis si longtemps les ventes d'esclaves. Dans l'assistance, les mains jaillissaient, les sommes grimpaient à une vitesse astronomique, les femmes riaient et s'encourageaient.

— Douze cents dollars. J'ai bien entendu treize? Treize!

Rob se mit à transpirer; il se sentait pris au piège, son regard sautait d'un point à l'autre de ce mur qui l'entourait, fait de visages épanouis qui criaient, de corps qui bondissaient sur place, de mains brandies. Quelques visages accrochaient son regard, la fille au débardeur, la femme à l'énorme crinière de cheveux crêpés, la maman avec les deux gosses, la femme enceinte. Une élégante tout en noir, une autre en bottes de lézard, Rolex au poignet; une petite dame aux cheveux blancs. Pour l'amour du ciel, il y avait même des vieilles dames? Oh, que cette scène cauchemardesque se termine, que ces regards se détournent de lui... qu'il puisse aller s'offrir une bière bien fraîche !

Les sommes s'envolaient vers des sommets irréels. Neuf mille dollars, dix, douze. Ces gens avaient vraiment de l'argent à jeter par les fenêtres ! La fille au débardeur ne cessait de surenchérir, luttant pied à pied contre la femme à la crinière. La grande élégante fit une offre, puis il y eut un échange fulgurant entre Bottes de Lézard et Cheveux d'Argent.

Rob se surprit à jeter un coup d'œil vers Twyla, comme pour appeler à l'aide. S'il cherchait un réconfort auprès d'elle, il en fut pour ses frais, car elle levait les yeux au ciel en riant de ce déchaînement grotesque. Pourtant, sans savoir pourquoi, cela l'apaisa de croiser son regard. Sa réaction montrait que le monde entier n'était pas devenu fou. Maintenant, si elle voulait bien cesser de rire de lui...

— Une fois, deux fois, trois fois... adjugé ! aboya le commissaire-priseur. Vendu à Sugar Spinelli !

Twyla McCabe cessa enfin de rire. Stupéfait, Rob la vit vaciller sur place et se raccrocher à sa table pliante en plaquant la main sur sa bouche. Même à cette distance, il vit qu'elle avait pâli.

Un peu égaré, il se retourna vers les gradins. L'assistance applaudissait à tout rompre, la gagnante criait de joie, entourée d'un groupe d'amies qui sautaient sur place en s'étreignant. Deux T-shirts à paillettes, un rose, un lavande, étincelaient au soleil. Abasourdi, Rob ouvrit la bouche comme pour protester. Jamais, au grand jamais, il n'avait envisagé ce dénouement! La femme qui venait de s'offrir ses faveurs, celle qui avait misé plus que toutes les autres… était une grand-mère aux cheveux de neige.

Chapitre 5

Ce constat ne suffit pas à gâcher le stupéfiant, le merveilleux sentiment de soulagement qu'il éprouva en quittant sa place. Derrière lui, le commissaire-priseur choisit une nouvelle victime et se mit à décrire ses charmes. Rob ne l'écouta pas. Son calvaire était terminé, il allait enfin pouvoir s'offrir cette bière dont il avait si envie.

Les dames en T-shirt à paillettes s'éloignaient, sans doute pour aller régler leur dû auprès des organisateurs. Discrètement, Rob s'éclipsa vers la buvette la plus proche, où il commanda sa récompense et sortit son portable pour appeler Lauren. La situation tout entière lui semblait soudain du plus haut comique.

— Je crois bien que tu m'as perdu pour toujours, dit-il quand elle décrocha.

— Comment ? Tu veux dire que c'est déjà terminé ?

— Mon rôle est terminé, oui.

— Alors ? Raconte, je veux tout savoir.

Souriant, Rob l'imagina blottie sur le canapé de daim noir de son beau salon, ramenant ses pieds sous elle de ce mouvement inimitable qui lui plaisait tant. A cet instant précis, il aurait donné beaucoup pour pouvoir la prendre dans ses bras. Il but une longue gorgée de bière avant de répondre.

— D'abord, on m'a fait passer en premier.

— Parce que tu étais le meilleur lot, mon ange.

— Parce qu'ils ont choisi l'ordre alphabétique ! C'était inimaginable, les enchères fusaient à une vitesse folle, et tu ne devineras jamais qui a remporté le gros lot.

— Je ne veux pas deviner, dis-moi !

— Une dame du nom de Spinelli. Oui, je crois que c'est bien cela.

— Sugar Spinelli ?

— Ne me dis pas que tu la connais !

— Tout le monde la connaît. Ils ont fait fortune dans le pétrole.

— Lauren, ton « tout le monde » n'est pas tout à fait le même que le mien.

Elle ne le faisait pas exprès, bien sûr, mais chaque fois que Lauren disait « tout le monde », il se sentait aussitôt rejeté du côté des petites gens. Il n'insista pas, et Lauren s'écria :

— Mais elle a au moins soixante-dix ans !

— Je t'assure. Elle veut peut-être s'offrir un petit-fils pour la journée.

De loin, il vit les vieilles dames à paillettes conclure leur transaction et se diriger vers lui en bavardant à cent à l'heure.

— D'ailleurs je vais bientôt savoir ce qu'elles me veulent ! dit-il. Les voilà. Je te rappelle plus tard.

Il rangea son téléphone, posa sa bière et plaqua son sourire le plus cordial sur son visage.

— Mesdames, dit-il, comment allez-vous ?

— Nous allons bien, Robert, dit Mme Spinelli. Nous pouvons vous appeler Robert ?

— Je vous en prie. Et même Rob, je préfère.

— Dans le temps, c'était Robbie, lança l'autre dame, celle qui était en rose.

Interdit, il scruta son visage. Ce nuage de cheveux fins, blancs avec un reflet lavande, ces lunettes carrées, cette expression mêlant douceur, malice et détermination.

— Mme Duckworth ! s'exclama-t-il.

— Bravo ! Je ne pensais pas que tu me reconnaîtrais.

— Cela fait longtemps !

Il hésita un instant, décontenancé. Comment salue-t-on son institutrice de CE2 quand on ne l'a pas vue depuis tant d'années ? L'appelle-t-on « maîtresse », propose-t-on de nettoyer le tableau ? Elle le tira d'affaire en lui ouvrant les bras. Assez ému, Rob l'embrassa, puis recula, en proie à un nouvel accès de gêne. Son institutrice accompagnait tout de même la dame qui venait de payer une somme considérable pour s'offrir sa compagnie pour une soirée !

— Merci, dit-il en se tournant vers Mme Spinelli. Merci du fond du cœur. Vous avez montré une grande générosité et le ranch fera bon usage de votre don.

— Chéri, repartit la vieille dame avec un clin d'œil canaille, c'est de toi que je compte faire bon usage.

Rob sentit son sang se glacer. Mme Duckworth dut deviner sa panique car elle lui saisit le bras et l'entraîna un peu à l'écart.

— Sugar, dit-elle à son amie, nous devrions expliquer le plan à Robbie. Il va devoir s'organiser.

— M'organiser ? répéta-t-il sans comprendre.

— Tu vas devoir libérer un week-end !

— Et quel genre de week-end… ?

Les deux vieilles dames éclatèrent d'un grand rire.

— Pour l'amour du ciel, pas avec nous ! Tu as entendu ça, Theda, s'esclaffa Mme Spinelli. Il est tout simplement adorable.

S'emparant sans façons de son bras libre, elle le hala un peu plus loin en expliquant rondement :

— Mon cher garçon, vous avez un charme fou mais vous n'êtes pas notre genre. Ce week-end concerne quelqu'un d'autre, une personne tout à fait extraordinaire.

Tous ces mystères étaient affreusement inquiétants ! L'imagination de Rob se déchaîna. Mme Spinelli avait-elle une fille psychotique ayant déjà usé plusieurs maris ? Ou une nièce folle à lier qui désespérait de rencontrer l'homme de sa vie ?

— Je vous écoute, dit-il en s'efforçant de garder son calme.

— Tu vas vivre un week-end de rêve, annonça Mme Duckworth.

— Tout est déjà organisé, renchérit son amie. Jusqu'au moindre détail.

Il respira plus librement. Ces dames souhaitaient probablement se faire accompagner lors d'une expédition à la grande ville la plus proche. Il s'agirait sans doute de dîner au restaurant, puis d'aller à un concert ou une pièce de théâtre… Ou sur un parcours de golf ?

— Vous assisterez à une réunion d'anciens élèves, annonça Mme Spinelli. La réunion « dix ans après » d'une classe de terminale.

Il la dévisagea, incrédule. Dans son esprit, la pelouse

de velours d'un golf s'effaça devant des guirlandes de
papier crépon dans un gymnase sinistre aux odeurs de
sueur et de désinfectant.

— Voyons si je vous comprends bien, dit-il d'une
voix contenue. Je dois emmener quelqu'un à une réunion
de retrouvailles… ?

— Le week-end prochain, confirma Mme Duckworth.
Ce sera tout à fait merveilleux. L'événement se tient
dans une petite ville près de Jackson, vous devrez
prendre l'avion pour vous y rendre mais ce n'est pas
une difficulté : nous avons déjà réservé vos places, ainsi
que votre hébergement.

— Mais vous venez seulement de me… de réserver
mes services !

— Oh, mon cher, il n'était pas question de nous
passer de vous. Nous avions le catalogue, et elle vous
a choisi tout de suite. Je pense que c'était le costume
Armani.

— Non, c'était la rose, coupa Mme Duckworth. A
mon avis, cette rose qu'il tenait à la main était déter-
minante.

« Lauren », pensa Rob. L'espoir jaillit en lui, aussitôt
transformé en certitude. Lauren avait tout organisé, elle
lui jouait ce tour insensé, merveilleusement bizarre.
Le jour de la photo, elle avait insisté pour qu'il porte
ce costume et qu'il tienne cette rose. Elle connaissait
Mme Spinelli. Pour le taquiner, elle s'était entendue
avec ces deux commères.

— Bien, je préfère vous prévenir tout de suite, dit
Mme Spinelli en braquant sur lui un regard sévère.
Vous devrez faire semblant d'être fiancés.

Rob éclata de rire. C'était bien Lauren! Lui qui pensait justement en arrivant qu'il était temps pour eux de penser au mariage!

— Fiancés? répéta-t-il.

— Oui. Vous m'avez comprise.

— Je comprends surtout que Lauren vous a poussées à jouer ce rôle, lança-t-il, très amusé.

Les deux dames échangèrent un regard, et Mme Duckworth fronça les sourcils.

— Nous ne voyons pas de quoi tu veux parler.

Rob ne riait plus. Atterré, il scruta leurs visages et sut qu'elles ne plaisantaient pas. Ces deux dames comptaient réellement l'envoyer Dieu sait où, à la réunion de la classe de terminale d'une inconnue. Invraisemblable. Pourtant, devant ces regards francs, limpides et implacables, il comprit qu'il n'aurait aucune chance de se défiler.

— Mesdames, dit-il gravement, vous débordez du cadre de notre accord. Il s'agissait d'une sortie, pas d'une mystification.

— Quel rabat-joie! s'écria Mme Duckworth de sa voix la plus bourrue. Tu as toujours été beaucoup trop sérieux. Je me souviens que tu te cachais toujours dans un coin quand on jouait à faire semblant.

— Le week-end est déjà organisé, ajouta sèchement Mme Spinelli.

— Je doute que ce soit possible, madame.

Ces deux visages levés vers lui, candides, perplexes et réprobateurs. Malgré lui, il fondit dans un sourire. Curieusement, il se sentait à son aise avec ces petites dames si pleines de bonne volonté et de projets abracadabrants. Et même, il se découvrait une tendresse pour elles, pour leur franchise et leur naturel. En même temps, une autre part de lui luttait de toutes ses forces, rejetant cette connivence si typique des habitants de ces petits bourgs de montagne. L'atmosphère de Lightning Creek n'avait aucune place dans l'avenir qu'il se préparait. Plus vite il rentrerait à Denver, mieux cela vaudrait.

— Ecoutez, dit-il en glissant la main dans sa poche, je n'ai qu'à vous faire un chèque pour vous dédommager, et nous serons quittes.

Les vieilles dames protestèrent avec énergie. Il cherchait un stylo quand Twyla McCabe les rejoignit, son patchwork plié sur le bras.

— Une bonne nouvelle ! dit-elle en se plantant devant lui.

— Ah ? répondit-il, un peu affolé. J'ai bien besoin d'une bonne nouvelle à cet instant précis.

— Nous venons de faire le tirage, et vous avez gagné.

Il se sentit absurdement content. La journée n'était donc pas tout à fait gâchée, il emporterait au moins avec lui ce beau patchwork.

— Merci, Twyla, dit-il.

— Vous vous connaissez déjà ? s'exclama Mme Spinelli en joignant les mains d'un geste de petite fille. Mais c'est merveilleux ! C'est parfait !

Rob plissa les yeux avec méfiance. Quelle surprise ces vieilles dames lui réservaient-elles encore ?

— Qu'est-ce qui est parfait ? articula-t-il.

— Le fait que vous ayez déjà fait connaissance, répondit Mme Duckworth. Vous allez pouvoir commencer tout de suite à faire vos projets.

Comme dans un rêve, Rob contempla Twyla McCabe. Ces cheveux soyeux d'un roux somptueux, ces taches de rousseur à peine visibles, cette beauté saine et simple et cette silhouette à vous couper le souffle…

— C'est vous ? demanda-t-il. C'est votre réunion de classe ?

— Sa classe de terminale, précisa Mme Duckworth. Vous allez passer un week-end formidable tous les deux.

— J'étais aussi venue mettre les choses au point, répliqua Twyla, exaspérée.

Rob n'en revenait pas. Machinalement, sans se demander pourquoi, il rangea son chéquier sans l'ouvrir.

Twyla passa le reste de l'après-midi à éviter Rob Carter. Elle assista à la suite des festivités dans un état de nervosité étrange ; cette histoire tournerait mal, elle en avait la certitude. Chaque fois que Rob faisait mine de s'approcher d'elle, elle s'affairait ici ou là, proposait ses services aux organisateurs, remplaçait une vendeuse de citronnade qui souhaitait faire une pause. Enfin, le dernier célibataire trouva preneur, et ce fut l'heure de rentrer.

Le soleil se couchait ; la chaleur retomba abruptement, les oiseaux se remirent à chanter, un parfum délicieux d'herbe coupée s'éleva de la pelouse. Twyla replia sa table et l'emporta vers son pick-up. Brian trottait près d'elle, tout à fait remis de son malaise et très content d'une journée passée à jouer, manger, crier et courir avec ses copains. Comment aurait-il pu se douter du tour que Mme Duckworth et Mme Spinelli venaient de jouer à sa mère ! Il ne s'était pas du tout intéressé à la vente aux enchères, et cela convenait très bien à Twyla qui ne souhaitait pas du tout s'expliquer sur la question ! Et d'ailleurs, elle n'aurait d'explication à donner à personne, car il n'était pas question pour elle d'accepter que Rob Carter remplisse son contrat.

Vers la fin des enchères, Brian avait tout de même semblé capter quelque chose. Lors d'une visite éclair au stand de citronnade que tenait Twyla, il avait demandé :

— Si quelqu'un prend un de ces hommes, il doit faire tout ce qu'elle dit ?

— Je pense qu'il y a des limites, avait répondu Twyla.

— Oui, mais combien de temps ?

— Je suppose qu'ils se mettent d'accord.

— Alors on pourrait leur dire de rester ici pour devenir des papas ?

Difficile de contredire la logique d'un petit garçon de six ans ! Sachant qu'elle ne devrait pas poser cette question, Twyla s'était entendue demander :

— Tu penses que les garçons du ranch ont besoin d'un papa ?

— Mais oui !

La question suivante coulait de source, mais Twyla n'avait pas osé la poser. Et toi, Brian ? Tu crois que tu as besoin d'un papa ? Elle n'était pas sûre de vouloir connaître la réponse.

— Sammy Crowe dit que Mme Spinelli a acheté celui qui s'appelle Rob, et qu'il doit faire tout ce que tu voudras.

— Qu'est-ce que je devrais lui demander, à ton avis ? avait demandé Twyla d'un ton léger.

— Ce n'est pas une blague ?

En voyant le visage de son fils s'illuminer, Twyla s'était efforcée de tempérer son enthousiasme. Non, Sammy se trompait, il n'y avait rien d'obligatoire, avait-elle expliqué confusément. Et Brian devrait vite retourner jouer parce qu'ils ne tarderaient pas à rentrer. Le petit s'était aussitôt éclipsé et elle ne l'avait revu qu'au moment de battre le rappel du retour.

Twyla déverrouilla son vieux véhicule, fit monter Brian et boucla sa ceinture. Aussitôt, il prit son livre préféré, *Dinotopia*, en bâillant largement. Sachant qu'il s'endormirait dès qu'elle démarrerait, elle étendit une couverture sur lui.

Elle refermait la portière quand elle sentit un regard peser sur elle. Dans la vitre transformée en miroir par le soleil couchant, elle vit le reflet qu'elle redoutait : le Dr Robert Carter se tenait derrière elle. Elle se retourna pour faire face à ce beau visage régulier, ces cheveux noirs et brillants, ce demi-sourire et ce regard surtout, ce regard… attentif, approbateur, avec juste un soupçon de tendresse. Personne n'avait posé un tel regard sur elle depuis bien longtemps. Il ressemblait… eh bien, à un homme pour lequel on paierait volontiers douze mille dollars.

Elle s'écria :

— Ecoutez, cette idée démente ne vient pas de moi, je ne savais pas du tout ce que préparaient Sugar et Theda. Je n'ai aucune intention de sortir avec vous !

Planté devant elle, le patchwork roulé sous le bras, il la dévisagea en silence. Le temps se suspendit ; elle se sentit perdre pied et, dans le chaos de ses pensées, une seule idée surnagea : cet homme devait être un bon médecin car il n'hésitait pas à regarder les gens jusqu'au fond de l'âme.

— On ne m'a jamais dit cela tout à fait sur ce ton, dit-il enfin.

Twyla ne put retenir un éclat de rire nerveux.

— Je ne cherchais pas à vous insulter, c'est seulement…

Elle s'interrompit pour saluer d'un sourire artificiel et crispé l'une des dames du cercle de patchwork de sa mère, qui passait en les dévisageant avec curiosité.

— Venez par ici, proposa Rob en montrant le talus herbeux qui descendait vers le terrain de foot.

— Mais il n'y a vraiment rien à discuter, gémit-elle.

Les passants se faisaient de plus en plus nombreux, et beaucoup d'entre eux s'intéressaient au tableau qu'ils formaient tous les deux.

— Dans ce cas, allons discutons de rien dans un lieu plus discret.

Il tourna les talons et s'éloigna d'un pas vif, sans même se retourner pour s'assurer qu'elle le suivait. Exaspérée, Twyla poussa un soupir explosif. Au fond, il avait raison : ils devaient régler cette question une bonne fois pour toutes. Rob Carter avait sans doute hâte de rentrer à Denver. Dans le pick-up, Brian était plongé dans son livre ; il ne s'impatienterait pas tant qu'il pouvait étudier ses dinosaures, et il ne pouvait rien lui arriver ici. Abandonnant là sa table pliante, elle descendit à son tour vers le terrain de foot.

Vers l'ouest, les terrains de sport laissaient la place à une prairie d'herbes hautes, qui s'ouvrait sur le panorama splendide de la chaîne des Wind River. Le soleil frôlait la ligne brisée des crêtes, la lumière dorée du soir emplissait le ciel, enveloppant chaque objet d'un halo magique.

Lorsque Rob se retourna vers elle, Twyla sentit son cœur se serrer : l'espace d'un instant, nimbé de cette moelleuse lumière dorée, il ressembla à un héros de l'ancien temps, ou à un être venu d'un autre monde, bien loin de la réalité quotidienne. Puis il tendit la main vers elle et l'illusion bizarre s'évanouit. Elle s'approcha avec prudence.

— Par ici, dit-il en lui montrant un petit escalier de béton. Prenez place.

— J'avais oublié, balbutia-t-elle, troublée. Oui, bien sûr, vous connaissez très bien cet endroit.

Un instant, elle eut envie de l'interroger sur son enfance. Comment avait-il échoué à Lost Springs, combien de temps y était-il resté ? Se souvenait-il de sa famille ? Sa vie ici avait-elle été heureuse... et quand il avait six ans, regrettait-il beaucoup de ne pas avoir de père ? Elle écarta bien vite cette impulsion absurde. Loin de vouloir mieux le connaître, elle cherchait à se débarrasser de lui ! Le plus courtoisement possible, bien sûr ; après tout, le pauvre homme n'avait pas demandé à être shangaïé par deux enfants terribles à la retraite. Il ne méritait pas que sa générosité — et c'était un geste réellement généreux de se prêter à cette collecte de fonds pas comme les autres — soit détournée de cette façon.

Elle s'assit donc sur une marche, lui sur une autre. Malgré les parfums d'herbe coupée et de thym, un souffle froid se glissait dans l'air du soir. Très loin au-dessus des montagnes, une première étoile parut. Un frisson subtil courut sur la peau de Twyla ; elle enserra ses genoux de ses bras et laissa sa robe d'été envelopper ses jambes.

— Je veux que vous sachiez que je n'attends rien de vous, dit-elle. Je ne vous demande pas de faire… ce que Mme Spinelli et Mme Duckworth voudraient que vous fassiez. C'est leur projet et il ne regarde qu'elles.

— Expliquez-moi un peu la situation. Où sont-elles allées chercher cette idée ?

Twyla hésita un instant avant de se jeter à l'eau.

— Je présume que vous n'avez pas une grande expérience des salons de beauté ?

— Vous présumez bien.

— Ce sont de petites sociétés dont les membres sont étroitement liés, par l'amitié bien sûr, mais aussi par toutes sortes de codes et de rituels. Quand j'ai ouvert le salon, ces deux dames ont été mes premières clientes. Le premier dollar que m'a payé Sugar Spinelli est encore encadré au mur. Elles m'ont prise sous leur aile, et je les adore.

Malgré elle, elle souriait avec tendresse. Puis la conscience de sa situation lui revint et, fronçant les sourcils, elle reprit avec sévérité :

— Il leur arrive tout de même d'aller trop loin. Elles se sont mis en tête qu'il manque quelque chose dans ma vie. A leur avis, ce quelque chose ne peut être qu'un homme, et elles ne renonceront pas avant de m'en avoir trouvé un. Même si cela doit leur coûter des milliers de dollars !

Elle eut un petit rire douloureux. C'était tout de même touchant que ses amies soient allées aussi loin dans leur détermination à faire son bonheur. Touchant, mais insupportable !

— Il y a pire que d'avoir des amies comme elles, observa Rob.

— Je le sais, et je leur suis très reconnaissante mais, cette fois, elles dépassent vraiment les bornes.

— Alors ? Que comptez-vous faire ?

Twyla laissa retomber sa tête en arrière. Les étoiles s'étaient multipliées, elles brasillaient en silence, très blanches dans le crépuscule violet.

— Je me le demande, soupira-t-elle.

— Je suppose qu'elles seront blessées si vous refusez de vous prêter à leur plan ?

— Oh, oui !

Elle en frémissait d'avance. Les regards de reproche, les silences chargés… Cela durerait des semaines.

— Ce n'est pas tant l'argent, expliqua-t-elle. Sugar Spinelli est merveilleusement généreuse, elle contribue à une foule de bonnes causes. Elle aurait donné cette somme à Lost Springs sans demander de contrepartie. Le plus terrible, c'est qu'elles pensent sincèrement avoir trouvé la solution idéale. Elles veulent me voir faire un retour triomphal dans mon bourg natal, accompagnée d'un bel homme qui sera aux petits soins pour moi.

— Quelle horreur, taquina-t-il doucement.

Elle ne put s'empêcher de rire.

— Oui, j'avoue, le fantasme a un certain charme. Qui n'adorerait pas revenir parader devant ses camarades de lycée en ayant l'air d'avoir conquis l'univers… et de s'être fiancée à un médecin de Denver ? Mais personne n'irait jusqu'à organiser une telle mise en scène !

Rob cueillit un brin d'herbe. Il ne cherchait certainement pas à attirer l'attention sur sa bouche, mais elle ne put s'empêcher de regarder ses lèvres bien découpées pincer distraitement la tige.

— Je peux vous poser une question ? demanda-t-il.

— Allez-y, murmura-t-elle en se hâtant de détourner les yeux.

— Que se passerait-il si vous vous présentiez là-bas telle que vous êtes ? Propriétaire d'un commerce, maman de Brian…

— Oh, je n'ai rien à cacher, bien sûr, mais…

Elle se tut, car un sentiment bizarre se glissait en elle ; une nostalgie d'un temps où elle était moins solitaire. C'était si facile de parler à cet homme ! Si facile qu'elle ferait sans doute mieux de se taire.

— Mais quoi ? demanda-t-il.

— Je suppose que j'étais comme la plupart des adolescentes. Je faisais de grands projets, je me voyais sous un certain jour. Puis la vie m'est… tombée dessus, et je n'ai eu l'occasion de réaliser aucun de mes rêves. Si je veux me montrer tout à fait franche, dans un sens, j'adorerais me montrer là-bas dans une belle robe, avec un homme parfait pour m'ouvrir les portes et aller me chercher à boire.

— Et je serais votre homme parfait ?

Elle rougit mais s'écria pourtant :

— Vous plaisantez ? Mais regardez-vous ! Un médecin prestigieux, parfaitement bien élevé et qui sait s'habiller ? Je peux vous assurer que, à Hell Creek, vous seriez un véritable ovni.

— Hell Creek ?

— Mon village. Je suis partie assez subitement et je n'y suis pas retournée en sept ans. Bref… on ne parlerait que de vous.

— Ne vous fiez pas trop aux apparences.

Il parlait à voix basse, le regard fixé sur les cimes des montagnes, si proches dans le crépuscule.

— Ce qui veut dire ? murmura-t-elle malgré elle.

Elle se demandait tout à coup s'il n'était pas du tout ce qu'il semblait. Cette façade si séduisante cachait-elle une réalité inquiétante ?

— Rien, dit-il. Je suis quelqu'un d'assez ordinaire. Ennuyeux.

Il y eut un long silence. Alors que tout semblait si simple un instant plus tôt, une tension curieuse se levait entre eux. C'était le décalage entre ce moment partagé, ces confidences, et la réalisation que, au fond, ils ne se connaissaient pas. Que dit-on à un inconnu qui est payé pour vous tenir compagnie ?

— Vous savez quoi ? dit-il tout à coup.

— Quoi donc ?

— Nous n'avons pas le choix. Nous devons aller jusqu'au bout.

Au second essai, elle réussit à dire :

— Aller jusqu'au bout. Vous voulez dire… nous rendre à cette réunion ?

— Oui.

— Est-ce que vous savez seulement où se trouve Hell Creek ?

— L'une de ces dames disait que c'était du côté de Jackson.

— Dans l'arrière-pays. Assez loin de la ville.

Il enfonça les mains dans ses poches. Son attitude avait changé. Il semblait plus détendu, plus ordinaire, et très déterminé.

— Ecoutez, Twyla, j'ai accepté de participer à cette collecte de fonds, je me suis libéré de façon à pouvoir accompagner quelqu'un quelque part, pour la bonne cause et aussi parce que cela pouvait être amusant. Beaucoup de gens se sont donné du mal pour organiser cette vente aux enchères, et je pense que nous devrions jouer le jeu. Remplir notre part du contrat.

— Je n'ai passé de contrat avec personne, dit-elle.

— Alors passez-en un avec moi. Ici et maintenant. Allons à cette réunion !

Pour Twyla, cette phrase tomba du ciel pur de la nuit comme un coup de tonnerre. Jamais elle n'aurait imaginé que leur discussion puisse déboucher sur cette proposition ! Abasourdie, elle scruta le beau visage qui lui souriait et articula :

— Je vais réfléchir. Appelez-moi demain et je vous donnerai ma réponse.

Chapitre 6

De retour dans sa chambre au Starlite Motel, Rob contemplait le téléphone muet en se demandant ce qui l'avait poussé à faire cette proposition démente. Alors même que Twyla McCabe proposait de le dégager de ses obligations, alors qu'il n'avait qu'un mot à dire pour échapper à cette situation intolérable…

Il devrait lui téléphoner tout de suite pour lui dire qu'elle avait raison. Cette histoire ne tenait pas debout. Il l'emmènerait dîner quelque part, histoire d'honorer leur contrat ; il lui offrirait une soirée agréable et ils en resteraient là.

Oui, mais… elle lui avait demandé de l'appeler le lendemain, ce ne serait pas correct de sa part de prendre l'initiative, en lui imposant sa propre décision. Il ferait mieux de joindre Lauren pour lui raconter la situation effarante dans laquelle il se trouvait, par la faute de deux vieilles dames qui voulaient trop bien faire.

L'étoile de néon bleu de l'enseigne clignotait inlassablement de l'autre côté du store ; la rumeur presque oubliée de cette contrée sauvage perçait les murs minces du bâtiment : le chœur des grillons, les notes plus graves des grenouilles, le cri d'un hibou. Machinalement, Rob ouvrit le dossier que Mme Duckworth lui avait remis, et qui contenait tous les détails de leur projet. Ces dames avaient bien fait les choses ! Il trouva deux billets pour le vol de Casper à Jackson, la fiche de location d'un 4x4 pour le week-end, et quant à leur point de chute… Rob laissa échapper un long sifflement en découvrant la brochure du refuge Laughing Water, un magnifique chalet de bois dans un site de rêve au bord d'un torrent de montagne, avec une grande cheminée, deux chambres et un sauna. Un centre équestre se trouvait tout près de là, et l'ensemble appartenait à un promoteur de Jackson qui s'en servait, outre les locations, comme maison témoin pour attirer dans la région les Californiens las des paillettes et les Texans fatigués de leurs plaines arides. « Retrouvez la vraie nature », disait la légende, en dessous de la photo d'un cow-boy portant un seau à travers un enclos immaculé, face à un paysage à couper le souffle.

Rob jeta la brochure sur la table. Tout ce faste le troublait, ces vieilles dames fantasmaient par personne interposée, et puis cette photo était stupide ! Il n'avait rien contre une promenade à cheval de temps en temps, mais pourquoi présenter les corvées de l'écurie comme des activités épanouissantes ?

Tout à l'heure, en lui tendant son dossier, Mme Duckworth avait braqué sur lui ce regard dont les institutrices ont le secret en lui disant :

— Tu me comprends, j'espère ? Twyla doit vivre un week-end fabuleux jusqu'au moindre détail.

Et au cas où il se trouverait à court d'idées, le dossier renfermait une sorte de liste de tout ce qu'il pourrait faire pour le bonheur de leur amie. Il devrait lui offrir un cadeau : des fleurs ou même un bijou ; danser avec elle ; l'emmener faire un pique-nique ; lui proposer une sortie à cheval. Elles allaient jusqu'à suggérer un dîner aux chandelles, une promenade au clair de lune, un verre de vin devant la cheminée, le petit déjeuner au lit…

— Nous avons fait notre part, avait renchéri Mme Spinelli. A vous de faire la vôtre. Cela fait des années qu'aucun homme n'a été aux petits soins pour elle. A vous de jouer !

A part cela, elles ne lui mettaient pas du tout la pression, pensa-t-il avec un sourire amer. D'un geste impatient, il alla tirer le rideau pour masquer le vacillement du néon bleu ; dans la rue, un pick-up rutilant passait, sans doute en route pour le Grill Roadkill. Se décidant tout à coup, mais non sans un dernier regard pour le téléphone, il prit sa clé et quitta la chambre. Il était trop tard pour appeler Lauren, il n'avait plus qu'à aller retrouver les anciens de Lost Springs pour boire un verre à l'unique bar du bourg.

Tous les célibataires de la vente aux enchères étaient là, rassemblés autour d'une grande table. Dès que le groupe vit Rob, une acclamation s'éleva et on lui servit aussitôt une bière à l'immense pichet qui circulait de main en main.

— On a renfloué Lost Springs ! lança Rex Trowbridge, le directeur du ranch, avec un large sourire. Il est temps de penser un peu à nous !

Quelqu'un glissa des pièces dans le juke-box, la voix rauque de Jerry Jeff Walker emplit la salle et l'ambiance se fit encore plus joyeuse. Une réunion d'anciens élèves, pensa Rob. Les membres du groupe s'interpellaient, riaient et se lançaient de grandes claques dans le dos en plaisantant sur les péripéties de la vente aux enchères. Rob n'avait pas suivi le déroulement de celle-ci mais il ne fut pas surpris d'apprendre que toutes les transactions n'étaient pas motivées par la philanthropie. Russ Hall allait devoir jouer les pères de remplacement le temps d'un week-end, Cody Davis serait traîné dans sa ville natale pour jouer les maîtres de cérémonie lors d'une kermesse, une autre pauvre victime ferait les corvées du ranch d'une veuve…

— Et toi, Rob ? demanda Stanley Fish, le reporter, en se laissant tomber sur la chaise voisine. Parle-nous de ce qui t'attend.

Voyant l'expression de Rob, il ajouta :

— Ce n'est pas pour mon article, mon vieux. Je m'intéresse.

— Moi, ce que j'aimerais savoir, c'est pourquoi tu n'étais pas en vente ce matin.

— Mais je contribue, à ma manière ! Mon article fera une publicité terrible au ranch. Quand mes lecteurs verront de quelle façon vous autres, les beaux gosses, vous avez fait don de votre personne, les donations vont pleuvoir. Alors, raconte !

— Je suis censé accompagner une fille à la réunion « Dix ans après » de sa classe de terminale, soupira Rob.

— Tu plaisantes ! clama Stan, atterré.

— Si seulement !

— Tu devrais passer une soirée à regarder sécher une couche de peinture, ce serait plus passionnant !

— A qui le dis-tu !

Rob vida son verre, en proie à des visions lugubres

d'un gymnase mal ventilé rempli d'inconnus endi-
manchés qui poussaient de hauts cris, s'étreignaient
avec un enthousiasme factice en rentrant le ventre, et
racontaient leurs exploits des dix dernières années en
glissant des regards sournois vers les badges de ceux
qu'ils ne reconnaissaient pas. Ils s'efforceraient tous de
présenter leurs parcours sous un jour plus positif, plus
important qu'ils ne l'avaient réellement été. Ce serait
pitoyable, et si humain !

— Tu sais pourquoi elle veut te traîner à cette
réunion ? demanda Stan.

— Ce n'est pas elle.

Rob expliqua le plan machiavélique des deux vieilles
dames. Pauvre Twyla, livrée à des amies aussi redou-
tables ! Il pensa au salon de beauté rose et blanc, un peu
clinquant, qui se trouvait à quelques pas seulement de
ce bar. Au fond, ce serait facile de donner un coup de
main à sa jeune propriétaire. Il n'aurait qu'à se présenter
le jour dit, puisque ses vieilles copines s'étaient déjà
occupées de tout.

— Elles veulent faire cela pour elle, conclut-il. Elles
la voient déjà débarquer dans son bourg natal, tête
haute, et faire taire d'un coup tous les commentaires.

— On dirait une mauvaise série télé. Et elle a besoin
de toi pour cela ?

— Non ! En fait, elle n'a besoin de rien. Elle est
très bien.

— Alors pourquoi… ?

— Les vieilles dames se sont mis ce scénario en tête.
Elles veulent que tout le monde voie Twyla comme
celle qui a tout réussi, même sa vie sentimentale.

— Elle s'appelle Twyla ? s'étrangla Stan.

Contrarié, Rob haussa les épaules.

— Oui. Twyla. Cela te pose problème ? Ecoute, c'est juste une idée qu'ont eue deux vieilles dames.

— Alors envoie-les paître !

— Non. J'ai dit que je le ferais.

— Tu m'en diras tant. Dis-moi, cette Twyla doit valoir le déplacement ?

Rob revit ses grands yeux si expressifs, et la façon dont elle posait la main sur la tête de son fils. Machinalement, ses mains se refermèrent ; cela, c'était le souvenir de la sensation au creux de ses paumes quand il l'avait empoignée par la taille pour la décrocher de son arbre. Cela n'avait duré qu'un instant mais l'impression restait vivace : ce corps jeune et ferme, cette légère touche de sueur saine… Et elle était délicieuse quand elle rougissait.

— Disons qu'elle ne fait pas mal aux yeux, admit-il.

Stan fit signe qu'on leur apporte encore un verre.

— Oh, après tout, tu peux bien servir d'escorte valorisante pour un soir si cela arrange les affaires de Twyla. On joue aux fléchettes ?

Tout le reste de la soirée, Rob pensa à cette phrase. « Escorte valorisante », comme les hommes d'affaires prospères qui se font accompagner aux dîners importants par de jeunes beautés. Stan était toujours aussi intelligent ; déjà, quand ils étaient en classe ensemble, il allait droit au cœur du problème. Escorter une femme en échange d'une rémunération, c'était une idée assez humiliante, mais aussi une solution qui arrangeait tout le monde, et Rob aimait trouver des solutions. Dans sa profession, il ne lâchait jamais un problème avant de l'avoir résolu, même s'il devait pour cela arpenter son labo une nuit entière. Il se plongeait dans ses gros tomes de référence, s'usait les yeux à lire des articles sur internet, mais il ne renonçait jamais, et il trouvait généralement la réponse.

Lorsque Lauren vantait, comme elle aimait le faire, son engagement et son dévouement, il se faisait l'effet d'un imposteur car, au fond, il savait que sa motivation n'avait rien à voir avec de grands principes ou un désir d'aider l'humanité. C'était aussi simple, aussi irrévocable qu'un souvenir d'enfance, aussi évident que sa dernière image de sa mère, une fille si pâle, si jolie, les yeux remplis de larmes, un gros hématome sur la joue. Avec une clarté hallucinante, il se revoyait debout dans le bureau du directeur du ranch, intimidé par les gros fauteuils de cuir et les gravures aux murs. De son écriture maladroite d'écolière, sa mère venait de signer son nom en bas d'un document. Il entendait encore sa voix ; trois décennies plus tard, il sentait encore le contact tiède de sa main sur sa joue.

— Ce sera mieux pour toi, Rob. Je peux pas te donner une vie correcte. Plus tard, peut-être…

Ce « plus tard » l'avait hanté pendant des années. Au ranch, le dimanche était le jour des visites et chaque semaine, précisément à midi, Rob se présentait, les cheveux bien peignés, les chaussures cirées, vêtu de son plus beau jean, « Au cas où elle viendrait aujourd'hui », disait-il. Mais elle n'était jamais venue.

Même après que les éducateurs du ranch lui avaient recommandé, avec beaucoup de douceur, de trouver une autre occupation pour ses dimanches, il se présentait toujours, espérait toujours. Discrètement installé dans un coin de la grande salle, il regardait les autres garçons bavarder avec leurs familles. Des familles qui ne pouvaient pas les garder mais qui tenaient suffisamment à eux pour venir les voir de temps en temps, et leur offrir des chocolats ou des bandes dessinées.

Rob savait que le directeur du ranch cherchait à joindre sa mère. Il espérait la convaincre de rendre visite à Rob, ou même de renoncer à son droit parental pour qu'une famille puisse l'adopter. Il ne devait jamais la retrouver, et Rob avait fini par décrocher le record du plus long séjour à Lost Springs.

Un peu plus âgé, il s'était efforcé de se représenter la vie de Peggy Jean Carter. Une toute jeune fugueuse sans doute, sans famille et sans instruction, manipulée par un compagnon abusif, mal conseillée par les services sociaux. En fin de compte, fauchée, au bout du rouleau, elle avait fini par abandonner son fils à des inconnus et partir sans se retourner. Rob se disait parfois que si une seule personne avait tendu la main à sa mère, elle ne l'aurait pas laissé. Un seul geste généreux pouvait suffire à rendre à une fille paumée le courage et l'estime de soi nécessaires pour mettre de l'ordre dans son existence. Livrée à elle-même, elle n'avait su que fuir.

Tendre la main à l'autre, voilà la grande leçon de Lost Springs. Voilà pourquoi Rob chercherait à convaincre Twyla d'aller à sa réunion de classe avec lui.

Rob s'éveilla au son des cloches dominicales, et se mit à sa fenêtre pour respirer à fond l'air des montagnes. Ce ciel d'un bleu étincelant, cette lumière intense qui ne brillait qu'ici… on se sentait perché sur le toit du monde, ou même sur une autre planète. Quelle sensation étrange de retrouver la clarté du Wyoming et son air si limpide !

Il alla se doucher, enfila un jean et un polo et glissa ses lunettes de soleil dans sa poche de poitrine. Twyla lui avait demandé de l'appeler mais, pour ce qu'il avait à lui dire, il préférait la voir en personne.

Après un petit déjeuner rapide, il se fit indiquer le chemin de la maison des McCabe. Comme le serveur ne cessait de dire « la vieille maison », il se représentait une charmante demeure du XIXᵉ siècle, avec des volets pimpants et une pelouse de velours. Ce fut uniquement en remontant en cahotant l'allée de terre qu'il mesura l'ampleur du désastre. Twyla habitait une maison de bois perchée sur une butte, adossée à une colline plus importante. Une baraque à la peinture écaillée, aux volets à demi décrochés ; la balustrade de la véranda ressemblait à une bouche édentée avec ses sections manquantes. La seule touche de couleur provenait des jardinières à chaque fenêtre et des parterres éclatants au pied des murs.

Rob descendait de voiture quand le petit garçon qu'il connaissait déjà dévala la colline au triple galop, suivi d'un grand chien. Le chien poussa un bref aboiement de mise en garde, mais Brian le fit taire aussitôt.

— C'est O.K., Shep. Bonjour, Rob !

— Salut, Brian. Je viens voir ta maman. Elle est occupée ?

— Non, on rentre juste de l'église. Viens !

Il fonça vers les marches menant au porche en criant :

— M'man! Rob est là! Le monsieur que Mme Spinelli t'a acheté hier!

Il s'engouffra dans la maison en sifflant son chien, et la porte moustiquaire retomba dans un claquement qui fit trembler la vieille maison. Rob se retrouva planté dans un vestibule à l'ancienne. L'air sentait la cire et le citron, la cannelle et le café. Les parfums d'un foyer, pensa-t-il. Instinctivement, il tendit la main vers la boule de bois poli qui terminait la rampe de l'escalier. Aussitôt, l'ornement lui resta dans la main. Il cherchait à la remettre en place quand Twyla émergea des profondeurs de la maison.

— Bonjour! dit-elle. Je ne m'attendais pas…

Son expression était assez réservée. Rob vit son regard se poser sur la boule qu'il tenait à la main.

— Je suis désolé, s'écria-t-il, confus. Je…

— Cela arrive tout le temps.

Tout naturellement, elle lui prit l'objet des mains, le glissa dans son logement et leva la tête pour lui sourire.

— J'ai toujours l'intention de la réparer mais je ne suis pas très manuelle. Les cheveux, oui, sans problème, mais le bricolage reste un mystère complet pour moi.

Rob ne trouva rien à répondre. Un silence gênant s'étira. Elle portait une jolie robe jaune soleil, sans doute choisie pour aller à l'église. Comment les hommes de la congrégation parvenaient-ils à se concentrer sur le sermon quand elle se trouvait parmi eux, avec sa crinière auburn et ses jambes bronzées? Ebloui, il dut faire un effort pour se souvenir pourquoi il était venu.

Hier, elle lui avait rendu sa liberté; ce matin, quelque chose le poussait à revenir vers elle pour la convaincre de tenter l'aventure proposée par ses deux amies. Et tout à coup, planté là comme un intrus, il était absolument incapable de définir ce « quelque chose ».

Une femme menue aux cheveux argentés parut à son tour, un tablier fleuri enfilé sur sa robe, une paire de tennis rouges aux pieds. En voyant Rob, elle lui lança un sourire absolument charmant.

— Maman, dit aussitôt Twyla, voici Rob Carter. Rob, je vous présente ma mère, Gwen.

Il lui serra la main en assurant qu'il était heureux de la rencontrer, et en s'excusant de les déranger un dimanche.

— Oh, pour l'amour du ciel, les dimanches sont faits pour se rendre visite, n'est-ce pas, Twyla ? Nous adorons que l'on vienne nous voir. Vous prendrez un café ? J'ai un roulé à la cannelle qui sort tout juste du four.

— Si vous me prenez par les sentiments, répondit Rob, conquis. Cela sent trop bon, je n'ai pas le courage de refuser.

— Je te donne un coup de main, maman.

— Mais non, voyons. Reste avec ton invité. Je reviens tout de suite.

Les deux femmes échangèrent un sourire, et Rob ressentit au fond de lui la brûlure irrémédiable qui l'atteignait chaque fois qu'il assistait à un instant de connivence entre un parent et son enfant. Un jour, bien des années auparavant, il avait dressé la liste de tout ce qu'il n'aurait jamais, à commencer par une mère et un père, et aussi une autre, de tout ce qu'il pouvait obtenir par lui-même. Par la suite, il avait voué toutes ses énergies à l'acquisition de ce qui figurait sur la seconde liste :

de grandes études, une carrière satisfaisante, des amis, de l'argent. Et aujourd'hui, avec Lauren, il envisageait même d'avoir une femme.

— Votre maman est charmante, dit-il spontanément.

— Absolument.

Surpris, il vit un nuage momentané assombrir le visage de Twyla.

— Elle vit ici avec nous, expliqua-t-elle. Elle a son petit logement indépendant à l'arrière de la maison. Elle s'occupe de Brian quand je travaille, et c'est une couturière de génie. Le patchwork que vous avez gagné est une œuvre collective, mais elle y a beaucoup travaillé.

Tout en parlant, elle le faisait entrer dans un salon à l'ancienne avec un plafond à moulures et de hautes fenêtres aux rideaux de dentelle. Le mobilier était vieillot mais, dans ce cadre, il semblait parfaitement à sa place. Entre les deux fenêtres, Rob vit un petit piano droit tout luisant de cire. Les rayonnages de livres débordaient de volumes de toutes les tailles et de tous les styles. En parcourant les titres, il vit un nombre important d'ouvrages de psychologie et de développement personnel, dont beaucoup traitaient des crises d'angoisse et du travail du deuil. « Pas du tout ce que l'on s'attendrait à trouver chez une coiffeuse, pensa-t-il. A moins que ces livres ne soient à sa mère ? »

Décidant qu'il était peu courtois de s'interroger de cette façon sur les lectures de son hôtesse, il se tourna vers les photos de famille. Les cadres étaient partout, aux murs, sur tous les meubles. Cherchant à combler le silence, il lança :

— Eh bien, présentez-moi, faites-moi visiter. Ces photos n'ont pas de légendes.

— Ce ne sont que des histoires de famille, très ennuyeuses si l'on ne fait pas partie du clan.

Il en saisit une, où l'on voyait une très jeune Twyla en train de jouer devant un mobile home.

— Je demande à juger moi-même. Allez, faites-moi ce plaisir.

— Très bien. Celle-là a été prise au lotissement de mobile homes où j'ai passé toute mon enfance. Un quartier avec beaucoup de classe, comme vous le voyez. C'est drôle, je ressemblais à une allumette.

Elle retrouvait sa bonne humeur, parlait plus librement. Enchanté, Rob lui sourit.

— Et me voici avec mon père, enchaîna-t-elle, sur le parcours de golf miniature qu'il a créé. Il y a englouti toutes ses économies.

— Cela a l'air très élaboré !

— Oui, dit-elle en reposant le cadre, mais le projet a échoué, malgré toutes ses innovations. Il avait installé toutes sortes d'effets sonores. Chaque fois qu'une balle tombait dans un trou, il y avait une cloche ou un sifflet, une musique ou un commentaire.

Gwen les rejoignit, chargée d'un plateau bien garni qu'elle posa sur la table.

— Il devait être très en avance sur son époque, lança Rob, amusé.

— Il faisait de beaux rêves, dit la mère de Twyla avec indulgence. Il touchait à tout sans jamais mener les choses à bien.

Elle contempla un instant la photo, puis se détourna en s'essuyant les mains à son tablier.

— Je vais vous laisser.

— Je vous en prie, restez, protesta Rob.

— J'ai promis à Brian de m'occuper des mûres qu'il a cueillies. Nous ferons une tarte ce soir.

Dès qu'elle ressortit, Rob souffla :

— Laissez-moi deviner : elle est de ligue avec les deux autres pour nous rapprocher tous les deux ?

Twyla hocha la tête, fataliste.

— Je vous jure que cela devient lassant. Elles sont toutes si convaincues qu'il me faut un homme. Elles ont déjà tenté de me jeter dans les bras d'un mécanicien, d'un négociant de bétail, d'un cavalier de rodéo, du *deputy* du shérif... et je ne sais combien d'autres.

Elle rougit et conclut avec un sourire gêné :

— Mais c'est la première fois qu'elles paient un homme pour qu'il passe un moment avec moi !

— Ne me mettez pas trop la pression !

Rob se sentait tout à coup très à l'aise, et très content d'être venu. Sans façons, il versa le café, prit du roulé à la cannelle et y goûta avec gourmandise. Ce parfum de viennoiserie tout juste sortie du four ! Enchanté, il reprit :

— Ne vous arrêtez pas en si bon chemin, j'attends le reste de la visite guidée.

Les photos retraçaient une enfance et une adolescence qui auraient dû mener Twyla vers une autre vie. On la voyait à treize ans, fièrement plantée devant le jury qui venait de lui décerner un prix de piano. Un peu plus tard, elle était absolument irrésistible en cheerleader, et très belle en présidente de sa classe de terminale. La photo de son bal de fin d'études était une merveille du genre : les robes longues, les fleurs trop grandes épinglées à l'épaule, les sourires crispés. Elle avait appris le français par correspondance, et été acceptée par quatre universités.

— Mais vous n'avez pas poursuivi vos études ? demanda Rob, surpris.

Le beau regard de Twyla se perdit au loin.

— J'en avais très envie, mais cela ne s'est pas passé comme je l'espérais.

— Ce serait indiscret de vous demander pourquoi ?

Le visage expressif de Twyla se ferma ; Rob lut une réelle souffrance dans son regard, mais elle répondit sans détour :

— Je me suis mariée en sortant du lycée. Nous étions beaucoup trop jeunes, bien sûr. Les couples trop jeunes pensent toujours qu'ils seront l'exception à la règle, mais les statistiques ne mentent pas, et l'on se sépare. Vous aviez remarqué cela ?

— Je dois dire que je n'y avais jamais réfléchi.

— Et vous, vous avez été marié, Rob ?

— Non.

Il ne parla pas de Lauren : après tout, ils n'étaient ni mariés ni même fiancés. Ils étaient… ensemble, voilà tout. Un peu troublé, il vida sa tasse de café et lança :

— Pourquoi me demandez-vous cela ?

— Pour rien.

Elle se mordait la lèvre, une émotion troublait le lac limpide de ses yeux. De plus en plus ennuyé, il dit très vite :

— Je sais que j'ai insisté pour que vous me parliez de votre famille, mais ne vous sentez pas obligée de me raconter.

Voilà pourquoi il préférait exercer la médecine dans un laboratoire ! Il n'avait ni la patience ni la compassion nécessaires pour affronter les émotions des autres, ou pour les écouter mettre leur âme à nu.

— Cela ne me dérange pas de parler du passé, murmura-t-elle.

Il se résigna à écouter un récit douloureux, au terme duquel il ne saurait que dire. Il lui devait bien cela : après tout, elle lui avait donné l'occasion de se défiler et lui, comme un imbécile, il s'était précipité chez elle, dans cette maison décrépie qui sentait si bon le pain frais, la cannelle et les meubles bien cirés. Cette maison qui résonnait des éclats de rire d'un petit garçon.

Maintenant, elle regardait par la fenêtre, entièrement plongée dans le passé.

— Désolée, murmura-t-elle, je ne cherchais pas à vous jouer tout un drame, mais ce qui s'est passé a fait beaucoup de bruit dans un petit village comme Hell Creek.

Elle termina son café à son tour et fit un effort visible pour se ressaisir. Quel beau visage elle avait, pensa Rob en la contemplant avec admiration. Cette peau extra-ordinaire, semée de paillettes discrètes impossibles à désigner du nom banal de taches de rousseur, ces yeux qui disaient tout ce qu'elle ressentait, cette bouche qui souriait si spontanément. Troublée par ses souvenirs, ou peut-être par son regard, elle sauta sur ses pieds en se frottant les bras comme si elle avait froid.

— Bref, lança-t-elle, pour dire les choses simplement, mon père est mort subitement et ma mère…

Elle tourna la tête vers la porte de communication et baissa la voix pour achever :

— Ma mère s'est retrouvée dans une situation très dure, émotionnellement et financièrement.

Rob réprima une grimace. Lui qui se sentait si bien quelques instants plus tôt ! Maintenant, il aurait préféré se trouver à mille lieues de cette maison. Espérant qu'elle lui épargnerait la suite, il dit, avec toute la gentillesse dont il se sentait capable :

— Twyla, vous êtes sûre que vous voulez me parler de cela ?

— Cela vous ennuie ? demanda-t-elle.

— Mais non !

C'était un mensonge, mais elle le crut.

— Dès que vous en aurez assez, arrêtez-moi. Où en étions-nous ? Ah, oui. Le fait que mon mari soit justement en train de me quitter quand mon père est mort n'a rien simplifié. Tous mes projets sont tombés à l'eau. Je ne pouvais pas planter là ma mère dans son état, alors j'ai cherché une solution pour que nous puissions rester ensemble. Comme je m'y connaissais déjà en coiffure, j'ai décidé de racheter un salon et, du jour au lendemain ou presque, je me suis retrouvée à la tête de ma propre affaire.

— Le salon rose de Twyla.

Elle sourit en se laissant tomber dans un fauteuil.

— La couleur vous choque ? J'avoue que je me suis un peu laissée aller. Maman et moi, nous avions ouvert une bouteille de vin blanc le jour où nous avons choisi la décoration.

La famille, se dit Rob, n'est qu'un tendre piège. A la fin de ses propres études secondaires, il n'y avait personne pour se mettre en travers de ses projets. Pas de parents en deuil, de frère ou sœur en difficulté, pas d'amante pleine d'exigences. Subitement, il se demanda s'il aurait renoncé à son propre avenir pour venir en aide à qui que ce soit. Un peu troublé par cette idée, il baissa les yeux et vit que Twyla déchirait machinalement une serviette en papier. Emu malgré lui, il murmura :

— Dites, je ne voulais pas vous bouleverser...

A son tour, elle remarqua son propre manège nerveux et, confuse, se hâta de dire :

— Oh, ne vous inquiétez pas, tout va bien. Et puis, je ne vous ai pas fait de confidences exclusives : personne n'a de secrets dans un petit bourg comme Lightning Creek. Je parierais même que les douze dames du cercle de patchwork de maman savent déjà que vous êtes ici en ce moment.

— Et c'est un problème ? demanda Rob, un peu déconcerté.

— Non, pas du tout. Mais bref, ici et maintenant, solennellement je vous libère de toute obligation de vous prêter à cette mascarade de réunion de classe.

— C'est de cela que j'étais venu vous parler.

— Bien ! Puisque nous sommes d'accord...

— Au contraire. Nous y allons.

Elle éclata de rire, un rire charmant dans lequel il crut capter une note d'indulgence, et même de condescendance. Le rire qu'elle avait sans doute, pensa-t-il, quand ses clientes énuméraient les petits travers de leurs maris.

— Rob, je vous en prie ! C'est un geste adorable de votre part mais ce serait d'un ennui mortel pour vous.

— Je parle sérieusement. Nous allons nous rendre à votre réunion de classe. Je veux le faire.

— Mais pourquoi ! s'exclama-t-elle, abasourdie et même un peu méfiante. Pourquoi seriez-vous assez gentil… ?

— Vous avez quelque chose contre les hommes gentils ?

— Pas du tout mais je suis stupéfaite de découvrir que vous faites partie du nombre. Combien de médecins chercheurs se donneraient la peine… ?

— Je vous remercie de me réduire à ce stéréotype. Ecoutez, lança Rob en souriant à son tour, vos amies les plus chères sont de charmantes vieilles dames, et elles ont tout planifié jusqu'au dernier détail. Si nous allons jusqu'au bout de leur projet, vous pourrez espérer que les marieuses du bourg vous laisseront tranquille pendant quelque temps.

Elle le contemplait, pensive. Rob se demanda quel effet cela ferait de mieux la connaître, de savoir deviner les pensées qui se succédaient dans ses yeux clairs. Bien entendu, ce n'était qu'une idée comme cela, en passant. Mieux valait qu'ils restent de vagues connaissances. A quoi bon tout compliquer ? Il ne la reverrait jamais après le week-end de la réunion ! A quoi bon se demander ce qui se passerait si…

La seule pensée lui donna le vertige. Un vertige de frayeur ! Les échanges humains compliquent l'existence, pensa-t-il, Twyla McCabe en était la preuve vivante. Elle se confiait trop librement. Il n'avait pas besoin de cela.

— On sort marcher un peu ? proposa-t-elle subitement.

Pris de court, il répondit machinalement.

— Oui, très bien…

Ils sortirent au grand soleil et gravirent la butte qui se dressait derrière la maison. Cela sentait bon l'herbe et le soleil, des abeilles bourdonnaient paresseusement dans les fleurs. Beaucoup de fleurs, constata Rob, un peu interdit, un kaléidoscope étonnant de couleurs. Et pourtant, au milieu des beautés de la nature, son regard ne cessait de revenir vers Twyla.

Garder ses distances… c'était facile à dire, plus difficile à s'imposer. Il remarquait tout chez elle, ses jambes nues sous sa robe d'été, la façon dont la brise soulevait ses cheveux, son expression quand elle regardait Brian et sa mère, assis ensemble sur le porche et occupés à trier des mûres. Les femmes ont une façon bien particulière de regarder ceux qu'elles aiment, Rob l'avait déjà noté pendant son stage en pédiatrie. C'était le regard le plus subtil, le plus doux et tendre qu'il puisse imaginer.

Jouant les guides touristiques, Twyla lui fit visiter la propriété. Il découvrit un appentis rempli d'un outillage extraordinairement complet, un véritable rêve de bricoleur.

— L'ancien propriétaire était menuisier, expliqua-t-elle. Vous avez déjà travaillé le bois ?

— Cela faisait partie des activités à Lost Springs. J'aimais beaucoup cela.

Rob fut assez surpris par sa propre réponse. Voilà encore une chose à laquelle il n'avait plus pensé depuis des années ! Oui, le travail du bois lui plaisait, mais voilà longtemps qu'il ne travaillait plus de ses mains.

— Le menuisier est mort et ses héritiers ne s'intéressaient pas à ses outils, reprit Twyla. Tout son matériel est resté ici. Et le propriétaire avant lui était encore plus intéressant, ajouta-t-elle en lui montrant un poulailler abandonné qui dissimulait les ruines d'une distillerie clandestine.

Amusé, Rob se laissa entraîner jusqu'à la source qui jaillissait à flanc de colline, puis vers un ancien charreton que Twyla avait transformé en une gigantesque jardinière. Tout en trouvant un commentaire poli pour chaque nouvelle découverte, Rob se dit qu'il avait hâte que la visite se termine. Et pourtant, pourtant, instant après instant, dans les sons et les parfums de cette journée d'été, il sentait un mouvement souterrain se faire en lui. Contre tout sens commun, et même contre son projet de vie, il se sentait attiré par cette fille. Une fille élevée dans un mobile home par un *loser* aux rêves insensés. Une fille qui gagnait sa vie en coupant et en teignant les cheveux des femmes.

Tout en marchant à ses côtés sur le sentier de terre battue qui marquait la limite de la propriété, il s'efforça de se concentrer sur Denver, ses projets, ses ambitions… sur Lauren. Ce qu'il ressentait ne tenait pas debout, il s'agissait tout au plus d'une réaction épidermique, une question de chimie. Il devait admettre que Twyla était incroyablement jolie ; seul un aveugle aurait pu rester indifférent devant elle.

Et Brian ! Chaque fois qu'il le regardait, Rob ressentait un pincement bizarre. Il lui rappelait tant le petit garçon qu'il avait lui-même été, à six ans! Abandonné à Lost Springs, malade de solitude, cherchant désespérément à comprendre où était partie sa mère, se présentant tous les dimanches aux visites de famille, au cas où. En levant les yeux vers la vieille maison fatiguée qui avait tant besoin d'une bonne couche de peinture, Rob sentit son cœur se serrer. Cette baraque respirait l'abandon, les occasions ratées. Il venait de se mettre dans une sale histoire. Il connaissait à peine cette fille et pourtant il voulait tout savoir d'elle.

Une fois adulte, il avait voué toutes ses énergies à réussir son évasion de l'univers des petits bourgs de montagne, des petites fermes où l'on parvenait à peine à joindre les deux bouts, des petites gens et leurs rêves étriqués… Que faisait-il ici, à se sentir concerné par la rambarde brisée du porche de Twyla?

— Bien, dit-il, il va nous falloir un peu d'organisation.

— Que voulez-vous dire?

— Pour votre réunion.

— Mais je n'ai pas dit que j'acceptais…

— Et moi, je n'ai pas demandé. J'ai affirmé.

— Quelle arrogance, lança-t-elle, une étincelle dans le regard. On voit bien que vous êtes médecin!

— Maintenant, écoutez-moi, dit-il avec toute la fermeté dont il était capable. Vos anciens camarades vont vouloir savoir comment nous nous sommes rencontrés, ce genre de chose. Ce serait une bonne idée de préparer ce que nous allons leur raconter.

Elle éclata de rire.

— Oh, c'est complètement absurde, mais je crois qu'on va s'amuser!

Elle capitulait? Les bras ballants, Rob contempla son visage illuminé par le rire, ses yeux brillants.

— Il vous faudrait davantage d'occasions de rire, murmura-t-il.

— Vous parlez comme mes clientes!

— Tant que vous n'approchez pas de moi avec votre tondeuse, protesta-t-il en riant à son tour. Ecoutez, je vous téléphonerai dans le courant de la semaine, et je reviendrai vendredi. L'agence de voyages de Mme Spinelli s'est déjà occupée de toutes les réservations.

— Pour l'amour du ciel, nous allons réellement le faire? Vous croyez que c'est raisonnable?

— Bien sûr que nous allons le faire.

Il hésita. Son instinct le poussait à prendre congé sur un baiser; il se maîtrisa et tendit sa carte à Twyla.

— Vous avez là tous mes numéros.

— Merci. A vendredi.

En s'éloignant au volant de sa belle voiture, toute poussiéreuse d'avoir roulé sur le chemin de terre, Rob eut le sentiment qu'il venait de commettre une erreur monumentale.

Chapitre 7

— Ça ne va pas, déclara Twyla.

Les yeux plissés, elle contemplait le reflet de Sadie dans le miroir légèrement teinté de rose. Interdite, son amie tourna la tête d'un côté, puis de l'autre.

— Tu crois ? Mais c'est mon style habituel.

— Je ne parle pas de tes cheveux mais de toute cette histoire. La réunion d'anciens élèves.

Elle se remit à son brushing ; sous ses mains expertes, les boucles brillantes de Sadie semblaient trouver leur place d'elles-mêmes.

Depuis le début de la semaine, Twyla ne cessait de penser au retour à Hell Creek : un retour triomphant au bras d'un compagnon riche et beau garçon. Et plus elle y pensait, plus ce tableau lui posait problème. Elle n'était pas du genre à triompher. Elle n'était pas une conquérante.

Ou plutôt elle n'en était *plus* une, mais autrefois ? Son père lui avait appris à rêver, et à tout faire pour réaliser ses rêves. Grâce à lui, elle savait quelle énergie génère le fait d'avoir un projet. C'était même presque magique ! Aujourd'hui, sa rencontre avec Rob, la perspective de retourner à Hell Creek, tout cela lui donnait envie de vivre plus intensément. Tout à coup, elle se découvrait une envie de prendre des risques.

— Bon, dis-moi à quoi tu penses et je te dirai où tu te trompes, ordonna Sadie.

— Voilà pourquoi je t'adore, répliqua Twyla. Ecoute : je ne suis plus la fille qui a quitté Hell Creek il y a sept ans, je n'ai plus l'âge de jouer à des petits jeux de ce genre. Je devrais me fiche de ce qu'ils pensent de moi.

— On n'est jamais trop vieux pour proclamer qui on est, ou pour chercher la validation dans le regard de l'autre.

Sadie était psychologue scolaire et, parfois, Twyla l'aurait souhaitée moins clairvoyante.

— Et qu'est-ce que je cherche à valider, Fraü Döktor ? plaisanta-t-elle.

Son amie fit pivoter son siège pour pouvoir la regarder en face.

— Tes choix de vie, bien sûr !

— Ma grande, le plus souvent, j'ai à peine le temps de déjeuner, alors valider mes choix de vie !

— Ce retour, c'est le point final que tu as besoin de poser sur une période de ta vie. D'après ce que tu m'as dit des circonstances de ton départ, il me semble que tu es partie précipitamment, en laissant beaucoup de choses en suspens.

— Ce n'est rien de le dire !

En fait, elle avait fui un bourg qui venait d'humilier son père, et un mari qui venait de la rejeter de la façon la plus brutale qui soit. A la suite de ces événements, elle se retrouvait seule, enceinte, et avec à sa charge une mère si brisée qu'elle ne parvenait plus à faire un pas hors de la maison. Un soir, après deux verres de vin entre filles, Twyla avait avoué tout cela à Sadie, et elle s'était sentie réconfortée par les larmes de colère et de chagrin dans les yeux de son amie. Et pourtant, avec le temps, toutes les émotions s'usent, pensa-t-elle en réprimant un soupir. Elle n'était plus la trop jeune femme perdue et humiliée de cette époque. En revanche, la pauvre Gwen ne s'était toujours pas aventurée hors de la véranda.

— Il n'est pas trop tard pour me décommander, dit-elle. Ce n'est pas raisonnable, je n'ai pas le temps de partir en week-end. Je sais bien que Diep sait coiffer en plus de faire les ongles, mais le samedi est une grosse journée pour nous et je n'ai encore jamais passé une nuit loin de Brian.

— Tu te fais trop de souci, la gronda Diep qui passait avec un plateau de fournitures pour les ongles. C'est simple ! Moi, je garde le salon, ta mère, elle, garde Brian, et toi, tu pars avec le Dr Beau Gosse. Pas de soucis !

— Facile à dire, gémit Twyla.

Elle fit pivoter le siège pour replacer Sadie dos à elle, dénoua le ruban qui fermait sa blouse, secoua celle-ci et la laissa choir dans le panier à linge.

— Si je voulais vraiment valider mes choix, j'irais seule, sans me cacher derrière le Dr Beau Gosse.

— Mais pourquoi te priver puisqu'il te le propose ? répliqua aussitôt Sadie.

— Et justement, cela non plus, ça ne va pas. Il est trop gentil, trop disponible. C'est louche.

— Pour l'amour du ciel ! Tu as laissé ton estime de toi à la maison ce matin ? Tu ne peux pas admettre qu'un garçon comme lui ait envie de t'emmener en week-end?

Twyla ne l'aurait avoué pour rien au monde, mais ces mots la firent frissonner. Un frisson interdit! Se pouvait-il que Rob la trouve attirante? Ils avaient si peu de choses en commun! Non, l'explication était plus simple : il avait pris un engagement. Chaque fois qu'elle se sentait tentée de croire qu'il s'intéressait à elle de façon plus personnelle, elle se répétait que les actions de Rob étaient logiques. Mieux valait rester réaliste, l'approche romantique ne menait à rien de bon.

Diep leva les yeux vers l'horloge.

— Pas de rendez-vous pour une demi-heure. Tu t'assieds, Twyla. Je fais tes ongles.

— Je ne me fais jamais les ongles, protesta l'inté-ressée. Cela me gêne pour travailler.

— Fini de travailler pour aujourd'hui. Demain, vacances. Tu te prépares pour Dr Beau Gosse.

— Oh, mais non, je…

Sadie sauta sur ses pieds et la poussa sans ménagement vers le poste de travail de Diep.

— Fais ce qu'on te dit, ordonna-t-elle, et appelle-moi ce soir. Je dois filer.

— Très bien, soupira Twyla en étendant ses mains sur la tablette. Je renonce.

— D'abord les pieds, lança Diep, sévère. Retire tes chaussures.

Sachant qu'on ne la laisserait pas en paix si elle refusait, Twyla obéit. Et la pédicure fut absolument exquise : une lotion chaude et soyeuse dans le bassin pour les pieds, un massage qui lui fit fermer les yeux d'extase, de délicats coups de pinceau pour appliquer un merveilleux rose coquillage.

— Dommage que ce ne soit pas un vrai week-end à deux, soupira-t-elle. Avec des pieds pareils...

— C'est un vrai week-end à deux et tu dois montrer tes pieds.

— Je n'aurai qu'à porter des sandales dans l'avion.

— Tu devrais aller pieds nus.

Twyla dut se mordre la lèvre pour réprimer une vision subite d'elle, *entièrement* nue, avec Rob Carter.

— Maintenant, les mains, s'écria Diep en lui retirant les gants chauffants.

Les clientes venaient de cent kilomètres à la ronde pour confier leurs ongles à Diep Tran ; elle n'avait pas sa pareille pour vous faire des mains de princesse. Une fois de plus, elle opéra un petit miracle qui transforma les ongles sans distinction de sa patronne en ovales élégants. Quand elle eut terminé, Twyla contempla ses mains avec le sentiment qu'elles appartenaient à une autre. Une grande dame qui voyageait dans le monde entier pour donner des concerts, ou parler français avec des diplomates dans des soirées selectes. La femme qu'elle avait eu l'intention de devenir.

— A quoi tu penses ? demanda Diep en étudiant son visage. Je t'ai fait les mains très belles mais tu es toute triste.

— Je ne suis pas triste, non. Je pensais au passé.

— Le passé est toujours un peu triste, pour tout le monde.

A l'âge de trois ans, Diep avait fait avec ses parents la traversée périlleuse de Saïgon jusqu'aux eaux internationales. Le groupe avec lequel elle voyageait avait été pris à bord d'un cargo japonais, laissé sur une plate-forme pétrolière et enfin transféré dans un camp de réfugiés en Indonésie. La jeune femme n'en parlait jamais, mais Twyla savait que, au cours de cette odyssée, elle avait perdu presque tous les membres de sa famille.

— Pense plutôt à demain, recommanda-t-elle d'un air entendu en prenant un flacon de vernis rouge à paillettes.

Un peu affolée, Twyla retira sa main.

— Non ! Rien de trop voyant.

— Pas trop voyant, joli, élégant. Ta robe est rouge, non ?

— Oui, mais...

— Tes chaussures sont rouges ?

— Oui...

— Alors bouge pas et laisse-moi travailler.

Twyla fit un effort pour se détendre. Si elle décidait de jouer le jeu, il fallait faire les choses à fond. Une femme a le droit d'être coquette, ce principe était à la base même de son commerce, alors autant se l'appliquer à elle-même ! Il devait y avoir une raison bien enfouie dans son psychisme pour expliquer pourquoi elle prenait tant de plaisir à aider les autres femmes à s'embellir, tout en restant si ambivalente pour son propre compte. Cette fois pourtant, elle se surprit à savourer, du fond du cœur, les soins de Diep.

De sa place, elle voyait la robe qu'elle porterait le soir de la réunion, suspendue à un cintre dans le petit réduit qui lui servait de bureau. Une robe Nieman Marcus commandée par Mme Spinelli ; la mère de

Diep s'était chargée des retouches. La robe, le sac, les escarpins, le tout d'un rouge magnifique… trop rouge, trop luxueux. Twyla sentait bien que c'était *trop* mais, en se découvrant dans le miroir au moment de l'essayage, elle avait craqué sans espoir de retour.

Très concentrée, Diep appliquait les touches finales en utilisant des pinceaux minuscules, et même un scalpel de chirurgien pour les plus petits détails. Quand elle termina, Twyla contempla ses mains, stupéfaite et éblouie. Sur chacun de ses ongles brillait l'image miniature, absolument exquise, de l'escarpin rouge du Magicien d'Oz.

— C'est beau. Diep, tu es une artiste.

— Tu dis toujours qu'il y a de la magie dans les souliers de rubis. Maintenant, il y en a aussi au bout de tes doigts !

— Bonsoir, bel inconnu, dit Lauren DeVane en ouvrant sa porte à Rob. Tu m'as manqué.

Elle se haussa sur la pointe des pieds pour poser un baiser sur sa joue.

— Toi aussi, tu m'as manqué, dit-il automatiquement.

Il desserra sa cravate, heureux d'être arrivé à la fin d'une grosse journée au laboratoire.

— Tu as fait un bon voyage ? demanda-t-il.

— Parfait. Et que m'apportes-tu ?

— Un souvenir de Lost Springs, expliqua-t-il en lui tendant le sac de plastique un peu fripé qu'il portait sous le bras. J'aurai au moins gagné quelque chose à cette vente aux enchères.

Lauren déplia le patchwork gagné à la loterie. En

revoyant cette géographie de délicates rosaces cousues main, Rob revécut sa première rencontre avec Twyla McCabe. Il ne comprenait toujours pas pourquoi cette jeune femme soulevait en lui une réaction aussi puissante. Une réaction qui ne lui ressemblait pas !

Un peu surprise, Lauren pencha la tête sur le côté ; ses cheveux blonds, si lisses et soyeux, se répandirent sur son épaule.

— Une couverture ? murmura-t-elle.

— Un patchwork. Je l'ai gagné à la loterie le jour de la vente aux enchères.

Elle contempla la gamme de couleurs pastel très douces, puis posa un regard spéculatif sur son canapé de daim noir.

— C'est un peu bizarre, ces patchworks, tu ne trouves pas ? demanda-t-elle distraitement. Des jetés de lit faits avec les chiffons de gens qu'on ne connaît pas.

Rob se dirigea vers le bar pour préparer un martini vodka pour Lauren, un whisky soda pour lui. Ils firent tinter leurs verres l'un contre l'autre, et Lauren lui sourit.

— Enfin une soirée ensemble ! Quand je pense que tu dois repartir bientôt…

« Vendredi », pensa Rob sans entrain. Il se força pourtant à lui rendre son sourire. Lauren, si belle, grande, mince et élégante comme sortie d'un tableau de Charles Aubry.

— Dis donc, lui dit-il avec tendresse, c'est toi qui m'as jeté dans la gueule du loup. Tu regrettes maintenant de m'avoir envoyé me vendre aux enchères ?

Elle éclata de rire en mordillant l'olive de son martini.

— Des regrets? Pour une réunion de classe de terminale?

L'idée que l'épouse d'un magnat du pétrole ait « acheté » Rob pour l'envoyer accompagner une femme appelée Twyla à une réunion d'anciens élèves intriguait Lauren au plus haut point. Elle affirmait trouver la situation très comique.

— Tu sais que ton week-end pourrait se révéler très intéressant? demanda-t-elle avec un sourire énigmatique.

Rob eut un petit rire.

— Je meurs d'impatience!

— Non, mais réfléchis! Cette femme a dû quitter son village natal sous l'opprobre de ses concitoyens…

— Pourquoi l'opprobre?

— C'est logique! Elle est partie très subitement, a renoncé à ses projets d'études supérieures, et il aura fallu lui payer un compagnon pour qu'elle accepte d'y retourner. Je suis sûre qu'elle ne t'a pas tout dit et que cette histoire cache un scandale.

— Ne compte pas sur moi pour le déterrer.

— Tu n'es pas drôle! J'aimerais être une caméra cachée pour assister à sa première rencontre avec ses anciens camarades.

— J'ai une meilleure idée : tu n'as qu'à y aller et moi, je resterai ici.

— Voyons! Sugar Spinelli ne fait jamais les choses à moitié. Tu vas passer un week-end formidable, montrer à cette pauvre petite comment on vit quand on sait vivre, et tu auras fait ta bonne action.

Rob avala une lampée de son verre.

— A t'entendre, tout serait si simple.

Elle haussa un sourcil avec ce sourire un peu cynique qu'il adorait.

— N'est-ce pas?

Eh bien non, tout n'était pas aussi simple.

— Elle est comment? demanda Lauren.

Aussitôt, Rob fut sur le qui-vive.

— Je ne sais pas, soupira-t-il. Une coiffeuse.

Lauren se remit à rire.

— Une coiffeuse, c'est une description? La mienne est obligée de se raser deux fois par jour, elle s'appelle Sigfried.

— Celle-ci n'a pas besoin de se raser deux fois par jour.

— Tu évites de répondre! Allez, dis-moi!

— Elle est rousse. Et elle doit avoir environ vingt-huit ans puisque c'est la réunion des dix ans de sa classe de terminale.

Lauren fit une petite moue souriante.

— Grande ou petite?

— Moyenne, je suppose. Plus petite que toi.

— Une jolie silhouette?

— Oui, disons.

Voyant que ce n'était pas la bonne réponse, il se hâta d'ajouter :

— Je n'ai pas fait très attention. Elle n'est ni énorme ni maigre, et je commence à me lasser de cet interrogatoire.

Lauren termina son verre avec un sourire satisfait et s'installa sur le canapé en ramenant ses pieds sous elle.

— Tu sais, mon ange, les Fremont ont un chalet d'été à Chugwater. C'est tout près de Lightning Creek.

Nous pourrions peut-être nous retrouver là-bas après ton week-end.

— Bonne idée !

Lors de leur dernier week-end à deux dans un chalet de montagne, Lauren avait passé presque tout son temps au téléphone. Avec un peu de chance, son portable ne capterait rien au chalet des Fremont.

— Si je peux me libérer, commença-t-il, je…

Son bip se déclencha. Automatiquement, il le sortit de sa poche et murmura un juron en reconnaissant le code affiché sur le petit écran.

— Un problème ? murmura Lauren en lui apportant le téléphone sans fil.

— Cette patiente que tes parents m'ont envoyée me rend dingue. Elle insiste pour qu'on refasse trois fois chacune de ses analyses.

— Et moi qui me croyais si maligne d'avoir choisi un pathologiste, dit-elle avec sa moue la plus irrésistible. Je pensais que tu aurais des horaires normaux.

— Je les ai, habituellement.

Il composait déjà le numéro de son répondeur et écoutait attentivement son message. Loin de se montrer rassurée par des analyses impeccables, Mme Lloyd-Morgan exigeait de lui parler en personne. Rob n'avait rencontrée qu'une seule fois cette amie des parents de Lauren, mais il se souvenait de l'expression tragique de son visage, refait par un collègue de la clinique exclusive Cedarview. Cette femme illustrait parfaitement les raisons pour lesquelles Rob préférait éviter le contact avec les patients. Ce soir, alors qu'il passait sa première

COMME SI C'ÉTAIT LUI   119

soirée avec Lauren depuis une semaine, elle réclamait
« un médecin qui saurait entendre sa souffrance ».

— Je vais devoir y aller, soupira-t-il en rendant
l'appareil à Lauren.

— Nous devions dîner chez les Stein. Il fait partie
du conseil d'administration de Cedarview.

Lauren connaissait toutes sortes de gens influents,
et elle tenait beaucoup à ce qu'il les connaisse aussi.

— Je suis désolé. Tu veux bien leur faire mes excuses?

Elle approuva de la tête en souriant. Comme elle
était compréhensive, pensa-t-il, et quelle chance il avait.

— Ne t'en fais pas pour moi, dit-elle. Je ne resterai pas
tard, moi non plus. Je suis fatiguée, après San Francisco.

Son bracelet de diamants lança un éclair quand
elle croisa les mains derrière la nuque de Rob pour
l'embrasser.

— Appelle-moi quand tu auras terminé, souffla-t-elle.

Il était à la porte quand elle le rappela. Il se retourna
et vit qu'elle lui tendait le patchwork.

— Je te l'ai offert, murmura-t-il, surpris.

— Et je te remercie. J'apprécie ta gentillesse, mon
âme, mais il ne va pas avec mon mobilier.

Par chance, la colère de Mme Lloyd-Morgan fut de
courte durée. Rob put l'apaiser en lui promettant une
batterie de tests et d'analyses extrêmement pointues,
en consultation avec son praticien; il réussit également
à obtenir sa promesse qu'elle consulterait un psy…
« pour écarter l'éventualité d'une maladie psychosoma-
tique ». Quand sa patiente le quitta, il était un peu plus
de 7 heures, encore suffisamment tôt pour retrouver

Lauren. Malheureusement, quand il lui téléphona, sa ligne était occupée. Inutile d'attendre ! Il décida de rentrer chez lui, à pied pour se détendre et s'aérer un peu. Les derniers rayons du soleil se posaient sur le parc paysagé de la clinique. Le cœur plus léger tout à coup, il retira sa cravate, ouvrit deux boutons de sa chemise, et entama d'un bon pas la longue balade qui le ramènerait chez lui.

Quel était son problème ? Pourquoi, depuis quelque temps, attirait-il les riches hypochondriaques ? Ses associés se moqueraient sans doute de ces interrogations car ils adoraient les patientes comme Mme Lloyd-Morgan. Il suffisait de diagnostiquer un trouble au nom impression-nant, affirmer que c'était extrêmement rare, prescrire un laxatif doux et elles vous prenaient pour un prix Nobel de médecine. Seulement, cela agaçait Rob de perdre son temps avec des patients qui ne souffraient de rien de plus grave que l'ennui — ou un mari trop souvent absent. S'il avait choisi la médecine, c'était... eh bien, pour autre chose que le prestige et l'argent. Cela le troubla de ne plus se souvenir très clairement de sa motivation première. Il aimait... voilà : il aimait la précision et l'exactitude du travail du laboratoire, et il voulait faire un travail ayant un sens.

Les premières années, la pathologie semblait parfai-tement lui correspondre : il se contentait de trouver l'origine d'un désordre et laissait les soins au médecin traitant. Et voilà que depuis quelque temps il se faisait l'effet d'un exécutant, un simple laborantin trop bien payé. Le plus souvent, ses analyses ne demandaient aucune compétence particulière. Il lui arrivait de se demander quel effet cela lui ferait de passer de l'autre côté du miroir, de se mettre à exercer à son tour. Il s'était efforcé d'expliquer à Lauren que le jour viendrait peut-être où il souhaiterait avoir ses propres patients, des patients qui seraient sa responsabilité et dont il superviserait personnellement la guérison. Elle ne semblait pas du tout comprendre ce désir : elle appréciait trop qu'il puisse choisir son emploi du temps, décider de prendre un congé quand bon lui semblait. Cela correspondait si bien à leur style de vie ! Que demandait-il de plus ?

Loin d'apaiser Rob, cette longue promenade ouvrait la voie à des réflexions désagréables. Troublé, il pressa le pas. C'était la fin d'une semaine difficile, voilà tout. Une semaine chargée, à la suite du week-end le plus étrange de toute son existence. Depuis la vente aux enchères, il se sentait bizarre, sorti de son axe. Il s'en remettrait ! Plus vite cette fichue réunion serait terminée, mieux cela vaudrait.

Il traversa le quartier très animé de Denver appelé Lower Downtown, un ensemble d'anciens entrepôts transformé en paradis du shopping. Magasins, pubs branchés… il eut envie de s'arrêter chez Champion, mais finit par passer son chemin.

A quelques rues de son appartement, il s'immobilisa devant la vitrine de Breaknell Designs. Il avait dû passer devant cette bijouterie des centaines de fois sans jamais avoir l'idée d'examiner la vitrine mais, ce soir, son regard se riva sur un collier exposé à la meilleure place. Le bruit de la rue s'évanouit ; ébloui, il contemplait cette chaîne délicate d'ovales effilés avec, au centre de chaque maillon, un petit rubis encadré par deux curieux diamants triangulaires.

Il avait demandé à Twyla : « De quelle couleur est votre robe ? » et elle s'était écriée, en riant et rougissant à la fois : « Rouge. Rubis. Mme Spinelli y tenait absolument. Je n'ai jamais, de toute ma vie, mis une robe aussi rouge. »

Lauren lui avait enseigné l'importance de connaître à l'avance la couleur de la robe d'une femme. Il comptait apporter des fleurs pour Twyla, l'un de ces bouquets miniatures que l'on peut épingler à sa tenue, mais maintenant qu'il avait vu ce collier...

Avec le sentiment curieux d'être poussé par le destin sur une pente dangereuse, il entra dans le magasin et demanda à voir le bijou. Le prix était astronomique, mais il pouvait facilement se l'offrir ; après avoir grandi dans le dénuement, il était un homme riche aujourd'hui et, grâce à Lauren, il prenait peu à peu de l'aisance avec l'argent. Elle ne se privait jamais, s'impatientait quand il se montrait trop raisonnable ; il parvenait peu à peu à se convaincre qu'il était sain de s'accorder de loin en loin une dépense impulsive. Et pourtant, le prix de ce collier lui faisait froid dans le dos.

— Vous reprenez les bijoux s'ils ne plaisent pas ? demanda-t-il.

Le bijoutier lui lança un regard incrédule.

— Vous pensez qu'elle pourrait refuser ce collier ? Vous plaisantez, j'espère.

Rob secoua la tête, gêné.

— Je ne la connais pas très bien.

— Une fois que vous lui aurez offert ceci, vous allez

très bien la connaître. Enfin, nous reprenons les bijoux jusqu'à trente jours, si vous conservez votre reçu.

Si Twyla refusait le collier, pensa Rob, fataliste, il pourrait toujours l'offrir à Lauren. Dès qu'elle jaillit, cette pensée l'horrifia. L'on ne pouvait pas recycler le cadeau d'une femme de cette façon! Mécontent de lui, il posa sa carte de crédit sur le comptoir. Le bijoutier enregistra la vente, puis disposa amoureusement le collier dans un long écrin de velours noir.

— Félicitations, dit-il en le remettant à Rob. Vous allez passer un week-end mémorable.

Chapitre 8

— Tu sais depuis combien de temps j'attends ce jour ? J'ai cru que tu ne surmonterais jamais ton désenchantement.

— Mais… qu'est-ce qui te fait croire que je l'ai surmonté ?

Troublée par le visage rayonnant de sa mère, Twyla se détourna pour vérifier la fermeture de sa petite valise. Elle se demandait d'ailleurs comment il se faisait qu'elle possède une valise, elle qui n'allait jamais nulle part !

— Voyons, tu l'as bien surmonté puisque tu pars à ta réunion d'anciens élèves avec ce garçon charmant.

Twyla ouvrit la bouche pour répliquer, et se ravisa aussitôt. Si sa mère s'était mis en tête que ce week-end signifiait quelque chose, il ne servirait à rien de la détromper. Mieux valait lui laisser la joie d'imaginer sa fille en train de s'offrir du bon temps. Et puis, ce retour à Hell Creek pouvait également l'inspirer : si Gwen voyait Twyla franchir ce pas difficile pour affronter le passé, peut-être ferait-elle à son tour un effort supplémentaire pour s'en sortir ?

Un bref instant, Twyla ferma les yeux. Au lieu de s'atténuer avec le temps, les crises d'angoisse de Gwen devenaient de plus en plus aiguës. La première marche

du perron représentait pour elle un obstacle infranchissable ; si elle cherchait à y poser le pied, elle était saisie
d'une terreur sans nom. Cela durait depuis si longtemps
maintenant qu'elles n'abordaient plus le sujet. A quoi
bon ressasser une situation sans issue ?

— Tu dois être folle d'impatience, continuait Gwen
qui riait sans se douter des sombres pensées qui tourmentaient sa fille. Tu te souviens, autrefois, quand un
garçon allait t'emmener danser ? Tu ne tenais pas en
place de toute la journée !

— C'était au lycée, maman.

— Et alors ? Tu dois être sur ton petit nuage.

Cette fois, Twyla faillit répliquer. Par chance, Brian
les interrompit, faisant irruption comme un petit boulet
de canon, Shep sur ses talons.

— Il est là ! clama-t-il. Rob est arrivé !

Les messagers ressortirent dans un tourbillon de
piétinements et de crissements de griffes sur le vieux
plancher rayé.

— Une personne au moins est content de le voir,
commenta Gwen d'un ton acide.

Brian franchit la porte d'entrée et jaillit du porche à
l'horizontale, sans cesser de courir, comme un personnage de dessin animé. Twyla le suivit plus posément et
s'arrêta sur le seuil, le cœur serré par le tableau qu'elle
découvrait : le tableau que formait son fils en marchant
auprès d'un homme de haute taille qui penchait attentivement la tête pour l'écouter. Arrête, s'ordonna-t-elle
aussitôt. Ne commence pas, n'y pense même pas. Et
pourtant la vieille culpabilité revenait en force : même
si elle aimait Brian de tout son cœur, même si elle

faisait son possible pour l'élever de son mieux, quelles que soient les valeurs qu'elle lui inculquerait, il resterait une chose qu'elle ne lui aurait pas donnée — un père. Malgré tous ses efforts pour se convaincre du contraire, il lui semblait que, sans père, Brian ne serait jamais tout à fait heureux.

Ses propres souvenirs d'enfance étaient si imprégnés de la présence du sien ! Il y avait tant de choses qu'une mère ne pouvait apporter : le contact rugueux de sa joue en fin de journée, son rire énorme quand elle faisait une plaisanterie de mauvais goût — Gwen se contentait de lever les yeux au ciel —, les parties de base-ball, la connivence quand ils se retrouvaient tous les deux au rez-de-chaussée au milieu de la nuit pour manger d'infâmes tartines à la guimauve et au beurre de cacahuètes. Un père, c'était un protecteur aux larges épaules, dressé au pied du lit pour faire fuir les cauchemars.

Bien entendu, beaucoup de garçons qui grandissaient sans père s'en sortaient très bien dans la vie, à commencer par Rob Carter ! Elevé à Lost Springs, privé de ses deux parents, et aujourd'hui il suffisait de le regarder…

Il suffisait de le regarder.

— Bonjour…

Il se tenait devant elle et elle parvenait à peine à articuler une réponse polie.

— Vous êtes prête ? demanda-t-il avec un sourire absolument éblouissant.

— Disons, bredouilla-t-elle.

Maintenant qu'il était trop tard pour reculer, elle serait volontiers partie en courant ! Partie se cacher quelque part où elle pourrait oublier toute cette histoire, reprendre le cours tranquille de son existence.

Rob s'empara de sa petite valise et de la housse qui contenait sa robe en demandant :

— Ce sont tous vos bagages ?

— Oui…

Serrant son sac à main devant elle comme un bouclier, elle se pencha vers Brian.

— Sois sage, mon grand, d'accord ? Fais tout ce que te demandera ta mamie.

Elle scrutait le visage de son fils avec inquiétude. Comment allait-il réagir à ce départ ? Et s'il allait se mettre à pleurer, ou à paniquer ? Ou, au contraire, s'il la laissait partir sans une larme ?

Il ne pleura pas mais l'étreignit avec fougue, posa un gros baiser sur sa joue et lança :

— Au revoir, M'man ! Au revoir, Rob !

— Ne te fais aucun souci pour nous, lança gaiement Gwen. *Le Magicien d'Oz* passe à la télé ce soir et nous faisons un Dîner Jaune.

— Un dîner jaune ? répéta Rob, un peu interloqué.

— C'est une tradition familiale, répondit Twyla avec gêne.

— Un dîner où tout est jaune ! expliqua Brian, très excité. Du maïs en épis, des macaronis gratinés, des nuggets…

— Tu vas me faire regretter de partir, s'écria Rob.

Gwen éclata de rire.

— Arrêtez de nous taquiner et faites-vous servir un Midori dans l'avion. Vous savez, la liqueur au melon !

— Maman, je ne crois pas qu'ils serviront du Midori sur une petite ligne régionale…

— Oh, pour l'amour du ciel, où est l'appareil photo, clama sa mère sans l'écouter. Ne bougez pas ! Je veux fixer pour la postérité l'image de vous deux prêts à vous envoler pour votre grande aventure.

Twyla réprima un frisson. De toute sa vie, elle n'était montée en avion qu'une seule fois. Avec son père.

— C'est une nouvelle formule de traitement des récoltes ! Je vais décrocher l'exclusivité pour cet Etat et nous n'aurons plus aucun souci d'argent !

Il criait pour se faire entendre par-dessus le moteur bruyant du petit Stearman. En l'écoutant, Twyla avait ressenti une bouffée subite d'optimisme. Et si, cette fois, la chance était au rendez-vous ? Si l'un des projets de son père allait enfin aboutir ? Elle se sentait si heureuse, et c'était si agréable de se retrouver en plein ciel, avec le sentiment que sa vie entière s'ouvrait devant elle, près de prendre la forme et le contour de ses rêves !

— C'était gentil à toi de demander à Jake de vérifier les documents de l'accord, avait-elle crié en retour.

— Gentil, pourquoi, on est en famille !

— Encore plus que tu ne le penses, avait-elle clamé en ouvrant grands les bras. Papa, je sais que je devrais le dire à Jake en premier mais je ne peux pas me retenir. Je suis enceinte !

Son père avait poussé un grand cri de jubilation tandis que le vent emportait son éclat de rire heureux.

Et le lendemain, il était mort.

**

— Souriez, Twyla, dit la voix de Rob à son oreille. Souriez pour la photo.

D'un geste tout naturel, il entoura ses épaules de son bras. Encore sous le choc du souvenir qui venait de lui sauter au visage, elle respira profondément pour ravaler son chagrin, leva bien haut la tête et fit un large sourire. Le flash lui fit cligner les yeux, elle eut subitement envie de pleurer ; sans cesser de sourire, elle prit le bras que lui offrait Rob Carter.

— Allons-y ! lança-t-elle gaiement, tandis que l'appareil photo de sa mère crépitait furieusement.

Ils sortirent sur le porche. Au dernier instant, elle se retourna d'un élan pour ouvrir les bras à son fils. De bon cœur, Brian couvrit son visage de baisers, et elle fondit de tendresse en sentant sa chaleur, son odeur d'herbe écrasée, de peau fraîche et de chien.

— A bientôt, mon grand. Je t'aime.

— Moi aussi, m'man. Au revoir. Faut que j'aille aider mamie dans la cuisine.

La porte moustiquaire claqua. Incertaine, elle se retourna vers Rob. Le regard qu'il braquait sur elle lui rappela l'expression d'un loup affamé.

— Qu'y a-t-il ? demanda-t-elle.

Son regard ne vacilla pas.

— Vous êtes une bonne mère, n'est-ce pas ?

— Je n'en ai pas la moindre idée. J'improvise au jour le jour. Et vous, qu'en pensez-vous ?

Il sembla hésiter, puis concéda :

— Il me semble que oui.

Elle n'eut pas le loisir de lui répondre : il s'était déjà

détourné et, les bagages de Twyla à la main, se diri-
geait vers sa voiture de location. Elle le suivit en luttant
contre un absurde sentiment de culpabilité. D'où lui
venait cette impression bizarre qu'une porte venait de
se fermer entre eux ? Rob n'avait pas été élevé par sa
mère ; quel effet cela lui faisait-il de voir Twyla avec
Brian ? Elle aurait aimé lui poser la question, mais
comment aborde-t-on un sujet pareil avec un homme
que l'on connaît à peine ?

Muette, elle monta dans la voiture, une Cadillac
haut de gamme, et glissa un regard furtif vers le profil
de son compagnon. Pour l'amour du ciel, ce profil !

— Autrement dit, nous ferions mieux d'éviter les
sujets qui blessent ? hasarda-t-elle.

Il pivota vers elle, le visage transfiguré par un sourire
gamin absolument charmant.

— Pas si nous devons nous fiancer !

— Comment ?

— Nous fiancer. Vous connaissez l'expression ?
Lorsque un homme et une femme décident de se marier ?

Très décontracté, il lança le moteur et descendit le
chemin défoncé en marche arrière. Twyla sentit ses
mains se glacer.

— Je sais ce que se fiancer veut dire, répliqua-t-elle.
Je ne vois pas le rapport avec nous.

— C'est une idée qu'ont eue vos amies. Elles pensent
que nous devrions raconter à tous vos anciens camarades
que nous sommes fiancés.

— Mais c'est absurde.

La Cadillac épousa souplement une dernière courbe
et atterrit comme une fleur sur la route départementale.

— Je le sais bien, dit son chauffeur avec un sourire. C'est peut-être ce qui me plaît dans cette histoire.

— Nous ne sommes pas obligés de…

— Je sais cela aussi, coupa-t-il en chaussant ses lunettes de soleil. Nous allons pourtant le faire. Si je me présente uniquement comme votre compagnon pour la soirée, on pourrait penser que je ne suis qu'une vague connaissance croisée par hasard.

— Ou choisie dans un catalogue comme des graines de jardin ?

— Exactement. Et ce serait dommage, n'est-ce pas ?

— Je ne vois pas pourquoi.

Elle s'interrompit en voyant qu'il s'engageait sur la quatre-voies menant à Shoshone.

— Ce n'est pas la direction de l'aéroport, protesta-t-elle.

— Nous ne décollons que dans deux heures.

— Dans ce cas, où allons-nous ?

— Tenez bon, vous le saurez bientôt.

Elle regarda le paysage défiler à vive allure dans un tourbillon de fleurs sauvages, de buissons de sauge et de collines basses couvertes de maquis. Au loin se dressaient les pics de Owl Creek coiffés de leurs neiges éternelles.

— C'est le chemin de Lost Springs, observa-t-elle.

— Oui.

Décidément, cet homme n'aimait pas s'expliquer. Depuis le jour de la vente aux enchères, Twyla éprouvait l'impression désagréable que la situation lui échappait. En compensation, lorsqu'elle se trouvait près de Rob Carter, elle se sentait incroyablement vivante ! En cet instant même, toutes ses sensations étaient décuplées, sa peau frémissait au contact de la brise qui entrait par sa vitre entrouverte, une tension nerveuse se lovait dans sa poitrine. Elle serait presque prête à se montrer... intrépide et cela, c'était une attitude qu'elle n'avait jamais eue face aux hommes.

Les hommes de sa vie avaient été aussi différents que possible. Un père fantaisiste, puis un mari ultra-conventionnel; rassurant, prévisible et, elle aurait dû le comprendre tout de suite, assez ennuyeux — voilà peut-être pourquoi, après le choc de la rupture, elle ne l'avait jamais regretté, n'avait jamais cherché à s'opposer au divorce. Depuis la mort de l'un et le départ de l'autre, aucune silhouette masculine ne s'était dressée à l'horizon, et cela convenait parfaitement à Twyla. Et voilà que tout à coup, impulsivement, elle retrouvait l'envie de savourer la nouveauté, de s'intéresser à un homme. Un homme remarquable sans doute, puisqu'il lui inspirait des réactions aussi nouvelles!

Ils franchirent le grand portail de Lost Springs et roulèrent au pas vers le grand chêne auquel elle avait suspendu son patchwork. Elle rougit en se souvenant de la façon dont Rob l'avait décrochée de sa branche.

— Et maintenant? demanda-t-elle.

— Maintenant, dit-il, il est temps pour vous d'en apprendre davantage sur l'homme que vous vous apprêtez à épouser.

Chapitre 9

— Vous poussez la plaisanterie un peu loin, protesta-t-elle.

Rob lui sourit, les yeux dans les yeux.

— Vous ne vous intéressez pas à l'enfance de votre fiancé ?

Elle hésita, puis son visage réprobateur s'adoucit, laissant la place à une expression qu'il se refusait à identifier. Ce fut son tour de se sentir déstabilisé. Ce vacillement en lui... Il lui semblait qu'un compartiment dans sa poitrine s'ouvrait, ou se libérait des glaces. Cette femme avait le cœur le plus tendre, le plus compatissant qu'il ait jamais croisé.

— Disons que j'aimerais en apprendre davantage sur vous, dit-elle.

Rob descendit ouvrir la portière de sa passagère. Les éducateurs de Lost Springs avaient beaucoup insisté pour inculquer à leurs pensionnaires la courtoisie et les bonnes manières. Cela semblait du dernier ridicule à ces gosses sans foyer, qui se présentaient souvent à la grille, couverts de plaies et de bosses, mais aux yeux de l'équipe, cela faisait partie du processus qui leur permettrait de recouvrer l'estime de soi. Il fallait non seulement les aider à survivre, mais aussi les préparer à bien vivre. Rob et ses camarades avaient donc reçu un entraînement intensif à la vie en société, ils savaient ouvrir la porte à une dame, se servir correctement de leurs couverts, et maîtrisaient même les danses de salon. Par la suite, Rob avait pu mesurer l'importance de ces atouts.

Les premiers mois, il ne cachait pas délibérément son passé à Lauren mais... il évitait instinctivement d'en parler. Ils s'étaient rencontrés à un bal organisé pour rassembler des fonds pour l'Hôpital des Enfants de Denver et, ce soir-là, il avait déployé toutes les petites attentions qui plaisent aux femmes et ébloui cette jeune femme éblouissante par son style sur la piste de danse. Tout cela grâce aux éducateurs d'un centre pour garçons en rupture avec la société ! Dans un sens, cela avait amusé Rob que cette beauté le croie issu du même milieu qu'elle.

Le moment où il s'était révélé à elle, en revanche... Sans doute avait-elle plutôt bien pris la nouvelle, mais Rob n'oublierait jamais son expression. Plus il s'efforçait d'expliquer Lost Springs, plus l'incompréhension de Lauren grandissait. L'idée d'un ranch accueillant des garçons abandonnés lui était si étrangère qu'elle défiait son imagination ; elle ne pouvait concevoir un établissement pareil hors du contexte d'un gala de charité. Dans un sens, c'était rafraîchissant de rencontrer un être aussi peu touché par la réalité des enfants abandonnés et des adolescents à problèmes.

En contraste, quand Twyla descendit de voiture, il lut sur son visage intérêt, compréhension, tact. Mais quel réflexe bizarre, stupide, l'avait poussé à l'amener ici ?

Quelle importance que cette femme qu'il connaissait à peine comprenne par où il en était passé ?

— Montrez-moi où vous habitiez, demanda-t-elle.

Une escouade d'adolescents armés d'outils de jardinage sortit d'un bâtiment ; elle s'abrita les yeux de la main pour les suivre du regard.

— Par ici, dit-il d'une voix brève.

Il contourna le bloc principal abritant le bâtiment administratif et les ateliers, et l'entraîna vers les dortoirs. Ce n'était plus l'ambiance de kermesse du samedi précédent avec ses foules, son chapiteau, ses haut-parleurs et ses buvettes ! Aujourd'hui, Rob retrouvait l'atmosphère d'autrefois, le silence, le vent, mais aussi le vide et l'absence. Le lieu était magnifique, parfaitement entretenu, mais Lost Springs restait une institution, et non un vrai foyer. Par un après-midi comme celui-ci, sous ce soleil vertical, cette vérité était très apparente.

En marchant vers l'aile qui abritait les dortoirs des petits, Rob eut l'impression troublante de glisser vers le passé. Comme s'il retrouvait ses six ans et cette impression affreuse d'être pris au piège. De s'accrocher de toutes ses forces à la main de sa mère en refusant de comprendre qu'elle allait partir. Au moment de s'en aller, elle avait dû desserrer un à un ses petits doigts de son poignet.

— Ici, dit-il assez brusquement en poussant la porte.

Il alla s'identifier auprès du responsable, qui autorisa une visite rapide des lieux. En posant le pied dans la longue salle dont il se souvenait si bien, le premier élément qui lui sauta au visage fut l'odeur : un fumet de désinfectant mêlé au relent indescriptible d'un groupe

de garçons. Ce parfum le saisit à la poitrine comme
une terrible sensation de solitude. Puis il vit le dortoir
avec ses hautes fenêtres et ses petits lits échelonnés à
intervalles réguliers, chacun doté de son bureau, sa petite
armoire, son étagère bourrée de livres ou de trésors.

— Les couvre-pieds sont nouveaux, beaucoup plus
gais, observa-t-il d'une voix qu'il reconnut à peine.

Twyla, qui s'était immobilisée sur le seuil, lissa le
couvre-pied bariolé du lit le plus proche.

— Le cercle de couture de maman les a faits il y a
deux ans pour les offrir à Lost Springs, expliqua-t-elle.
Un patchwork pour chaque garçon. Le projet les a
occupées pendant une année entière.

Chaque couvre-lit avait sa personnalité. L'étoffe
dominante était le sergé, le tissu dont on fait les jeans,
mais les dessins individuels étaient tous différents, et
les patchworks égayaient considérablement l'austérité
du grand dortoir blanc.

— Qu'en pensez-vous ? demanda Twyla.

— C'est… mieux, murmura Rob.

A pas lents, il remonta la travée centrale et s'immobilisa au pied de l'avant-dernier lit.

— Je dormais ici.

— Vous croyez que c'est toujours le même mobilier ?

— Il me semble que oui.

Pris d'une impulsion subite, Rob écarta le bureau
du mur et se pencha sur sa face cachée. Des rangées
précises d'encoches couvraient tout l'arrière du meuble.

— Oui, dit-il d'une voix neutre, c'est bien le même.

— Vous avez gravé toutes ces encoches ?

Twyla était venue se pencher près de lui et, tout à coup, il regretta de lui avoir montré cela.

— Oui, c'est moi.

— Mais pourquoi ?

— Pour compter.

— Compter quoi ?

— A votre avis ?

Il tourna les talons et sortit à grands pas, sans se retourner pour voir si elle le suivait. La première bouffée d'air libre lui permit de se reprendre, et la visite guidée se poursuivit dans un style plus conventionnel. Il lui montra le dortoir des grands, où les garçons plus âgés avaient de petites chambres individuelles, puis la bibliothèque et la salle de musique, le réfectoire, la salle de jeux et l'écurie. Dans chacun de ces lieux, il croisait le fantôme du garçon qu'il avait été, trop sérieux, toujours sur la réserve, couvant du regard les adultes qui venaient à Lost Springs reprendre le garçon qui les y attendait. Ou dévisageant, fasciné, une famille adoptive venue chercher l'un de ses camarades. Il se revoyait roulé en boule sur son lit à se répéter qu'il s'en fichait que personne ne vienne jamais pour lui.

Un contact léger sur sa manche l'arracha à ses souvenirs. Il reprit conscience du présent, et du visage de Twyla levé vers le sien.

— Vous ne vous doutiez pas que ce serait aussi dur ? demanda-t-elle.

Il fut assez contrarié de voir qu'elle lisait si clair en lui. Qu'elle *comprenait*. Puis il plongea son regard dans ses yeux limpides et sentit quelque chose se relâcher en lui. Comme si un ressort trop tendu se dénouait.

— Non, avoua-t-il.

— Vous voulez en parler ?

— A quoi bon ? demanda-t-il d'un ton léger en
dégageant discrètement son bras.

— Eh bien, ce sera comme chaque fois que l'on
parle : si c'est dit, c'est partagé et cela pèse moins. Je suis
coiffeuse, Rob, donc très douée pour écouter les autres.

— Exactement ce qu'il me fallait !

— Je crois bien que oui !

Il se contenta de lui sourire et de l'entraîner dans le
gymnase pour lui montrer la vitrine des trophées et les
deux coupes remportées par lui, au basket et à la course.

— Tout le monde devait être fier de vous ! s'écria-
t-elle.

— C'est pour cela que les trophées sont ici. Ils comptent davantage pour Lost Springs qu'ils ne pourraient
compter pour moi.

— Combien de temps avez-vous vécu ici ?

— Onze ans.

— Onze ! Je n'avais pas réalisé que les garçons restaient
aussi longtemps. Je pensais que c'était… temporaire.

— C'est généralement temporaire. Ceux qui
viennent parce qu'ils ont fait des bêtises repartent quand
ils peuvent montrer qu'ils n'en feront plus. Pour les
familles à problèmes, on trouve généralement aussi des
solutions. Mon cas était un peu particulier : je n'avais
que ma mère, une fille très jeune, assez paumée. Elle
m'a déposé ici en promettant de revenir me chercher
quelques mois plus tard. Les mois sont devenus des
années. Comme j'avais un parent dans la nature, je
n'étais pas adoptable.

— Et vous ne l'avez jamais revue ?

Rob fixa la vitrine sans la voir.

— Non.

— Vous avez tenté de la retrouver ?

— Bien sûr. Elle est morte il y a une quinzaine d'années, à Las Vegas.

— Rob, je suis absolument désolée.

— Ce sont des choses qui arrivent. Et l'équipe de Lost Springs a fait tout son possible. Je ne peux pas me plaindre.

— Mais si, vous pouvez ! A mon avis, vous ne vous êtes jamais plaint suffisamment. On ne peut pas porter sa peine éternellement, sans la… poser nulle part.

Rob n'avait jamais considéré les choses sous cet angle. Instinctivement, il se tourna vers la porte et le vide du grand terrain de sport s'ouvrit devant lui. Ces grands espaces écartelaient quelque chose en lui. Ce ranch était magnifique, les garçons, encadrés par des gens formidables, mais pour lui ce paysage restait celui de la souffrance.

Depuis toujours, il se cherchait un « vrai foyer », sans jamais parvenir à définir à quoi il devait ressembler. Il savait uniquement que ce n'était pas un dortoir au ranch ou une cité universitaire, ou le studio minuscule où il avait vécu en tant qu'interne. Ce n'était ni son bel appartement de Denver, ni la splendide propriété des parents de Lauren, ni l'élégante maison de ville qu'elle habitait aujourd'hui. Avec le temps, il finissait par se convaincre que ce lieu mythique existait uniquement dans son esprit. Il associait cette idée de foyer à des pièces souriantes remplies de souvenirs, dont les fenêtres

laissaient entrer le chant des oiseaux. A une cuisine qui
fleurait bon, à des photos de famille dans des cadres, à
un jardin avec un arbre et une balançoire et peut-être
une petite pièce d'eau. Il passait ces éléments en revue
quand le souvenir de la maison de Twyla s'imposa à lui.
Repoussant cette image avec brusquerie, il se dirigea
d'un pas rapide vers sa voiture.

— Je suis désolé, dit-il d'un ton bref en ouvrant la
portière de Twyla.

— Pourquoi êtes-vous désolé ? s'enquit-elle.

— De vous avoir traînée ici pour étaler mes mauvais
souvenirs.

— Ne le soyez pas. Je suis contente d'être venue.
Sincèrement.

— Et pourquoi ?

— Mais… parce que j'aime comprendre ce que
ressentent les autres. Vous connaissez sûrement cela
avec vos patients ? Cette impression d'avoir gagné à
mieux les connaître ?

Intrigué, il s'appuya de la hanche contre le capot.

— Je ne travaille pas de cette façon.

— C'est-à-dire ?

Un peu décontenancé, il fit sauter son trousseau de
clés sur sa paume.

— Je suis pathologiste. Spécialisé dans l'analyse des
tissus ou des fluides anormaux. Les seuls patients que
je vois sont des éprouvettes ou des cultures.

— Et cela vous convient ?

La voix sereine de Twyla donnait à Rob le sentiment
curieux qu'elle l'écouterait avec plaisir toute la journée
s'il le souhaitait, sans jamais le juger.

— Cela me convient, oui. Je peux voir soixante, soixante-dix patients dans la journée. Je cerne leur problème, je recommande un traitement et je passe à l'échantillon suivant.

Rob avait choisi cette spécialité en quatrième année. Le travail d'un médecin généraliste lui semblait exagérément teinté d'émotivité, trop peu précis aussi. Comment trouvait-on les mots justes à dire à une mère inquiète ou une épouse angoissée, comment apaisait-on un mourant ? Son labo en revanche était un univers logique ; en tant que pathologiste, il pouvait détecter une toxine, enrayer une épidémie, aider des milliers de personnes. Un médecin de famille ne traitait qu'un patient à la fois ! Isoler un problème, trouver la solution, c'était une satisfaction et aussi une forme de pouvoir. Aujourd'hui, il s'était ménagé une position formidable, il avait quatre associés et, chaque soir, il rentrait chez lui avec la conviction de s'être rendu utile à ses semblables. Chaque fois qu'il lui venait l'envie de changer de mode de travail, il parvenait sans peine à se convaincre de rester.

Ecartant ces pensées, il fit monter Twyla dans la voiture.

— Et maintenant, la fin de la visite guidée, annonça-t-il.

Il emprunta un chemin de terre. La voiture tangua dans de profondes ornières, grimpa lentement au cœur d'un petit bois… et déboucha apparemment en plein ciel, car le chemin menait au sommet d'une petite falaise surplombant la vallée et le torrent auquel le bourg devait son nom.

— C'est beau, s'écria Twyla avec plaisir. Et très tranquille.

— C'était tout l'intérêt, répondit-il en jetant un coup d'œil à sa montre. Nous ferions bien de filer à l'aéroport.

Avec précaution, il fit demi-tour, très conscient du regard de Twyla posé sur lui.

— C'est un panorama magnifique, commenta-t-elle, mais que représente-t-il pour vous ?

Il s'interdit de la regarder. Le regard fixé sur le chemin poussiéreux, il répondit d'un ton léger :

— C'était le rendez-vous des amoureux. C'est là que j'ai perdu mon pucelage.

Elle réprima une petite exclamation ; il entendit le sourire dans sa voix quand elle lança :

— Cela, j'aurais facilement pu me passer de le savoir.

Ils retrouvèrent les routes goudronnées, puis la quatre-voies. Subitement, Rob s'entendit dire :

— Vous êtes réellement douée pour écouter les autres.

Le visage de Twyla s'épanouit.

— Vous trouvez ? demanda-t-elle joyeusement.

— Oui.

— Je suis flattée. J'ai toujours pensé…

Elle secoua la tête, puis se détourna pour regarder par sa vitre tandis qu'ils abordaient les parkings de l'aéroport et filaient vers le petit kiosque des locations de voitures.

— Qu'avez-vous pensé ? demanda-t-il.

— Oh, rien.

Il se gara, alla sortir leurs bagages du coffre.

COMME SI C'ÉTAIT LUI

— Désolée, ma petite dame, mais il faut tout me dire maintenant. Ma fiancée ne doit rien me cacher.

Elle rougissait si facilement! Il s'interdit de rire, en pensant combien cela devait être contrariant pour elle : chaque fois qu'elle cherchait à jouer la femme du monde, blasée et même un peu cynique, son propre visage la trahissait!

— Alors? insista-t-il.

— Oh, pas grand-chose. Simplement, quand j'envisageais de faire des études, je pensais devenir psychologue, ou assistante sociale, en tout cas un travail qui demanderait beaucoup d'écoute, de la ressource, et… et un don pour savoir prendre les gens.

Elle haussa les épaules avec un sourire, comme pour se moquer de ses anciennes ambitions.

— En fin de compte, j'ai fini dans une branche assez voisine!

En embarquant dans le petit avion qui les emmènerait de l'autre côté de l'Etat, Rob pensa que, en tant que physicien, il aurait été bien incapable de décrire ses propres symptômes. Depuis ses six ans, il sentait un poids invisible peser sur sa poitrine. Un poids que personne dans son entourage ne soupçonnait mais qui était là à chaque instant : le poids des espoirs déçus. Et voilà qu'il avait suffi d'une seule conversation avec Twyla pour l'alléger. Pas énormément, mais de façon perceptible.

Quand ils prirent leurs places, il ne put s'empêcher de sourire de la curiosité puérile qu'elle manifestait pour tout ce qui l'entourait : le contenu de la poche fixée au siège devant elle, les voyants lumineux au-dessus de sa tête, les instruments qu'ils entrevoyaient par la porte entrouverte du cockpit.

— Vous aimez prendre l'avion ? demanda-t-il.

— Je n'en ai pas la moindre idée.

Il fronça les sourcils, perplexe. Tout en se penchant pour regarder par son petit hublot, elle expliqua en riant :

— Le seul avion dans lequel je sois jamais montée était un petit biplace ouvert qui servait à asperger les récoltes. Mon père le pilotait. Ce n'était pas du tout comme celui-ci.

Il la fixa, muet de stupéfaction. Pour lui, l'avion était un moyen de transport si banal ! Il existait donc des gens qui ne volaient jamais ?

— Stupéfiant, murmura-t-il.

— Vous voulez dire : « pathétique », corrigea-t-elle avec bonne humeur.

Puis son visage expressif devint grave et elle lança :

— Rob, vous ne mesurez peut-être pas bien dans quoi vous vous lancez en m'accompagnant à cette réunion.

La porte de l'avion claqua, l'appareil se mit à rouler.

— Eh bien, expliquez-moi ! lança-t-il. Nous avons tout notre temps.

Elle eut un rire bref, un peu nerveux.

— Ce n'est pas une raison pour vous infliger le récit de mes malheurs.

— Qui vous dit que vos malheurs m'ennuieront ?

L'appareil prit de la vitesse et, d'une détente subite, se trouva suspendu dans le vide. Avec un petit hoquet de saisissement, Twyla s'accrocha à la main de Rob… qui ne la lâcha pas des quarante-cinq minutes que durèrent le trajet. Et pendant cette période, pourtant assez brève, il en vint à connaître sa voisine avec une clarté et une intensité dont il avait rarement fait l'expérience. Quelle était, chez elle, cette qualité curieuse qui l'intriguait et l'attirait à la fois ? Par certains côtés, ils n'étaient pas si différents tous les deux, mais, contrairement à lui, Twyla n'avait pas eu la possibilité de réaliser ses projets. Quand elle parlait de son passé, Rob voyait briller l'ambition dans son regard ; quand elle en revenait au présent, c'était avec un humour et un stoïcisme touchants.

— Cela me fait un drôle d'effet de sortir les violons pour ces vieilles histoires, dit-elle. Je suppose que cette fichue réunion fait remonter toutes sortes de souvenirs auxquels je ne pensais plus depuis longtemps.

— Vous « sortez les violons » ? répéta-t-il, amusé.

— Et comment un type qui a fait douze ans d'études dirait-il cela ? riposta-t-elle.

Il réfléchit un instant, et déclara :

— Vous avez raison, je parlerais aussi de sortir les violons. Mais pourquoi ce dédain dans votre voix quand vous parlez de mes douze années d'études ? Il y a un autre moyen de faire médecine ?

— J'espère bien que non !

Elle baissa les yeux pour contempler leurs mains, toujours nouées l'une à l'autre.

— Je fais de mon mieux pour ne pas me montrer amère, mais mon mariage a laissé des cicatrices et, pour tout vous dire, je me méfie beaucoup des hommes.

— Effectivement, puisque vos amies ont dû vous forcer à partir avec moi.

Elle eut un bref sourire sans joie.

— Ce n'est pas comme si vous vous intéressiez à

moi. Vous faites cela par sens du devoir, et sans doute aussi par compassion.

— Mais non !

Spontanément, il serra sa main entre les siennes.

— Je ne suis pas venu par compassion, et je m'amuse beaucoup avec vous. Parlez-moi du petit avion de votre père. Il se passionnait pour l'aviation ?

— Il se passionnait pour tout et cela durait environ un quart d'heure.

— Et vous dites qu'il est mort subitement ?

Dès qu'il posa cette question, il sut qu'il venait de pénétrer dans une zone interdite. La vie privée de Twyla aurait dû rester hors limites, mais elle s'était montrée si franche et si ouverte jusqu'ici, et il avait envie de tout savoir d'elle…

— Racontez-moi, Twyla.

Chapitre 10

Twyla hésita un instant de trop : le visage de Rob se ferma, son expression se teinta de méfiance. Elle n'avait pas cherché à lui cacher quoi que ce soit... pas exactement. Il y avait en revanche beaucoup de choses qu'elle ne lui disait pas. Pourquoi, pourquoi venait-elle d'évoquer l'avion de son père ? En même temps, il était difficile, alors qu'ils se rendaient dans la ville de son enfance, d'éviter toute mention du passé !

Elle fixait Rob, les yeux ronds, en cherchant comment éviter de lui répondre, quand un carillon discret annonça aux passagers que le pilote souhaitait leur parler. Sauvée ! Faisant mine d'oublier la question de Rob, Twyla leva les yeux vers le haut-parleur qui annonçait l'atterrissage à Jackson. D'un ton tranquille, la voix ajouta que, en raison de vents contraires, il fallait s'attendre à « quelques petites secousses ».

La première « secousse » laissa l'estomac de Twyla à une altitude de vingt mille pieds pendant que l'appareil plongeait vers le sol, la suivante grava l'empreinte de ses ongles dans l'avant-bras de Rob ; la troisième la fit claquer des dents si violemment qu'elle se serait aisément sectionné la langue. Certains passagers fournirent un fond sonore à ces instants de terreur absolue :

des exclamations, des petits cris, quelques fragments
de prières jaillirent dans la cabine. En silence, Twyla
implorait de toute son âme le pardon de Brian. Mon
fils chéri, pardonne à ta maman cette idée stupide de se
rendre à cette réunion stupide pour prouver à des gens
stupides qu'elle n'était pas restée sur l'humiliation qu'ils
lui avaient infligée. Elle voyait très clairement sa propre
tombe, sur laquelle s'inscrivaient les mots : « Ci-gît
Twyla McCabe, morte d'avoir eu trop d'orgueil ».

Le hurlement du vent noya tout le reste. De toutes
ses forces, elle se pressa en arrière dans son siège, serra
les paupières et attendit la fin. L'avion toucha le sol,
sembla rebondir très lentement, puis fila en rugissant
sur la piste. Bientôt, il roulait tranquillement vers le
terminal. Stupéfaite, Twyla ouvrit les yeux. Elle avait
survécu ! Aussitôt, elle regretta de s'être ridiculisée.

En se tournant vers Rob pour s'excuser, elle fut stupéfaite de voir son visage livide, et la sueur sur son front.
Il s'éclaircit la gorge et articula d'une voix blanche :

— C'était amusant. On recommence ?

Elle éclata d'un rire un peu tremblant et détacha
péniblement sa main, toujours crispée sur l'avant-bras
de son compagnon.

— Je crois que vous garderez une cicatrice toute
votre vie, murmura-t-elle.

Il eut un petit geste désinvolte.

— Si c'est la pire cicatrice que je garde d'un moment
passé avec une femme, je m'estimerai heureux.

Elle n'eut pas le temps de relever ce commentaire
assez insolite car il enchaînait déjà :

— Nous y sommes. Que voulez-vous faire en premier ?

— Boire un verre, s'écria-t-elle. Et même plusieurs !

— Voilà une excellente idée.

Lentement, il se mit sur pied et s'écarta pour la faire passer devant lui.

— Allons déposer nos bagages au chalet, proposa-t-il. Mme Spinelli m'a affirmé que le bar serait bien fourni.

Tout en s'efforçant de marcher droit sur des jambes en caoutchouc, Twyla demanda distraitement :

— Quel chalet ?

— Nous devons descendre à un chalet appelé Laughing Water. J'ai la clé et une carte indiquant comment le trouver.

Sugar n'avait rien laissé au hasard, pensa Twyla. Dès qu'ils pénétrèrent dans le terminal du petit aéroport, ils virent un homme portant l'uniforme d'une agence de location de voitures brandir une pancarte au nom de « Dr Robert Carter ». Quels autres projets ses amies avaient-elles faits pour eux ?

La voiture réservée à leur intention était une jeep rouge vif d'un modèle récent. Un trajet de vingt-cinq minutes dans les contreforts des montagnes les emmena à l'embranchement d'une route minuscule qui suivait les méandres d'un torrent bordé de saules et de trembles. Bientôt, ils débouchèrent devant un beau chalet ancien bâti de troncs épais, avec des fenêtres à petits carreaux et de solides renforts sous le toit. Eblouis par la beauté du site, ils descendirent de voiture en silence. La porte d'entrée massive pivota souplement sur ses gonds, et Twyla découvrit une grande salle décorée avec un luxe discret. Elle dut faire un effort pour ne pas montrer combien elle était impressionnée par la cheminée de roche, les tapis moelleux, les sièges confortables et les rayonnages de livres. En explorant rapidement l'étage, elle découvrit avec satisfaction qu'il y avait deux chambres. Elle prendrait soin de verrouiller sa porte, et tout se passerait très simplement !

Dans la cuisine, le réfrigérateur contenait un poulet froid, un assortiment de crudités et de desserts, plusieurs bouteilles de champagne et, pour le petit déjeuner, des fruits et des muffins.

— Quelqu'un a pensé à tout, murmura Twyla.

— J'adore les gens riches, répondit Rob sur le même ton.

— Même les gens riches qui se mêlent de ce qui ne les regarde pas ? Qui tentent de jouer les marieuses ?

D'un geste plein d'aisance, Rob ouvrit une bouteille de champagne et commenta :

— Mme Spinelli doit beaucoup aimer la façon dont vous la coiffez.

Twyla rougit. Cette mise en scène, cette situation intime… c'était gênant et même troublant de se retrouver dans un décor aussi absurdement romantique, en compagnie d'un homme aussi séduisant, alors qu'elle cherchait simplement à tromper ses anciens camarades de lycée !

— Vous vous doutez bien qu'il s'agit d'autre chose, protesta-t-elle assez sèchement.

— Je le suppose. Vous voulez bien m'expliquer ?

— Eh bien, il y a deux ans, elle a traversé une passe difficile.

Twyla ne donna pas d'autres précisions. L'histoire ne lui appartenait pas, c'était trop personnel : pendant un temps, Mme Spinelli préférait recevoir Twyla chez elle car les rayons et la chimiothérapie lui avaient fait perdre presque tous ses cheveux. Le pronostic était optimiste mais la pauvre Sugar se sentait très mal et ne supportait plus son apparence. Tous les deux jours, Twyla venait la maquiller et coiffer sa perruque. Sa tâche n'était pas uniquement cosmétique car la malade avait également besoin de parler. Au fil de ces visites, une amitié profonde et sincère s'était forgée et, une fois sortie d'affaire, l'aînée des deux femmes avait toujours soutenu que la rapidité de sa convalescence était en partie due à l'aide de Twyla.

— Laissez-moi deviner, dit Rob en lui offrant une coupe de champagne. Vous l'avez aidée quand elle était malade.

Ils firent tinter leurs coupes l'une contre l'autre ; les bulles dansèrent sur la langue de Twyla, froides, piquantes, délicieuses. Elle n'avait pas bu de champagne depuis des années !

— Elle affirme que je l'ai aidée, répondit-elle. En fait, je me suis contentée de la coiffer et de l'écouter.

Ils se turent pour savourer leur champagne, et ce silence ne les gêna pas. Au bout de quelques instants, Rob demanda :

— Vous aimez aider les gens, n'est-ce pas ?

— Je crois que j'ai toujours aimé cela.

Une bouffée de nostalgie monta en elle et elle soupira :

— J'aimerais…

Puis elle se tut et se hâta de vider sa coupe. Le regard de Rob resta braqué sur elle, à la fois aigu et souriant.

— Qu'aimeriez-vous ? demanda-t-il.

— Que ressentez-vous devant un patient pour lequel vous ne pouvez rien faire ?

— On peut toujours faire quelque chose, répliqua-t-il. Mais certains patients ne peuvent être guéris, si c'est ce que vous voulez dire.

— Je crois que c'est effectivement cela. Quel effet cela vous fait-il ?

— C'est frustrant, démoralisant, et cela me donne envie de travailler plus dur et de creuser plus loin.

— De creuser jusqu'où ?

— Jusqu'à ce que je comprenne le problème. Pourquoi cette question ? Vous ressentez des symptômes bizarres ?

Elle ne répondit pas à son sourire.

— Ma mère souffre d'agoraphobie, s'entendit-elle dire. Elle ne quitte jamais la maison.

Puis elle se tut, atterrée. Pourquoi venait-elle de révéler cela ? Etait-ce l'effet du champagne, ou la présence de Rob ? Celui-ci vida sa coupe d'un trait et la posa sur le meuble le plus proche.

— Vous plaisantez, dit-il.

— Pas sur un sujet pareil. Après la mort de mon père, elle a commencé à faire des crises d'angoisse. Cela a empiré à tel point qu'elle a tout simplement renoncé à sortir. Nous… essayons de trouver une solution.

Elle n'avoua pas que cette solution, elles la cher-chaient en vain depuis des années. Pour Twyla, c'était une situation incompréhensible, un véritable crève-cœur ; pour Gwen, une honte. La gorge serrée, Twyla se représenta sa jolie maman, si bonne, si intelligente et si douée, occupée à créer une série sans fin de merveilleux patchworks, enfermée dans cette vieille maison si rassurante…

— Nom de… Je suis désolé, Twyla, murmura Rob.

— Non, c'est moi qui suis désolée. Je n'avais pas l'intention de parler de cela mais je me sens très à l'aise avec vous. Quand vous m'avez fait visiter Lost Springs, j'ai réellement eu le sentiment de commencer à vous connaître, et…

Il effleura son bras d'un geste amical ; elle sentit une chaleur subite se répandre sur sa peau.

— Vous l'avez emmenée voir un médecin ? demanda-t-il. Il y a eu un diagnostic ? Ce genre de problème se traite assez bien.

— Notre médecin de famille veut l'envoyer chez un spécialiste mais elle refuse de prendre rendez-vous.

Elle se détourna avec un geste impatient en répétant :

— Je n'ai aucun droit de vous ennuyer avec nos problèmes.

— Il faut bien déposer le fardeau, tôt ou tard. Sincèrement, cela ne m'ennuie pas.

Pour l'amour du ciel, pensa Twyla, que c'était bon de discuter avec lui ! Et que ce serait facile de penser que cette amitié était réelle !

— En ce qui concerne votre invitation…, reprit Rob.

— Quelle invitation ?

— De boire un verre et même plusieurs.

Ce fut plus fort qu'elle : elle éclata de rire.

— Je crois que j'ai mon compte.

— Très bien. Dans ce cas, pensons au dîner. Je crois que le mieux serait de rester ici plutôt que sortir.

— Vous ne voulez pas vous montrer en public avec une coiffeuse?

— Très drôle. Non, nous avons trop à faire.

— Qu'avons-nous à faire?

Il ouvrit son sac, en sortit un bloc et deux crayons qu'il posa sur la table de pin.

— Sur le papier, nous devons devenir le couple parfait!

Ils terminèrent le champagne et passèrent à un vouvray sec pour accompagner leur repas. Comme dans un beau rêve, Twyla savoura le poulet parfumé au romarin, les salades exotiques très fraîches, les petits pains réchauffés au four. Rassasiée, elle repoussa son assiette, but une gorgée de vin et prit son crayon.

— Très bien, lança-t-elle. Par où commençons-nous?

— Où commence un couple?

— A sa première rencontre. Où nous sommes-nous rencontrés?

— A un congrès médical, proposa Rob. Je rencontre énormément de gens aux congrès médicaux.

Aussitôt, Twyla le vit plongé dans une discussion animée et très technique avec une femme superbe, chirurgien ou pédiatre. Discussion suivie d'un échange encore plus stimulant au lit.

— Mais non, voyons, dit-elle. Que ferais-je dans un congrès médical?

— Très bien, où nous sommes-nous rencontrés, dans ce cas?

— Vous croyez qu'il faut chercher une note exotique, comme un sauvetage à Hawaii lors d'un cours de plongée, ou quelque chose de plus simple, comme « nous avons été présentés par des amis communs »?

— Des amis communs, décida-t-il. Nous pouvons mettre cela sur le dos de Mme Spinelli. Nous nous sommes connus lors d'une fête chez elle.

— Très bien. Et quand cela ?

Rob la contempla. Accoudée en face de lui, elle lui souriait, très détendue, infiniment séduisante.

— Voyons, dit-il, c'est un point important. Il faut suggérer que nous vivons une vraie relation, pas seulement une attirance épidermique qui s'effacera dans les deux mois.

Il lui souriait, son beau visage respirait l'intelligence et l'humour. « Félicitations, madame Spinelli, madame Duckworth, pensa Twyla. Vous avez enfin réussi votre coup. Vous avez trouvé un homme pour qui je pourrais craquer sérieusement. »

— Exactement ! dit-elle avec un petit rire.

Et pourtant, un malaise subit se glissait en elle car, en regardant Rob, elle ressentait une attirance épidermique d'une rare intensité !

— En même temps, il faut que nous soyons dans les premiers transports d'un amour tout neuf. C'est tellement plus romantique.

— Mais bien entendu.

— Six mois ?

— Parfait.

Négligemment, elle nota ce chiffre sur son bloc.

— Nous nous sommes donc rencontrés il y a six mois. C'est assez long pour être sûrs de nos sentiments, mais assez récent pour avoir encore des étoiles plein les yeux.

— Nous ferions de bons scénaristes, dit Rob avec un nouveau sourire.

Ils terminèrent le vouvray et s'attaquèrent à une jatte de fraises accompagnées de ballons de calvados.

— Quels sont nos projets ? demanda Rob. Nous comptons nous installer à Denver ou à la campagne ?

— Oh, à la campagne ! C'est tellement mieux pour les enfants.

— Aha ! Nous voulons donc des enfants ?

— Oui ! Vous n'en voulez pas, vous ? demanda-t-elle gaiement en goûtant l'alcool de pommes.

— Je suppose. Un jour.

Twyla se surprit à se demander s'il pensait ce qu'il disait. Non, décida-t-elle, ce n'était qu'une fioriture pour étoffer leur histoire.

— Quelle est notre chanson préférée ? demanda-t-elle.

— La BO du film *Rollerball* ?

— Ce n'est pas ce que j'ai lu dans le catalogue des célibataires ! s'écria-t-elle en pouffant. Là, vous disiez *Misty*.

— Misty ? Qui est-ce ?

— C'est une chanson. Votre préférée d'après le catalogue.

Elle fredonna quelques mesures, mais il secoua la tête.

— Connais pas.

— Dans ce cas, qui a rédigé les petites biographies de la brochure ?

Il prit le temps de servir une autre tournée de digestif avant de répondre :

— Une amie. Vous avez raison, nous devons nous

trouver une chanson. C'est bien ce que font les gens quand ils tombent amoureux ?

Cela faisait si longtemps qu'elle ne s'était pas trouvée en situation qu'elle n'était pas très sûre de se souvenir.

— Il faudrait une chanson romantique, murmura-t-elle.

— Par exemple ?

— Je… j'ai beau chercher, le seul répertoire qui me vient à l'esprit est celui de Brian ! Tenez, proposa-t-elle en se levant, nous allons nous en remettre au hasard. J'allume la radio et la première chanson sera *notre* chanson.

Une complainte folk insupportablement nasale s'éleva du haut-parleur. Twyla coupa le son.

— Espérons, dit-elle, que personne ne nous posera la question.

Ils continuèrent leur *brainstorming* et décidèrent que leurs personnages souhaitaient un mariage discret, en présence de quelques intimes, puis une lune de miel à Paris. Les idées fusaient, ils s'amusaient de plus en plus ; bientôt, ils tenaient le récit d'une histoire d'amour si charmante, si amusante que Twyla se sentit absolument enchantée en relisant ses notes.

— Mission accomplie, dit-elle. Nous sommes le couple parfait et nous coulons un amour parfait.

— Oui, convint Rob. Vous avez déjà vécu cela ?

Twyla flottait dans une douce euphorie, alimentée par le vin et par le jeu absurde qu'ils venaient d'achever. Spontanément, elle éclata de rire.

— Mais non, voyons ! Un amour parfait, cela n'existe pas !

Il scruta son visage, pensif.

— Vous êtes un peu jeune pour être arrivée à cette conclusion.

Repoussant sa chaise, il se mit sur pied en proposant :

— Venez sous la véranda. Vous allez me raconter ça.

La nuit était tombée pendant qu'ils peaufinaient leur histoire. Elle le suivit, en emportant machinalement son bloc, et émergea dans une nuit d'été typique du Wyoming, avec des étoiles si brillantes et si nombreuses que l'on avait l'impression de n'avoir qu'à tendre la main pour les cueillir.

— Raconter quoi ? demanda-t-elle. Que reste-t-il à raconter ?

Il lui prit des mains le bloc et le crayon et les posa sur un siège.

— Ce n'est pas pour notre mascarade. C'est pour moi.

— Qu'est-ce qui est pour vous ?

— Ceci.

Sans hâte, d'un mouvement délibéré qu'elle trouva incroyablement excitant, il l'attira vers lui et couvrit sa bouche de la sienne. Un baiser ! Un baiser très doux, au goût de fraise et de vin, qui se teinta bientôt d'une passion souterraine. La montée du désir, en lui, en elle, balaya toutes les réticences de Twyla. Seigneur, que c'était bon, cette bouche qui répondait à la sienne, ce corps sous ses mains, ces muscles, cette peau tiède… Elle aurait aimé se noyer dans la sensation. Médusée, elle se demanda à quand remontait son dernier baiser. Rob faisait-il semblant ? Dans ce cas, il était un acteur extraordinaire.

Quand il lâcha sa bouche, elle recula, étourdie, en pressant le bout de ses doigts sur ses lèvres frémissantes.

— Ce… n'était pas dans notre rôle, protesta-t-elle tout bas.

— J'aime improviser.

— J'ai besoin de m'asseoir.

Elle recula sans le quitter des yeux ; à tâtons, elle trouva la balancelle suspendue aux poutres de la véranda et s'y affaissa. Reprends-toi, s'ordonna-t-elle. Ce n'était qu'un baiser.

— Je crois, dit Rob avec gentillesse, que le moment est venu de me dire pourquoi vous hésitiez tant à revenir ici pour cette réunion.

— Et pourquoi je devais emmener un faux fiancé ?

Il vint s'asseoir près d'elle ; quand il leva la main pour écarter une mèche de son visage, elle ne put maîtriser un mouvement de recul.

— Ne faites pas ça, murmura-t-il.

— Quoi donc ?

— Ne faites pas comme si vous n'aviez pas l'habitude que je vous touche.

— Mais je n'ai pas…

— Nous sommes ensemble depuis six mois, dit-il avec un sourire.

— Nous… Ah ! Oui, je comprends, je dois faire comme si nous faisions cela tous les jours.

Elle pensait : *toutes les nuits.*

— Voilà.

D'un mouvement très naturel, il étendit son bras derrière elle, le long du dossier de la balancelle, et reprit :

— A vous, Twyla. Pourquoi ai-je quasiment dû vous forcer à venir ?

Dans un sursaut de panique, elle se demanda si son

visage la trahissait. Jusqu'où pouvait-elle lui raconter ? Jusqu'où pouvait-elle lui faire confiance ?

— C'est une histoire si prévisible, soupira-t-elle. Elle ressemble à une mauvaise série télévisée. Vous êtes sûr de vouloir entendre cela ?

— J'y tiens absolument.

Etait-ce le calvados ou la protection illusoire de la nuit ? Elle se sentit tout à coup prête à confier une souffrance très ancienne.

— Tout a commencé avec mon mariage, dit-elle.

— Vous disiez que vous étiez trop jeune.

— Oui. Mais Jake et moi, nous avions fait nos projets.

— Jake est votre ex-mari ?

— Oui, Jake Barnard. Il avait trois ans de plus que moi et faisait ses études à l'université Powell. Je l'avais toujours admiré, il était le meilleur en tout, le capitaine de l'équipe de foot, le garçon à qui tout réussit et qui est promis à un bel avenir. Du jour où il s'est intéressé à moi, je me suis mise en quatre pour ne pas le décevoir.

— Vous êtes également devenue capitaine de l'équipe de foot ? plaisanta Rob avec douceur.

— Cheerleader en chef, c'est tout comme.

L'angoisse de Twyla s'apaisait. Après tout, ce ne serait pas si difficile. Tout cela était si loin !

— Hell Creek est si petit que nous vivions un peu comme dans un aquarium : la population entière du bourg avait l'œil rivé sur nous. Cela ne me dérangeait pas, nous n'avions rien à cacher et notre destin semblait si fermement sur les rails que rien ne pourrait le faire dévier.

Elle fut surprise de sentir sa gorge se crisper. Cela faisait donc encore mal, même après tout ce temps ?

— Nous étions tous deux acceptés dans d'excellentes universités, Chicago pour moi et Northwestern pour Jake. Le seul problème était que nous n'avions pas les moyens de partir en même temps. L'un de nous deux devait commencer ses études pendant que l'autre travaillerait pour les payer.

— Laissez-moi deviner : vous avez choisi de travailler à plein temps pendant qu'il partait étudier.

— C'était tout à fait logique. Il pouvait mettre les bouchées doubles, enchaîner les UV, continuer pendant la session d'été. En trois ans, il décrocherait son diplôme de droit et nous savions déjà qu'il aurait un poste formidable parce qu'un cabinet de Jackson était prêt à l'embaucher dès qu'il serait qualifié. Et ensuite, ce serait mon tour.

— Chicago est assez loin de Jackson. Vous comptiez faire le voyage souvent ?

Elle se souvint de sa déception quand elle avait compris qu'elle devrait renoncer à étudier dans l'une des meilleures universités du pays.

— Changement de programme, dit-elle d'un ton bref. En fin de compte, nous allions m'envoyer à Powell, moi aussi. Bref, j'ai rempli ma part du contrat. Pendant trois ans, j'ai travaillé comme coiffeuse pendant qu'il faisait ses études de droit.

Elle contemplait le ciel immense. D'une voix lointaine, elle murmura :

— Nous avions fait tant de projets… Nous devions passer trois semaines à Paris — j'avais toujours rêvé de visiter Paris —, et ensuite, au retour, il se mettrait au travail et moi je commencerais mes études. Il a donc décroché un poste très bien payé dans un grand cabinet d'avocats de Jackson, et nous avons acheté une maison à Hell Creek. Au bourg, tout le monde nous prenait pour l'incarnation du rêve américain.

Oui, elle avait eu raison de se décider à parler, cela lui faisait du bien. Mais Rob, comment prenait-il ce récit ?

— Je vous ennuie ? demanda-t-elle.

— Pas du tout. Je veux la suite.

— J'avais hâte de reprendre mes études, si vous saviez. Je me souviens encore de la passion avec laquelle je potassais la liste des cours. Quand j'ai su que j'étais enceinte, j'ai compris que ce serait plus compliqué que prévu, mais je ne me doutais pas que mon univers entier allait se désagréger.

— Se désagréger ? Comment donc ?

D'un mouvement nerveux, elle repoussa le sol du pied, ce qui imprima un doux balancement à leur siège.

— Vous êtes bon public, vous posez les bonnes questions mais vous avez sûrement déjà deviné. C'est tellement évident. Quand j'ai annoncé la nouvelle de ma grossesse à Jake, il m'a répondu qu'il voulait divorcer. Un enfant, cela ne figurait pas dans son plan de carrière, et j'étais devenue un poids pour lui. Quelques semaines plus tard, il est parti en voyage en France avec une fille très riche qui avait fait ses études secondaires avec nous. Une fille qui avait déjà son diplôme.

— Et il ne vous a jamais recontactée ? Jamais demandé des nouvelles de Brian ?

— Non. Et moi, je suis peut-être stupide mais je

n'ai jamais demandé de pension alimentaire. D'ailleurs Jake n'a jamais proposé de m'en verser une.

— Et qu'est-il devenu ?

— Mon mari… ?

— Ex-mari, corrigea-t-il.

La brusquerie de sa voix fit voler en éclats le rêve dans lequel Twyla se perdait.

— Quoi donc ? Ah, oui, Jake. Je ne l'ai pas revu depuis le jour où j'ai quitté Hell Creek, juste après l'enterrement de mon père. Il… disons qu'il est venu à la cérémonie, mais je n'ai pas pu lui adresser la parole. Il a épousé la fille dont je parlais, il s'est taillé une renommée à Jackson, a été élu membre du Congrès et, autant que je sache, il file un bonheur parfait. Il n'a jamais cherché à voir Brian.

— Alors que cachiez-vous, Twyla ? Un mariage peut mal tourner, il n'y a pas de honte à cela. D'autant plus que, dans cette histoire, vous étiez la victime.

Dans une inspiration convulsive, elle prit tout à coup conscience de l'odeur fraîche du cours d'eau, du parfum poivré des pâquerettes.

— Eh bien… Le divorce n'a pas été discret. La première affaire que le cabinet d'avocats a confiée à Jake a été de poursuivre mon père en justice. Un problème de contrat avec une compagnie qui produisait des insecticides agricoles épandus par avion…

Rob lâcha un juron qui, de l'avis de Twyla, résumait assez bien la situation. Puis il se tut, longtemps. Elle ne le connaissait pas assez bien pour deviner ses pensées, et pas assez bien non plus pour l'interroger à ce sujet.

Quand le silence se fit trop pesant, elle reprit d'une voix incertaine :

— Voilà… Je suppose que c'est pour cette raison que je ne tenais pas à revenir ici. Après avoir été le *success story* du bourg, nous avons créé un beau scandale, et les vautours se sont abattus sur nous. C'était même assez étrange : tout le monde semblait nous en vouloir parce que l'histoire tournait mal pour nous…

Elle se perdit dans la contemplation des tourbillons d'étoiles. Pourquoi s'obstinait-elle à parler sur ce ton trop léger ? Par orgueil, encore et toujours ! La vérité crue était que la trahison de Jake lui semblait si radicale qu'elle ne s'en remettrait sans doute jamais tout à fait.

Comment les autres femmes encaissaient-elles un divorce ? Certaines d'entre elles, Sadie par exemple, traversaient le traumatisme comme des fleurs : elles se coupaient les cheveux, perdaient quelques kilos, se mettaient à fumer et se bâtissaient la vie qui leur convenait. D'autres, comme Twyla, traversaient l'existence avec un V brûlé au fer rouge sur le cœur : V pour victime.

Si seulement elle pouvait réussir à faire son deuil de cette histoire ! Arriver au point où elle se fichait du geste de Jake, comme du fait de n'avoir pas eu la possibilité de faire des études supérieures, d'aller à Paris, d'ouvrir ses ailes. Tout son drame était là : elle ne parvenait pas à se défaire d'un cuisant sentiment d'échec.

— Non, dit tout à coup la voix de Rob.

— Non quoi ? s'écria-t-elle en sursautant.

— Non, ce n'est pas stupide de n'avoir jamais demandé de pension alimentaire. Je trouve qu'il vaut mieux ne rien accepter de lui. Vous êtes forte et compétente, sans doute bien plus qu'il ne l'a jamais été.

Elle se tourna vers lui. Son visage était dans l'ombre, elle ne parvenait pas à déchiffrer son expression mais elle sentait son regard braqué sur elle.

— C'est sans doute le plus beau compliment que l'on m'ait jamais fait, dit-elle.

— Dans ce cas, on ne vous fait pas suffisamment de compliments !

La brise de la nuit fraîchit. Très naturellement, il se pencha, prit les pieds nus de Twyla sur ses genoux et les frotta doucement pour les réchauffer. La panique s'empara d'elle. Des deux mains, elle s'accrocha au rebord du siège en espérant qu'il n'aurait pas conscience des signaux d'alarme qui se déclenchaient en elle.

— Que se passe-t-il ? demanda-t-il.

— Ce n'était pas non plus dans le scénario.

— Qu'est-ce qui n'était pas dans le scénario ?

— Ceci. Mes pieds sur vos genoux.

— Vous avez de très jolis pieds.

Ses grandes mains tièdes les caressaient toujours. Confusément, Twyla pensa à Diep : quelle chance qu'elle se soit laissé convaincre de se prêter à cette pédicure ! A un autre niveau, elle eut envie de répondre : « Et vous avez des mains extraordinaires. »

— Vous pensez que j'ai de bonnes mains, n'est-ce pas ? demanda-t-il, un sourire dans la voix.

Horrifiée, elle demanda :

— Pourquoi dites-vous cela ?

— C'est la façon dont vos yeux se ferment à demi quand je fais ceci.

Du pouce, il massa l'arche si sensible de son pied. D'un sursaut, elle se retrouva debout, adossée à l'une des colonnettes de la véranda.

— Ecoutez, dit-elle sèchement, vous n'êtes pas obligé de faire tout cela.

— De faire quoi ?

— Tout cela. Mais surtout mes pieds.

— Twyla, quel est le problème ? Vous faites du fétichisme ou vous n'aimez pas que l'on vous touche ?

Elle rougit, si violemment qu'elle sentit ses joues lui brûler. Allait-il s'en apercevoir, ou la nuit la protégeait-elle suffisamment ?

— Ce n'est pas… C'est trop intime, nous ne devons pas.

— Vous n'êtes pas un peu mélodramatique ?

— C'est trop personnel.

Il eut un sourire dévastateur.

— Justement !

— Je crois que nous pouvons arriver au bout de ce week-end sans verser dans ce genre de chose.

— Nous sommes censés nous amuser, pourtant.

— Nous nous amusons déjà.

— Ah ? J'ai bien fait de poser la question.

— Très bien, soupira-t-elle. Nous ne nous amusons pas. C'est entièrement ma faute. Nous pouvons parfaitement rentrer demain et oublier toute cette histoire.

— Il n'en est pas question.

— Et pourquoi pas ?

— Mme Spinelli et Mme Duckworth me pendraient haut et court si je n'allais pas jusqu'au bout de ma mission. Et puis vous me plaisez, Twyla, et cette maison est extraordinaire. Profitons-en !

D'un mouvement souple, il se mit sur pied et vint se placer juste devant elle.

— Quant à vous, vous devez cesser de me fuir comme la peste. Je ne suis pas Jake Barnard, aucune femme n'a jamais eu à renoncer à sa vie pour me payer mes études.

Il s'interrompit, et elle revit son sourire si sensuel.

— Quoique, si j'avais su que c'était une option, j'aurais peut-être tenté ma chance, moi aussi.

— Je vois. Typique, répliqua-t-elle.

Il posa le bout de ses doigts sur son bras et les laissa courir sur sa peau en remontant vers son épaule. Jusqu'à cet instant, elle n'avait jamais su que l'on pouvait frissonner de chaleur.

— Twyla, laissez-vous aller, autorisez-vous à profiter de l'instant. C'est pour cela que nous sommes ici. C'est votre tout premier week-end loin de votre fils, votre mère et votre salon de coiffure, et si vous ne vous amusez pas, vos amies auront raté leur cadeau et vous vous serez trahie.

Malgré elle, elle eut un petit rire étouffé.

— Quelle éloquence, docteur...

— Merci. Et maintenant, revenez sur cette balancelle et posez vos pieds sur mes genoux.

Le plus surprenant ne fut pas qu'il ose lui donner cet ordre effarant ; le plus surprenant fut qu'elle lui obéit.

Chapitre 11

Le lendemain matin, Rob s'éveilla d'un rêve où il embrassait Twyla, et dut immédiatement aller prendre une douche froide. En offrant son visage à la piqûre de l'eau, il se répéta qu'il n'aurait jamais dû la toucher. Cela ne lui était encore jamais arrivé de perdre tous ses moyens face à une femme, mais celle-ci lui faisait oublier ses priorités, il se retrouvait en chute libre... face à une coiffeuse de village.

En sortant de sa douche, il voulut appeler Lauren mais se ravisa en voyant l'heure beaucoup trop matinale. Cela valait sans doute mieux : vu son humeur actuelle, il s'entendait déjà lui lancer : « J'espère que tu es contente de toi. Tu as tenu à ce que je m'occupe de cette fille, que je lui fasse passer un bon moment. Je n'ai fait que suivre tes ordres. »

Réprimant un soupir, il enfila un jean usé à l'étoffe pâle et très douce, un T-shirt et sa vieille casquette de base-ball. C'était un petit geste de rébellion car cette casquette rouge vif portait le logo de l'équipe des Red Sox, et Lauren refusait de lui adresser la parole lorsqu'il la portait. Il avait également emporté ses bottes de cow-boy, elles aussi très vieilles et confortables.

Quand les avait-il portées pour la dernière fois? Il ne s'en souvenait même plus.

La porte de Twyla était entrouverte! Prêt à descendre, il s'immobilisa un instant et, par l'entrebaillement, il découvrit un tableau qui faillit le renvoyer sous la douche. Twyla reposait dans un nuage de couettes, le visage très doux à la lumière matinale filtrée par les rideaux blancs. Sa chevelure luisante se répandait sur l'oreiller, il voyait la pâleur d'une épaule nue, et d'un pied nu aussi qui pointait hors de son nid. Rob pouvait aisément imaginer le reste... et il ne s'en priva pas.

Murmurant une imprécation, il dévala l'escalier et sortit sur le porche. L'air vif du matin lui remit aussitôt la tête sur les épaules. Au fond, se dit-il, tout était très simple. Selon les termes de leur accord, ils passeraient ensemble un week-end romantique... en apparence. Cela n'irait pas plus loin. Il ne restait plus qu'à organiser la suite du programme en louant des montures au centre équestre voisin.

Le centre équestre de Laughing Water se trouvait à une petite distance du chalet, il fallait contourner un pré immense, puis traverser un bosquet. La promenade fit du bien à Rob, qui éprouvait un besoin urgent de solitude et de réflexion. Tout en marchant, il passa en revue les événements de la veille. Il avait vécu une journée extraordinaire, beaucoup trop agréable pour qu'il puisse continuer à se dire qu'il ne faisait que son devoir. Rien dans sa vie ne l'avait préparé à la franchise et à la profondeur de ses échanges avec Twyla. Et cela alors qu'ils élaboraient une mystification!

En une journée, il était parvenu à en dire davantage

sur lui-même qu'il ne l'avait jamais fait, à personne. Elle aussi s'était confiée et il en savait désormais davantage sur elle qu'il n'avait le droit d'en savoir. Comment garder ses distances avec une femme comme elle ? Il était heureux, oui, heureux qu'elle lui ait raconté sa tragédie, car il sentait bien que, de son côté, elle non plus n'en parlait jamais à personne.

Et il était heureux de l'avoir embrassée.

Cette nuit, il s'était longuement retourné dans son lit en s'efforçant de regretter ce baiser, mais il pouvait bien se l'avouer maintenant : la culpabilité qu'il ressentait ne pesait pas lourd à côté du plaisir brut éprouvé à prendre Twyla dans ses bras.

Quand il entra dans la cour du centre équestre, ses vieilles bottes humides de rosée, il trouva un jeune garçon occupé à battre des tapis de selle en sifflant à tue-tête. Rob le salua cordialement, puis demanda :

— Vous auriez deux chevaux pour une promenade ?

L'adolescent le toisa, les yeux plissés, en agitant machinalement la main pour disperser son nuage de poussière.

— Vous êtes au chalet ?

— C'est cela.

Rob tendit la carte trouvée sur la table du refuge et donnant droit à une promenade à cheval, et le garçon se décida enfin à lui sourire. Avec ses jambes légèrement arquées et sa passion manifeste pour tout ce qui touchait aux chevaux, il rappelait à Rob certains de ses anciens camarades de Lost Springs. Là-bas, les garçons étaient initiés aux travaux d'un ranch et nombre d'entre eux continuaient par la suite dans cette branche.

— Vous êtes de bons cavaliers? demanda-t-il.

— Je me débrouille, mais la jeune femme qui est avec moi…

Twyla montait-elle? Rob n'en savait rien mais il devinait que non.

— Alors je vais vous donner Mabel et Trapper. Mabel est formidable pour les débutants.

A gestes rapides, l'adolescent entreprit de seller les montures; Rob l'aida, content de retrouver des gestes autrefois très familiers, et de respirer l'odeur des chevaux. Tout en travaillant, l'adolescent donnait une foule d'indications sur les pistes cavalières du voisinage. Il précisa aussi que, dans les rues de Hell Creek, les chevaux étaient aussi courants que les bicyclettes. Leur tâche terminée, Rob donna au garçon un généreux pourboire et enfourcha Trapper. Pour retourner au chalet, il mènerait la jument Mabel par la bride. Que c'était bon de se retrouver à cheval!

Cette fois, il traversa le pré par le milieu. Le soleil commençait à chauffer sérieusement, l'herbe haute se froissait, soyeuse contre ses bottes, les parfums lui sautaient au visage. Il trouva Twyla sur le porche, les cheveux encore humides de sa douche, sirotant un café et grignotant un bagel. Elle aussi était en jean, avec un T-shirt blanc et des tennis rouges. Une femme ordinaire, dans une tenue ordinaire; pourquoi donc son cœur s'accélérait-il en la voyant?

Elle n'était pas du tout son genre, se répéta-t-il pour la énième fois. Son genre de femme portait un long peignoir de soie et des talons aiguilles au petit déjeuner

— mais quand Twyla lui sourit, il oublia aussitôt cette forme d'élégance.

— Incroyable, s'écria-t-elle en posant sa tasse. Vous avez la moindre idée du tableau fabuleux que vous me présentez, en tenue de cow-boy, à arriver à cheval à ma porte ?

Il sourit, enchanté par sa franchise, et lança :

— En selle ! Nous allons nous promener.

— Pas question, lâcha-t-elle en s'intéressant de nouveau à son bagel.

Il mit pied à terre, noua les brides à la rambarde du porche, et saisit la main de Twyla. Elle recula.

— Mais je ne sais pas monter !

— Il paraît que Mabel est la monture parfaite pour une débutante.

— Je suis moins qu'une débutante. Je suis ce qu'est un têtard à une grenouille novice. Il faudrait me traîner par les cheveux pour me faire monter sur ce cheval.

— Je refuse de vous traîner par les cheveux. Faites-moi confiance, cela vous plaira.

— Ce n'est pas parce que je suis du Wyoming que je dois monter à cheval !

— Vous n'aurez rien à faire, Mabel s'occupera de tout.

Twyla leva un regard méfiant vers la grande jument.

— Un cheval qui en sait plus que moi. Je suis flattée.

Rob éclata d'un grand rire.

— Je ferai des progrès en diplomatie d'ici ce soir, c'est promis !

Ce grondement à ses oreilles, était-ce de la terreur ou de l'excitation ? Twyla savait uniquement qu'elle s'était couchée hier soir en pensant au baiser de Rob, et qu'elle y rêvait encore en se réveillant ce matin.

Elle avait beau faire des efforts incessants pour se convaincre que ce week-end ne signifiait rien, son cœur se refusait à écouter la voix de la raison. Ils étaient convenus de faire semblant tous les deux, mais elle se demandait déjà si elle faisait semblant de faire semblant !

Face à la jument, elle hésita en scrutant le visage de Rob. Au fond, malgré tout son charme et toute son aisance, il ne riait pas souvent, ne souriait pas si facilement non plus. La vue de son beau visage illuminé par le rire la frappa de la façon la plus intime, et lui fit perdre toute prudence. Téméraire, elle s'avança pour saisir la main qu'il lui tendait.

— Très bien ! lança-t-elle. Je vais vous faire confiance.

— Vous ne le regretterez pas.

La poigne de Rob était solide, rassurante ; en attirant Twyla auprès de sa monture, il posa la main au niveau de sa taille ; malgré elle, elle ferma les yeux. Toutes les sensations de son corps semblaient s'être concentrées aux deux endroits où il la touchait, sa main, son dos. Pour l'amour du ciel, c'était encore plus intense que la veille au soir ! Elle avait complètement oublié l'effet que pouvait faire le simple contact d'une main d'homme ; oublié aussi ce que cela représentait de s'accrocher à une main plus grande que la sienne, et de se sentir protégée. Protégée de quoi ? Eh bien, du quotidien, qui est bien la pire des menaces !

— Dites, vous n'êtes pas obligée, dit la voix de Rob à son oreille.

Sans même ouvrir les yeux, elle devina qu'il ne

souriait plus. Non, impossible, elle voulait revoir cette lumière dans ses yeux. Elle s'écria :

— Vous plaisantez ? Vous m'avez convaincue, et maintenant je ne peux plus reculer.

Et seulement alors elle ouvrit les yeux, et le sourire de Rob était de retour, mêlé à une certaine curiosité.

— Je ne savais plus où vous étiez à l'instant. Vous sembliez très loin.

— Oh, non. J'étais tout près.

Il était temps de tirer un trait sur ses fantasmes et de passer à l'épreuve pratique.

— Très bien ! lança-t-elle. Montrez-moi ce que je dois faire, homme blanc ami du peuple rouge.

Le regard de Rob se fit plus chaleureux encore et elle sut que son attitude lui plaisait.

— Posez votre pied dans l'étrier. Voilà, je le tiens. Maintenant, accrochez-vous au pommeau, prenez votre élan et lancez votre autre jambe par-dessus sa croupe. Ne craignez rien, je ne vous laisserai pas tomber.

L'étrier semblait très haut. Pourvu que les coutures de son jean tiennent, pensa-t-elle, pourvu que Rob ne grogne pas d'effort en l'aidant à se soulever. Les dents serrées, elle se lança, et le son que produisit Rob ne fut pas un grognement mais une sorte de plainte sourde. Elle atterrit sur la selle et se pencha aussitôt vers lui, un peu inquiète.

— Vous allez bien ?

Le sourire de Rob s'élargit.

— Vous avez un derrière admirable, Twyla.

Médusée, elle s'accrocha des deux mains au pommeau en laissant glisser ses cheveux en avant pour cacher son visage pivoine. Ce n'était pas un compliment, c'était cru, vulgaire même… et pourtant elle se sentait flattée. Cet instant de flottement ne dura pas ; déterminée à jouer le jeu, elle se redressa en s'écriant :

— Bien, je suis en selle. Et maintenant ?

Puis elle commit l'erreur de regarder autour d'elle. La frayeur lui comprima la poitrine ; le souffle bloqué, elle murmura :

— Oh, non…

— Quoi donc ? demanda Rob, surpris.

— Ce cheval fait au moins trois étages.

Il rit de nouveau, mais, si elle goûtait toujours autant le son de ce rire, il ne suffit pas cette fois à apaiser sa terreur.

— Le sol a toujours l'air très loin quand on est en selle.

— Peut-être, mais l'atmosphère n'est pas assez dense à cette altitude. J'ai des vertiges. Il me faut un masque à oxygène !

— Mais non, respirez et tout ira bien. Prenez les rênes dans votre main droite. Mabel a l'habitude des débutants, elle ne vous en voudra pas si vous faites une erreur.

Il fit le bruit d'un baiser. Manifestement, l'effet n'était pas exclusivement réservé aux humaines car la jument se mit à avancer. Cela tanguait, cela secouait ; Twyla s'accrocha de toutes ses forces.

— Pour tourner, écartez la main qui tient les rênes. Oui, voilà, tranquillement, elle comprendra sans que vous ayez besoin de tirer. Vous voyez comment elle sent le contact sur son cou ? Et si vous voulez la faire reculer…

Twyla serra les dents pour réprimer un cri de frayeur car la jument venait de faire trois gigantesques pas en arrière.

— Et pour arrêter, c'est comme ceci.

Une fois de plus, la jument obéit.

— Faites-moi descendre, dit aussitôt Twyla. Je veux aller prendre une nouvelle assurance vie.

— Tout ira bien, répéta Rob en enfourchant sa propre monture. Je vais passer devant et Mabel me suivra. Toutes les femmes me trouvent irrésistible.

Il disait vrai. Twyla le regarda ajuster sa drôle de casquette de base-ball, parfaitement à l'aise sur sa selle, et elle dut convenir que oui, il était irrésistible.

— Bien, nous allons prendre cette piste. Le jeune du centre équestre dit qu'elle est facile. Vous y êtes ? Allons-y !

Il refit ce bruit si évocateur de baiser. Le temps que Twyla réalise qu'il s'adressait aux chevaux, les deux montures s'étaient détournées du chalet et se dirigeaient vers un sentier bordé de peupliers. Immédiatement, Mabel pressa le pas pour passer devant l'autre cheval. Twyla poussa un piaillement aigu en s'accrochant à son pommeau.

— Vous disiez qu'elle vous suivrait ! protesta-t-elle.

Rob fit volter sa monture pour barrer la route à la jument et reprit la tête du petit convoi.

— Apparemment, elle a son caractère. Vous pouvez la contrôler, Twyla. L'équitation, cela se passe surtout ici.

Il posait le doigt sur sa tempe. Elle s'abstint de commenter qu'une partie de l'équitation se passait décidément ailleurs, car elle commençait déjà à avoir mal au fondement! Bientôt, pourtant, malgré quelques frayeurs supplémentaires, elle dut constater qu'il avait eu raison : elle commençait à apprécier la promenade. Curieusement, un lien se tissait entre elle et la jument. Avec bonne volonté, le bel animal répondait au moindre signal des jambes de Twyla sur ses flancs, à la moindre pression des rênes, et même à la façon dont sa cavalière se penchait en avant. Bientôt, Twyla se surprit à prendre beaucoup de plaisir à diriger ce grand corps qui l'emportait sans le moindre effort.

Rob lui donnait quelques indications, une seule à la fois pour qu'elles restent faciles à assimiler. Menton levé, talons abaissés, dos droit… La position sembla curieusement naturelle à Twyla. Bientôt, elle parvint à se détendre et à apprécier le paysage, émue de retrouver des repères aussi familiers après une absence de sept ans.

Les montagnes entouraient cette vallée comme un bol aux multiples ébréchures, les pics les plus élevés se découpaient en blanc sur le ciel très bleu. Les deux cavaliers longeaient des prés, suivaient la bordure des bois; des alouettes et des merles roux volaient à ras des fleurs sauvages, un petit vent frais leur soufflait au visage et le soleil chauffait leur dos.

— Alors? demanda Rob en se retournant vers elle. Cela vous plaît?

— Oui, dit-elle. Je connaissais chaque détour de ces chemins quand j'étais petite.

— Et maintenant?

— Eh bien, il me semble que je les connais toujours.

Son regard balaya l'immense prairie, somptueux tapis de fleurs bruissantes, puis s'éleva vers les montagnes en dents de scie qui les entouraient comme les remparts d'une forteresse.

— J'ai grandi en regardant ces montagnes, dit-elle. Quand j'étais petite, je pensais que Dieu habitait là-haut. Je suis partie à sa recherche un jour mais je n'ai trouvé qu'un opossum et un champ d'orties.

Que disait-elle, pourquoi ennuyait-elle Rob avec ces réminiscences grotesques ? Puis elle vit qu'il l'écoutait avec tant d'attention qu'elle lui sourit.

— Vous devez être un très bon médecin.

— On ne peut pas se permettre autre chose, si on est médecin, dit-il avec beaucoup de simplicité.

— Cela ne me regarde pas mais j'aurais une observation à faire.

— Laquelle ?

— Vous semblez très doué pour les contacts humains. Je me demande pourquoi vous limitez votre pratique professionnelle au laboratoire.

— Je ne suis pas doué pour les contacts humains. Juste pour les contacts avec vous.

Dès que les mots furent dits, il se hâta d'ajouter en détournant la tête :

— Je veux dire que je ne suis pas doué pour le contact avec les malades. Je préfère m'en tenir à leurs échantillons. Je suis un solitaire, Twyla. Je l'ai toujours été et je le serai sans doute éternellement.

Elle n'osa pas insister. A chaque instant, elle découvrait chez lui des profondeurs insoupçonnées ; à chaque nouvelle découverte, il lui plaisait davantage.

Ils longeaient la ferme des Jensen. Dans quelques

minutes, s'ils continuaient dans cette direction, ils aborderaient la rue principale de Hell Creek.

— Nous devrions prendre un autre chemin. Nous allons entrer dans le bourg, prévint-elle.

— Allons-y, faites-moi visiter !

Les mains de Twyla se crispèrent sur les rênes.

— Vous êtes sûr de vouloir voir le village ? demanda-t-elle. La nature ne vous suffit pas ?

— C'est votre tour de m'offrir la visite guidée de votre enfance.

Il ne se doutait pas de ce qu'il lui demandait !

— Vous n'allez pas trouver cela bien passionnant…

— Je ne demande pas que ce soit passionnant, je veux juste votre franchise.

— Mais pourquoi ?

— Parce que si on ne donne pas cela, il ne reste rien.

Quel commentaire curieux, pensa-t-elle — mais elle ne pouvait déjà plus se concentrer sur Rob. A l'approche du bourg, une appréhension sourde s'emparait d'elle. Chaque arbre, chaque barrière lui rappelait une foule de souvenirs et, déjà, elle voyait les premières maisons.

C'était juste un petit bourg de montagne, découvrit-elle avec une certaine surprise. Plus petit que dans son souvenir, et aussi moins terne. Des passants allaient et venaient mais elle ne reconnaissait personne. Elle vit la boutique de mariage où elle avait travaillé un été ; à l'époque, elle passait tous ses instants de liberté à feuilleter des brochures d'agences de voyages en rêvant aux merveilles qu'elle découvrirait un jour. Et voilà le salon de beauté où elle avait appris son métier, contente de trouver une façon de gagner de l'argent pendant que Jake faisait ses études.

Dire qu'elle croyait dur comme fer qu'ensuite ce serait son tour! Elle était si confiante à l'époque… et si méfiante aujourd'hui. Rob avait tout de même su la convaincre de se jucher sur un cheval. Serait-elle en progrès?

Tous les sièges du salon étaient occupés. A cette distance, elle ne distinguait aucun visage mais certaines des clientes étaient forcément d'anciennes camarades de classe! Où iraient-elles sinon ici pour se préparer pour la réunion de ce soir? D'un instant à l'autre maintenant, une voix allait crier son nom, une main se lèverait pour la saluer. Elle devait crever les yeux à descendre la rue par son milieu, juchée sur cette jument immense! Elle se surprit à jeter des regards furtifs à la ronde, crispée dans l'attente de l'instant où on la reconnaîtrait… mais les jeunes mamans avec leurs poussettes, les gars qui bavardaient devant la porte de l'entrepôt de produits agricoles, l'employé de la banque qui fumait une cigarette sur les marches de son établissement levèrent à peine les yeux sur leur passage. Comme c'était étrange! Sept ans plus tôt, au moment où tout s'était effondré, elle se faisait l'effet d'un microbe sous l'œil du microscope; aujourd'hui, elle n'était plus qu'une promeneuse anonyme qui n'intéressait personne.

Le lycée se trouvait en bordure du bourg. Les bâtiments semblaient bien trop importants pour ce petit village, mais dans cette région à la population très dispersée, les élèves faisaient parfois des trajets considérables pour venir en cours. Ce n'était qu'un lycée ordinaire, pas très récent ; à l'entrée, une banderole de papier déjà pâlie par le soleil souhaitait la « Bienvenue à la classe de 1999 ! »

Twyla tira sur les rênes. Docile, Mabel s'immobilisa à l'ombre d'un arbre, baissa la tête, et se mit à mordiller distraitement une touffe d'herbe.

— Et voilà ! annonça Twyla. Mon ancienne école.

Elle contempla les allées de ciment, les bancs de bois disposés ici et là sur l'aire centrale. Sur l'un de ces bancs, on trouverait sans doute encore les initiales *TMC + JB pour la vie.*

— Je me souviens de tout, murmura-t-elle, abasourdie. Les couloirs qui sentaient toujours le désinfectant, le crissement de la craie sur le tableau, le tonnerre des pieds des élèves quand ils galopaient vers la cafétéria. Tout !

Elle revoyait aussi le visage de la toute jeune fille qu'elle avait été. Tristement, elle ajouta :

— Je me prenais vraiment pour quelqu'un de spécial, à l'époque.

— Vous l'étiez, dit la voix de Rob. Vous l'êtes toujours.

— Mais oui, bien sûr…

Elle parlait d'un ton léger et même sarcastique, mais un chagrin bizarre enflait en elle. Elle se sentait en deuil de cette fille si joyeuse, si pressée de vivre, qui croyait que tout était possible et ne reconnaissait aucune limite. Ou seulement la limite de ses propres rêves ! Avec le recul des années, une telle foi en l'avenir, une telle confiance en soi, cela lui semblait quasiment magique. Existait-il des gens qui parvenaient à garder cette attitude à l'âge adulte ? En pensant à son père, elle conclut que oui… mais que cela débouchait sur une autre forme de gâchis!

— Vous en avez vu suffisamment? demanda-t-elle à Rob.

Commodément accoudé au pommeau de sa selle, il contemplait le paysage, une expression lointaine dans le regard. Twyla se demanda ce qu'il voyait, lui, quand il se retournait vers le passé.

En réponse à sa question, il se tourna vers elle, repoussa sa casquette en arrière, et prononça la phrase qu'elle redoutait depuis le matin :

— Et maintenant, montrez-moi où vous habitiez.

Chapitre 12

Comment refuser ? Rob avait fait tout ce chemin, et renoncé à un précieux week-end, pour l'accompagner à un événement aussi peu reluisant qu'une réunion de sa classe de terminale ! De plus, sans qu'elle sache très bien pourquoi, il lui avait entrouvert les portes de son propre passé. En entrant avec lui dans son ancien dortoir de Lost Springs, elle en avait appris davantage sur lui qu'elle n'aurait pu le faire en des mois de discussions. Elle devinait combien cela lui coûtait de revenir sur son enfance. Autant sans doute que cela lui coûtait, à elle, de retrouver Hell Creek !

Elle fit donc pivoter Mabel comme Rob le lui avait appris, et s'engagea dans une rue latérale bordée d'arbres. Quitte à retourner dans son ancien quartier, elle avait tout à gagner à le faire à cheval : histoire d'aborder cette visite qu'elle redoutait en douceur, et si haut perchée que rien ne pouvait plus l'intimider !

Autrefois, elle enviait les gosses qui habitaient ces rues résidentielles ombragées, ces maisons de bois spacieuses et confortables. Jake disait toujours qu'il lui achèterait une de ces belles maisons traditionnelles dès que sa carrière aurait pris son envol ; encore une promesse qu'il n'avait pas tenue.

La rue menait à la sortie du bourg. Les grands arbres laissèrent la place à une zone de terrains vagues jonchés de vieux moteurs, hérissés de buissons hirsutes. Ici et là se dressaient quelques hangars à usage indéfini. Ce territoire de son enfance lui réservait tout de même une surprise : un établissement tout neuf, et très inattendu.

— Un funérarium drive-in ? dit Rob, stupéfait.

— Je crois que vous avez raison.

Twyla cherchait à réprimer un éclat de rire horrifié. Le bâtiment, de plain-pied, était tout neuf, très net et très prospère, entouré d'un terrain paysagé avec de petites buttes et des plates-bandes recouvertes de copeaux d'écorce et plantées de petits arbres frêles et de buissons fleuris. L'on pouvait arriver en voiture, rendre hommage au défunt à travers une immense vitre teintée, et repartir sans même prendre la peine de se garer. Twyla se demanda si le passage d'une voiture déclenchait l'éclairage intérieur, et si l'on pouvait transmettre ses condoléances par un tube pneumatique.

— Papa, murmura-t-elle, tu as manqué ta vocation. Tant de bonnes idées pour rien, mais celle-ci aurait fait ta fortune.

— Cet endroit vous fait penser à votre père ?

— Ce terrain lui appartenait, du bourg jusqu'à la rivière, expliqua-t-elle. Les huissiers ont tout pris quand il… quand il est mort. Il n'a jamais cessé de chercher la meilleure façon de l'exploiter. Une année, il a planté du jojoba parce qu'il avait lu quelque part que c'était la récolte de l'avenir. Et là-bas, au bord de la rivière, vous voyez la dalle de ciment ? C'est là qu'il allait construire un élevage d'autruches.

— Des autruches? répéta Rob, incrédule.

— Oui, vous savez bien, ces gros oiseaux avec les longues plumes qui ressemblent à des dreadlocks. Il était persuadé que le steak d'autruche allait remplacer le bœuf. C'était son slogan publicitaire : *L'autre* viande rouge ! Il n'en a jamais vendu un seul. La première couvée le prenait pour leur mère, ils le suivaient partout comme des canetons de deux mètres de haut.

L'expression de Rob était si comique qu'elle éclata de rire.

— Je ne plaisante pas ! Il a fini par les offrir à un zoo au Texas.

— Votre père, articula-t-il, devait être un type intéressant.

— Ce n'est rien de le dire. Son dernier projet aura été son golf miniature, sur le thème de la ruée vers l'or. Vous avez vu la photo chez moi. Il a mis deux ans à le construire, il y avait une chute d'eau, un torrent avec de fausses pépites, et le dix-huitième trou criait « Eurêka ! » quand vous retiriez votre balle.

— Un peu bizarre, mais très amusant.

— Le jour de l'ouverture, il a offert un tour d'essai gratuit. La population entière du bourg en a profité, et ensuite personne n'est jamais revenu… et les touristes de Jackson ne s'aventurent jamais jusqu'ici.

Le cœur serré, elle contempla la longue pente des terrains vagues qui descendait jusqu'à la rivière. Il ne restait ici plus aucune trace de son père, ou seulement cette dalle à moitié effondrée ; rien pour rappeler son humour, ses rêves démesurés, ses projets insolites. Il ne restait que le monde réel, solide et implacable… et un funérarium drive-in là où avaient erré les autruches.

Elle ramena Mabel sur le sentier et repartit sans se retourner, bien décidée à ne pas faire trop de sentiment avec cette absurde visite guidée. Pourtant, en approchant du lieu où elle avait vécu dix-huit années de sa vie, elle sentit la tension lui broyer la poitrine. Voilà, ils arrivaient au pied du grand panneau dressé à l'entrée du « lotissement », comme le propriétaire tenait à baptiser son parc de mobile homes. Un panneau encore plus sale et plus écaillé qu'autrefois, avec ses tarifs à la journée, à la semaine et au mois.

— Et pour toujours, murmura-t-elle.

C'était une plaisanterie que répétaient les gosses des mobile homes.

— On dirait que tout est à l'abandon, observa Rob en parcourant du regard les herbes hautes et les caravanes décrépies.

— Ce serait la meilleure chose à faire, répliqua Twyla. Tout abandonner ! Voilà, tenez, c'était celui-là le nôtre.

Rob mit pied à terre et saisit les rênes de la jument.

— Passez votre jambe de ce côté, puis glissez sur le ventre, dit-il.

Facile à dire ! Twyla se retrouva à plat ventre sur sa selle, les jambes dans le vide, sans oser se laisser glisser vers le sol. Un instant plus tard, deux mains solides la saisissaient à la taille.

— Tout va bien, dit Rob avec gentillesse. Je vous tiens.

Etant donné leurs positions respectives, elle pensa immédiatement au commentaire de Rob, au moment

du départ, au sujet de son derrière. Dès que ses pieds
touchèrent le sol, elle se retourna d'un bond en espérant
qu'il ne remarquerait pas qu'elle rougissait.

— Merci, dit-elle.

Et elle s'écarta aussitôt de lui. Elle aurait aimé se
montrer très digne, mais elle trébucha parce que, après
tout ce temps sur le large dos de Mabel, ses jambes ne
répondaient plus.

Rob attacha les chevaux près du ruisseau dont l'eau claire
et vive dévalait la montagne ; aussitôt, ils se penchèrent
pour boire. Pendant ce temps, Twyla s'avançait seule
vers un mobile home assez grand, marqué de plaques
lépreuses de mousse sur le toit, ses flancs d'aluminium
souillés par une moisissure verdâtre. Plusieurs vitres
étaient brisées, une plante grimpante épaisse et cireuse
se lovait autour de l'antenne de télévision ; en face, au
bout de la vallée, se dressait la montagne Lost Horse,
splendide et solitaire. Twyla n'eut pas besoin de lever
les yeux vers elle pour revoir la trace noire sur son flanc
de granit. Sans se retourner, elle sentit le regard de Rob
posé sur elle, et ce fut comme s'il la voyait toute nue.

Au bout d'un instant, elle osa s'approcher, et finit par
grimper sur un parpaing brisé, les mains en abat-jour
sur le front pour tenter de voir à l'intérieur du mobile
home. Des palettes de bois infestées de vermine étaient
appuyées contre une cloison, quelques outils de jardinage reposaient contre le plan de travail de la cuisine.

— On dirait qu'il a servi de cabane de jardin,
observa-t-elle.

— Qu'est-ce que c'est, au-dessus de la porte ? demanda
Rob derrière elle.

Twyla sauta à terre. Le fer à cheval ! Toujours à sa place, après tout ce temps ! Elle ne sut si elle avait envie de rire ou de pleurer, un torrent de sensations incroyablement vivaces s'engouffraient en elle : le souvenir de l'instant où elle avait trouvé ce fer à cheval dans l'herbe, en rentrant par le pré des Barnard ; le mal qu'elle s'était donné pour le nettoyer et glisser des petits bouquets de fleurs dans les trous ; la réaction de son père quand elle lui avait offert ce cadeau. Elle entendait encore sa voix grave et vibrante s'exclamer :

— Mais c'est un trésor, grande fille ! C'est de la chance pour nous tous ! Nous allons l'accrocher au-dessus de la porte et, à partir d'aujourd'hui, tout se passera à merveille. Seulement, il faut l'accrocher comme un U, pour que la chance ne s'en échappe pas.

Quelle ironie, quelle tristesse ! A chaque nouvelle tentative, la réussite fuyait un peu plus loin. Chaque échec ternissait un peu la lumière de ses yeux ; les derniers temps, elle semblait tout à fait éteinte.

Twyla ne s'aperçut pas qu'elle pleurait, pas avant que Rob ne tende la main pour cueillir une larme sur sa joue.

— Dites, murmura-t-il.

— Je suis désolée, balbutia-t-elle, confuse. Je pensais à mon père. C'était un rêveur, il n'avait aucun sens pratique mais je l'aimais tellement !

Rob sortit un mouchoir de sa poche et le lui tendit en murmurant :

— Les rêveurs sont très faciles à aimer.

— Mais ce sont les *faiseurs* qui accomplissent quelque chose, répliqua-t-elle en s'essuyant les joues avec un pâle sourire. Vous, vous avez su faire les deux.

— Moi?

Il semblait stupéfait. Elle s'écria :

— Bien sûr! Vous avez rêvé de devenir quelqu'un et vous avez tout mis en œuvre pour y parvenir.

Impulsivement, elle grimpa de nouveau sur son parpaing et décrocha le fer à cheval rouillé.

— Vous gagnez le grand prix, docteur Carter. Félicitations!

Il accepta le cadeau avec une certaine réticence.

— Ne soyez pas si sûre que je suis celui que vous croyez.

— Que voulez-vous dire?

— Ce cliché du petit orphelin pauvre qui a réussi…

— Eh bien? Vous étiez bien un petit orphelin pauvre, et vous avez réussi?

— Oui, c'est vrai, mais…

— Mais rien du tout! Vous avez le droit d'être fier de ce que vous êtes.

— Si vous le dites.

Ils retournèrent vers les chevaux, et Rob accrocha le fer à cheval à une boucle de son harnais.

— Et comment vous êtes-vous retrouvée à Lightning Creek, tout à fait de l'autre côté de l'Etat? demanda-t-il.

— Maman et moi, nous voulions refaire notre vie dans un endroit tout à fait nouveau.

Elle réprima une grimace en se souvenant des derniers jours à Hell Creek : les regards appuyés, les commentaires chuchotés derrière leurs dos. Dans une illumination subite, elle comprit l'origine du problème de sa mère : c'était plus facile de rester chez elle que de sortir affronter ses voisins. Sortir, c'était endurer les questions avides, et les conjectures sur la façon dont était mort son mari.

— Je me débrouillais en tant que coiffeuse, alors j'ai cherché à acquérir un salon. Celui de Lightning Creek était en vente. J'ai pensé que ce serait une bonne chose pour maman de partir et je crois que j'avais raison, mais elle n'a jamais réellement surmonté son deuil.

Ce résumé passait beaucoup de choses sous silence, mais à quoi bon ressasser ces vieilles histoires ! Twyla n'avait jamais tout raconté, à qui que ce soit. Comment le bourg entier s'était moqué de son père, poursuivi en justice pour cette histoire de produit à vaporiser sur les récoltes, l'avocat de la partie adverse son propre gendre ; sa réaction tragique à cette humiliation, et son plan désespéré pour mettre sa femme à l'abri du besoin. La métamorphose de sa mère, terrée chez elle, recroque-villée comme une feuille en automne, et les calmants qu'il avait fallu lui faire prendre pour partir. Le voyage lui-même, à lutter heure après heure contre la nausée de sa grossesse, sa mère aux trois quarts inconsciente à ses côtés…

— C'était une année très dure mais maman et moi, nous nous en sommes bien sorties, en fin de compte, dit-elle.

Elle parlait d'un ton léger, déterminée à montrer à Rob qu'il n'avait pas à redouter une seconde crise de larmes. Sans faire de commentaire, il l'aida à remonter sur la jument. Il avait des yeux intéressants, décida-t-elle, des yeux d'un brun sombre et velouté, qui reflétaient le ciel mais cachaient très efficacement ses pensées. Sa seule présence aidait Twyla à tout relativiser. Oui, la vie n'avait pas toujours été tendre avec elle, mais ce n'était rien à côté des difficultés endurées par Rob. Gwen avait été une mère formidable, son père, un papa tendre et aimant. Il était temps de laisser le passé reposer en paix et de passer à autre chose. Satisfaite de sa décision, elle sourit et se pencha pour tapoter l'encolure de Mabel.

— J'aime monter à cheval, déclara-t-elle. Je n'aurais jamais cru que cela me plairait.

— Dans ce cas, essayons quelque chose de nouveau sur le chemin du retour. Je vous montre.

Il lui fit une démonstration de trot, puis de petit galop, en se servant de ses genoux, de ses talons, et de ce bruit de baiser qui, Twyla avait honte de se l'avouer, lui faisait toujours autant d'effet. Elle l'imita de son mieux et trouva la sensation terrifiante mais grisante. Le mouvement de la jument créait un rythme puissant, comme le battement d'un cœur immense, ses sabots martelaient le sol et sa cavalière fut stupéfaite de ressentir ces impacts au centre de son être, dans un élan incroyablement sensuel.

Très attentif, Rob maintenait Trapper à sa hauteur, en lançant parfois quelques mots, un conseil ou un compliment. Quand ils rejoignirent le chemin bordé de peupliers qui menait à leur chalet, Twyla relâcha la bride, prête à s'abandonner au moment, à la sensation. Mabel se lança en avant, Twyla sentit le vent tiède de l'été filer sur sa peau, soulever ses cheveux, et ce fut comme si elle redevenait une gamine sans soucis. Alors même qu'elle savait que cet état de grâce ne pouvait pas durer, elle fut soulevée par une joie pure, merveilleuse.

La promenade se termina au petit galop et Rob se déclara impressionné par sa performance.

En entrant dans la cour du centre équestre, Twyla retomba bien vite sur terre! Une fois de plus, elle se surprit à regarder autour d'elle en se demandant quand elle allait enfin croiser un visage familier. Elle ne vit que des adolescents trop jeunes pour l'avoir connue, ou des hôtes des chalets avoisinants. Le moment venu de mettre pied à terre, elle imita de son mieux les mouvements de Rob mais, cette fois, il n'était pas là pour la cueillir au vol, et ses pieds heurtèrent brutalement le sol. Ses jambes, en caoutchouc après tant d'exercice inaccoutumé, ployèrent sous elle mais elle ne put se raccrocher à lui. Mécontente, elle secoua la tête. Il n'était pas question de s'habituer à compter sur Rob; ce serait même désastreux!

— Un coup de main, m'dame? dit une voix derrière elle.

Un homme en chemise à carreaux lui prit les rênes de Mabel. Elle le remercia, puis sursauta et scruta attentivement son visage.

— Willard, c'est toi? Willard Stokes?

Il recula d'un pas en la dévisageant, et repoussa sa casquette en arrière.

— Salut, Twyla, dit-il, le visage inexpressif.

Elle se retourna vers Rob pour faire les présentations.

— Willard et moi, nous avons fait toute notre scolarité ensemble. Contente de te revoir, Willard.

— Moi de même.

Le sourire de l'homme se durcit un peu, ses yeux se plissèrent, et il ajouta :

— Je suppose que tu es venue pour la grande réunion ?

— C'est cela !

Elle n'ajouta rien. Rob et elle avaient bien préparé leur histoire mais elle ne se sentait pas prête à la tester, surtout sur un être aussi peu bienveillant que Willard Stokes.

— Tu seras au Grange Hall ce soir ? demanda-t-il.

Son regard allait de Twyla à Rob, et une satisfaction mesquine assombrissait son visage. Manifestement, il n'avait guère changé en dix ans.

— Pas question de rater ça. Oh, non, pas question, et je suis sûr que Beverly sera très intéressée.

En entendant le nom de la seconde femme de Jake, Twyla se souvint de la capacité de cet ancien camarade à se montrer sournois et mesquin, et malgré la merveilleuse tiédeur de cette journée d'été, elle ne put réprimer un frisson.

Chapitre 13

Twyla avait oublié le plaisir que l'on éprouve à se faire belle pour une sortie. Elle ne se souvenait plus ni du stress ni de la joie que cela représentait.

Elle prit son temps dans la baignoire immense et en ressortit parfumée, presque léthargique. Enveloppée dans le peignoir qui l'attendait dans la salle de bains du chalet, elle entreprit d'étendre de la lotion sur sa peau rosie par le soleil, puis de se maquiller. Quand elle voulut se coiffer, ses mains avaient oublié toutes leurs années d'expérience et elle dut s'y reprendre à plusieurs fois pour relever ses cheveux dans un chignon joyeusement original. Enfin, debout devant le grand miroir de sa chambre, elle laissa glisser son peignoir sur le sol et braqua un regard critique sur son reflet. Encore un geste qu'elle n'aurait jamais envisagé chez elle !

Elle faisait son âge, décida-t-elle, elle avait le corps d'une maman de vingt-huit ans. Ce n'était pas la fin du monde, mais elle regrettait tout de même sa silhouette menue et musclée d'autrefois, quand elle enchaînait sans effort ses acrobaties de cheerleader.

Réprimant un soupir, elle enfila des dessous au prix exorbitant. Lors de leur expédition de shopping dans le catalogue Nieman Marcus, Mme Spinelli avait tenu à ce qu'elle prenne des bas de soie italiens, avec un liséré incroyablement élégant en guise de fausse couture. En tournant sur elle-même devant la glace, Twyla décida qu'ils méritaient la dépense. La soie transparente offrait une tension particulière qui gainait ce qui gagnait à l'être et soulignait ce qui avait encore une forme acceptable.

Enfin, elle passa la minuscule combinaison rouge, la robe de soie écarlate et les escarpins rubis, prit le sac du soir assorti, étudia l'effet dans le miroir... et paniqua. Elle ne reconnaissait pas la femme qui la contemplait du fond du miroir. Cette femme chic, inquiétante à force d'assurance, ne ressemblait en rien à la maman de Brian ! Elle avait l'air d'une menteuse.

Mais c'était bien pour cela qu'elle était venue, n'est-ce pas ? Pour mentir sur sa vie et tromper tout le monde ? Il ne pouvait plus être question de se dégonfler. Elle respira donc à fond, vérifia une dernière fois son maquillage, et partit à la recherche de Rob.

Il l'attendait sur le porche et, quand il se retourna, l'expression de son visage justifia amplement ses bas à quarante dollars.

— Je suis désolé, dit-il gravement. J'attendais une certaine Twyla. Vous ne l'avez pas vue ?

Enchantée de son effet, elle éclata de rire.

— C'est stupéfiant, non, ce qu'on peut accomplir avec quelques accessoires ?

— Stupéfiant, c'est bien le mot. Vous êtes stupéfiante.

Il s'inclina avec formalité et lui offrit un bouton de rose cueilli dans la haie devant le chalet.

— Vous êtes en habit de soirée, murmura-t-elle en

rougissant un peu. L'habit du soir que vous portiez sur la brochure…

— Vous pensez que c'est trop ?

— Probablement, oui, et alors ? Cette situation tout entière est trop. J'attendrai demain pour m'inquiéter des réalités.

— Vous aurez raison.

Sans avertissement, son bras vint s'enrouler autour d'elle, les doigts posés très bas sur sa hanche. Troublée, elle recula vivement.

— Que faites-vous ?

— Voulez-vous ne pas sursauter quand je vous touche de cette façon ? ordonna-t-il, une étincelle dans le regard. Sinon, tout le monde comprendra que nous faisons semblant.

Elle le dévisagea sans répondre, très consciente du frisson qui n'en finissait plus d'éveiller sa peau là où il l'avait touchée. Le visage grave, il glissa la main dans la poche intérieure de sa veste et en sortit une boîte. Ou plutôt un écrin ! Twyla ressentit un merveilleux élan de joie quand il le lui offrit. Depuis combien de temps un homme ne lui avait-il pas fait de cadeau ?

Elle s'autorisa à caresser le velours lisse en savourant la curiosité délicieuse qu'éveille toujours ce genre de coffret… puis elle leva les yeux vers Rob et, à regret, le lui rendit.

— Je ne peux pas accepter.

— Pourquoi pas ?

— C'est trop. Une rose, c'est une chose, mais un bijou nous ferait passer dans un registre tout à fait différent.

— Selon qui ?

— Selon moi. Une femme sait ces choses. Et une professionnelle de la beauté les sait mieux que quiconque.

Il prit la boîte, souleva négligemment le couvercle ; elle dut s'interdire de tendre le cou pour voir ce qu'il contenait.

— Ma foi, observa-t-il, je le porterais bien moi-même mais j'aurais l'air ridicule puisqu'il est assorti à votre robe.

Il souleva le collier entre ses doigts. Malgré tous ses efforts, Twyla ne put retenir une exclamation d'admiration. Les diamants et les rubis jetaient des feux colorés sous le soleil couchant. C'était un collier splendide, extravagant et, pendant un instant, elle le désira avec une intensité qui l'effraya.

— Je vous assure, Rob…

— Taisez-vous, Twyla.

La faisant pivoter d'une main ferme, il enroula le collier précieux autour de son cou. Aussitôt, elle sentit la fraîcheur du métal tiédir au contact de sa peau — sa peau hypersensible dont chaque terminaison nerveuse vibrait sous les doigts de Rob. Quand il eut fixé le fermoir sur sa nuque, il la retourna de nouveau et la tint à bout de bras.

— Nom de Dieu, murmura-t-il, le regard braqué sur sa gorge. J'ai vraiment du talent.

— Vous trouvez ?

Malgré elle, la main de Twyla vint effleurer les pierreries.

— Très bien, dit-elle. Merci. Je le porterai ce soir, mais je veux que vous sachiez que, à la fin de ce week-end, vous emporterez ce collier avec vous.

— Nous en débattrons une autre fois.

Il lui ouvrit la portière de la voiture et la regarda s'installer en lui souriant. Elle lui rendit son sourire mais, au fond d'elle, elle se sentait sombrer. « Mon Dieu, pensait-elle, je ne dois pas me mettre à trop aimer tout cela. Et lui, surtout, je ne dois pas me mettre à trop… »

Elle le suivit du regard pendant qu'il contournait le capot, puis baissa les yeux sur ses souliers de rubis et les claqua doucement l'un contre l'autre, trois fois, pour un vœu. « Rien de tout cela n'est réel, se dit-elle. C'est un conte de fées. A minuit, Rob se transformera en gérant de fast-food, ou son petit ami fera irruption dans la soirée. Ou je découvrirai que c'est un fou furieux qui a enterré sa première femme au fond du jardin. »

Il prit le volant, démarra et se dirigea vers le village.

— Qu'y a-t-il? demanda-t-il au bout de quelques instants. Vous me fixez.

— Vous n'avez jamais été marié? demanda-t-elle.

— Non. Je vous ai déjà dit…

— Vous aviez un colocataire à l'université?

— Qu'est-ce…

— Vous avez déjà travaillé dans la restauration?

— Non. Twyla, qu'est-ce que c'est que cet interrogatoire?

Elle inclina vers elle le pare-soleil avec son petit miroir.

— Le trac, soupira-t-elle.

Les derniers rayons du soleil miroitaient sur le collier éblouissant. Sur sa peau, au-dessus de sa robe, il « rendait » incroyablement, absurdement bien.

— Ne vous inquiétez de rien. Vous avez vu ces gens

chaque jour de votre vie pendant douze années. Une soirée de plus ne va pas vous tuer.

C'était bien la logique d'un homme, irritante et faussée sans qu'elle puisse situer exactement la faille.

— Nous avons un trajet d'une dizaine de minutes pour arriver au Grange Hall, dit-elle. Nous devrions peut-être répéter notre histoire une dernière fois.

— Vous savez quoi ? Il faut absolument nous tutoyer. Nous aurions dû commencer plus tôt, pour nous habituer.

— Vous… Tu as raison.

— J'ai souvent raison, et tu le sais.

— Je commence à m'en apercevoir.

— Nous devons nous tutoyer tout le temps, reprit-il, et pas seulement lorsque nous avons un public.

— Marché conclu.

Le regard toujours fixé sur la route, il eut un large sourire.

— Inutile de répéter, la rassura-t-il, nous sommes très au point et notre histoire est parfaite.

— Comme beaucoup de fictions.

— Effectivement. Très bien, où veux-tu commencer ? Au moment où on te demandera : « Twyla ? C'est bien toi ? Alors, qu'est-ce que tu deviens ! »

— Twyla ? Twyla McCabe ! Qu'est-ce que tu deviens ? Rob s'efforça de ne pas éclater de rire.

— Ma foi, je suis très occupée et très heureuse, repartit Twyla avec entrain.

La jeune femme qui tenait l'accueil sauta sur ses pieds pour l'embrasser.

— Tu es superbe, s'écria Twyla. Essayons de nous

retrouver tout à l'heure pour boire un verre et nous raconter nos vies !

Rob suivit ce premier échange avec admiration. Twyla était si naturelle, si chaleureuse, elle regardait son ancienne camarade dans les yeux avec un sourire si franc et amical. Pourquoi diable avait-elle tant redouté de revenir ici ? L'air parfaitement à son aise, elle posa la main sur le bras de Rob, en lançant :

— Carol, je te présente mon fiancé, Rob Carter.

Son visage exprimait une telle tendresse, une telle fierté que seul un détecteur de mensonge aurait pu exposer la supercherie. Courtoisement, il salua Carol et lui tendit sa carte de crédit pour régler leurs entrées.

— Je vois que vous êtes médecin, murmura celle-ci.

Puis elle tendit à Twyla un badge avec sa photo, la photo au diadème que Rob avait déjà vue. C'était curieux : elle avait si peu changé physiquement, et pourtant la métamorphose était profonde. La naïveté de ses dix-huit ans s'était envolée mais sa nouvelle maturité, très féminine, ne faisait que l'embellir.

— Jusqu'ici tout va bien, chuchota-t-elle tandis qu'ils franchissaient le seuil de la salle.

— Ta main est glacée, repartit-il tout bas en frottant discrètement ses doigts.

Il lui tirait son chapeau car elle cachait très bien sa nervosité : cette petite main froide dans la sienne en était l'unique symptôme. Pour le reste, elle était parfaite, superbe, spectaculaire. Comment avait-il pu ne jamais se rendre compte à quel point il aimait le rouge ? C'était même comique : la tenue de Twyla ce soir était si voyante, si délicieusement osée que, s'il l'avait croisée dans une soirée ordinaire, il se serait automatiquement détourné d'elle. Habituellement, il ne s'intéressait qu'aux femmes à l'élégance discrète, qui portaient des couleurs neutres et montraient peu leurs émotions.

Eh bien, cette soirée n'avait rien d'ordinaire, justement. Rien d'habituel. Ce soir, il était payé pour accompagner une dame : une grande première pour lui. Selon les termes de leur accord, il ne devait rien se passer de plus. D'où lui venait ce sentiment de vivre un événement fondamental ?

La salle valait mieux que le gymnase qu'il avait imaginé : elle était aménagée dans une structure de bois assez plaisante, qui commençait pourtant à se déliter. La décoration, en revanche, se résumait à un bar, un long buffet placé le long du mur, et un DJ qui semblait beaucoup s'ennuyer à passer des tubes vieux de dix ans.

Il y avait déjà beaucoup de monde. Rob s'apprêta à entrer dans son rôle. Son ascension dans la bonne société de Denver l'avait parfaitement préparé pour cette situation ; il mit donc un sourire cordial sur son visage, posa la main — avec davantage de plaisir qu'il n'aurait dû en ressentir — au creux des reins de Twyla ; ils se mirent à circuler d'un groupe à l'autre.

Les visages défilèrent : le comique de la classe devenu pharmacien ; la fille aux trois divorces avec son visage amer et déçu ; le type gay avec son compagnon ; des professeurs à la retraite. Des photos de gosses, de maisons, d'animaux de compagnie ou d'équipement agricole circulaient de main en main dans un concert d'exclamations admiratives. Chaque personne arborait un badge avec son nom et sa photo de terminale ; pour les femmes mariées, le nom de jeune fille figurait entre parenthèses. Les conjoints, compagnons et compagnes arboraient une version plus petite de la même photo pour que chacun sache qui ils accompagnaient.

Rob découvrit tout cela avec davantage d'intérêt qu'il n'aurait imaginé en ressentir. Il n'avait encore jamais assisté à une réunion de ce genre ; lorsqu'une invitation lui parvenait de Lightning Creek, il la jetait aussitôt. Tout à coup, il se demandait s'il aurait dû se rendre aux dix ans de sa propre classe, simplement pour savoir ce que chacun était devenu. Ces hommes et ces femmes étaient en train de se bâtir une existence ; comme ils étaient tous partis du même point, ces réunions leur donnaient l'occasion de comparer leurs expériences et de mesurer leurs progrès. Et ces comparaisons étaient parfois implacables ! Il se sentit heureux que Twyla l'ait emmené avec elle pour la soutenir.

— D'où venez-vous ? lui demanda une petite femme ronde au regard amical, qui portait au doigt une grosse bague de diamant.

D'après son badge, il s'agissait de Agnès Shwed Early.

— De Denver, dit-il avec un sourire.

— C'est bien. Je suis si heureuse pour Twyla. Nous nous demandions tous…

Elle haussa les épaules et but une gorgée de punch. Rob jeta un regard à Twyla, qui discutait avec un homme dont le regard fasciné s'abaissait sans cesse vers son décolleté.

— Que vous demandiez-vous ? s'enquit-il.

— Eh bien, vous vous en doutez ! Après la façon dont

tout s'est terminé, son mariage et son père quasiment le même jour…

Très gênée, elle but une autre gorgée et déclara :

— Je suis contente qu'elle ait pu donner de nouveau sa confiance à un homme.

Le DJ mit un vieux tube de Dire Straits et Agnès lui lança un sourire rapide.

— Excusez-moi, je vais danser avec ma moitié.

Rob était fasciné par ces révélations fragmentaires. Twyla s'était beaucoup confiée mais manifestement, elle ne lui avait pas tout dit ! Il la rejoignit et, jouant à fond son rôle de fiancé, lui glissa :

— Mon amour, on danse ?

Sans s'excuser auprès de son interlocuteur, il l'entraîna sur la piste. La mélodie les enveloppa et ce fut infiniment facile et naturel de la prendre tout contre lui, de se pencher vers elle et de respirer le parfum de son cou. Jamais il n'avait rencontré une femme à l'odeur aussi délicieusement féminine. Elle portait un parfum, sans doute, mais ce qu'il sentait, c'était une alchimie mystérieuse, la rencontre de cette fragrance avec celle de sa peau.

— Comment cela se passe-t-il ? chuchota-t-il.

Il parlait si près de son oreille que, quand elle tourna la tête, ses lèvres effleurèrent sa peau. En la sentant frissonner, une tension sensuelle se glissa en lui.

— Désolée, murmura-t-elle, également à son oreille. J'ai oublié ce que tu viens de dire…

Il rit tout bas et la serra encore plus étroitement contre lui. Il riait beaucoup avec Twyla. Beaucoup plus qu'avec… Il se hâta de repousser cette pensée et répéta :

— Je te demandais comment cela se passait pour toi.

— Oh, bien ! Mieux que bien. Je n'aurais jamais cru que ce serait aussi facile.

— Non, tu veux dire que… tu t'amuses ?

Elle se pencha en arrière pour le regarder ; le collier de rubis étincela doucement sous les lumières tamisées.

— Oui ! dit-elle avec un sourire plus éclatant que n'importe quel joyau. Oui, je m'amuse.

Ce sourire frappa Rob comme un coup au plexus. Cette fois, il comprit qu'il avait un réel problème. Un énorme problème ! Il voulait Twyla. Il la voulait féro-cement, de tout son être.

— Je suppose que c'est une soirée épouvantable, pour toi, reprit-elle d'un air d'excuse.

Epouvantable ? De tomber amoureux de Twyla ? Effectivement, c'était un désastre.

— Au moins, je peux danser avec toi, murmura-t-il en l'attirant de nouveau contre lui.

La soirée se poursuivit ; Twyla se détendit de plus en plus, et fut de plus en plus belle. Une organisatrice prit le micro pour retracer le parcours de chaque membre de la promotion. Elle lut des extraits du journal de l'école qui firent rougir leurs auteurs, ressortit d'an-ciennes anecdotes, toutes plus ou moins catastrophiques. C'était fait avec gentillesse, l'assistance rugit de rire et personne ne se vexa.

— Et puis, lança-t-elle tout à coup d'un air entendu. Il y a Twyla McCabe.

Elle agita la main qui tenait ses notes en direction de celle-ci ; aussitôt, Rob la sentit se raidir.

— Ça fait longtemps, Twyla ! lançait la jeune femme

avec entrain. Si je regarde mes notes, je trouve une élève modèle. Club de français, quatre ans, cheerleader, deux ans, pilier du club de débats, membre de la société nationale des bons élèves...

La liste était impressionnante. Rob jeta un regard rapide à Twyla en espérant lire la fierté sur son visage ; il ne vit que du regret. Dès que l'organisatrice passa à la victime suivante, il la saisit par la main, l'entraîna à l'extérieur et là, sous le halo blanc des étoiles, il se planta devant elle.

— Et alors ? lança-t-il, stupéfait de la colère qui perçait dans sa voix. Tu n'as pas fait d'études supérieures, tu n'as pas une carrière haletante, et alors ? Un crétin égoïste s'est servi de toi, et alors ? Tu as un gosse adorable, tu es ta propre patronne, et tu pourrais faire bien pire que cela.

En la voyant baisser la tête, il retint son souffle en espérant de toutes ses forces qu'elle ne se mettrait pas à pleurer. Il se sentait toujours affreusement désemparé devant les larmes d'une femme. Ce matin, déjà... Non, il ne pourrait pas supporter cela une seconde fois.

Puis le clair de lune illumina le visage de Twyla et il sentit son corps entier se relâcher en voyant qu'elle souriait.

— Tu as oublié une chose, dit-elle.

Il retint un soupir explosif de soulagement et, sans même réfléchir, la happa dans ses bras.

— Quoi donc ?

— J'épouse un beau médecin.

L'instant se cristallisa comme un accord parfait à la fin d'un morceau de musique. Faisaient-ils encore semblant, était-ce pour de vrai ? L'intimité qui n'avait cessé de grandir entre eux était aussi réelle que le collier de rubis, aussi concrète que sa réaction physique quand Twyla se trouvait tout près de lui. Discrètement, il s'écarta un peu.

— Dans ce cas, ma petite dame, murmura-t-il, vous n'avez aucun souci à vous faire. Maintenant que tout est clair, je peux aller boire une bière ?

Elle hocha la tête en souriant.

Si quelqu'un s'était avisé de prédire à Rob qu'il se rendrait un jour à une réunion de ce genre dans un bourg où il ne connaissait personne, il l'aurait pris pour un fou. Si l'on avait ajouté qu'il s'amuserait… Et pourtant, une fois surmonté cet instant de crise, Twyla fit en sorte que tout soit amusant. Rob fut heureux d'écouter son rire spontané, de voir la façon dont les autres la suivaient des yeux. Il contempla son visage animé en sentant son cœur se gonfler d'une satisfaction qui ressemblait un peu à celle qu'il ressentait en cernant enfin un diagnostic difficile. Ce soir, il rendait cette femme heureuse, et il mesurait ce que l'événement avait d'exceptionnel pour elle. S'il prenait la peine d'y réfléchir, il lui semblait que le bonheur qu'il apportait à Lauren participait d'un processus tout à fait différent.

— Vous êtes un sacré veinard, glissa une voix derrière lui.

Il se retourna avec un sourire et lut le badge de son interlocuteur. Dominic Hunt.

— Je trouve aussi, répondit-il.

— Je ne m'attendais pas à la voir ici.

— Pourquoi êtes-vous tous si surpris de voir Twyla ?

L'autre homme semblait étudier attentivement ses pieds quand il répondit :

— On ne revient pas quand son père s'est suicidé pour vous faire toucher l'assurance…

Ce n'étaient que quelques mots, mais Rob sentit un vent glacé souffler sur cette pauvre fête, figeant la joie, éteignant les misérables lampions. En un instant, il revit chaque instant passé avec Twyla sous un jour différent, et tout ce qui lui semblait mystérieux fut terriblement clair. Si cette histoire était vraie, ou même si ces gens la croyaient vraie, cela expliquait tant de choses au sujet de Twyla ! Il eut le sentiment que l'on venait d'arracher un voile et qu'il la voyait clairement pour la première fois. La fille du *loser* du bourg ! Cette honte était gravée au plus profond d'elle. Comment, mais comment avait-elle trouvé le courage de revenir ?

— Elle n'a strictement rien à se reprocher, dit-il sèchement.

— Non ! Bien sûr que non ! On n'est pas responsable de ses parents.

— A moins de n'en avoir aucun.

L'homme fronça les sourcils sans comprendre, salua Rob d'un signe de tête et s'éloigna, laissant Rob en proie à un obscur sentiment de culpabilité. C'était l'autre versant de leur mensonge : ces gens lui parlaient comme s'il connaissait les détails les plus intimes de la vie de Twyla. Résultat, il découvrait sur elle toutes sortes de choses qui ne le regardaient en rien.

Dès qu'il la rejoignit, elle le présenta à une ancienne professeur et à la trésorière du club de… Il ne saisit pas, il l'écoutait à peine. Quand elle lui proposa de prendre un autre verre, il secoua la tête. Il ne voulait qu'une chose et tant pis si ce n'était pas raisonnable : savoir ce qui s'était passé pour son père, pourquoi il s'était tué et pourquoi cette histoire l'avait chassée de son village natal. Et pendant ce temps, sans rien deviner de ses pensées, elle bavardait gaiement avec ces anciens amis qui ne l'avaient pas soutenue et qu'il se surprenait presque à détester.

Les mains de Rob se montrèrent plus intelligentes que son cerveau. Il se résignait à rester planté près d'elle, à hocher la tête sans rien entendre de ce qui se disait autour de lui, quand elles se glissèrent autour de la taille de Twyla et l'attirèrent contre lui, le dos pressé à sa poitrine. Elle cessa de respirer mais ne s'écarta pas ; il n'eut qu'à pencher la tête pour retrouver ce cou parfumé, irrésistible.

— Tu n'as pas envie de danser ? murmura-t-il.

Il s'en voulait, se méprisait même, mais c'était la seule façon pour lui d'avoir le droit de la toucher. Et il en avait si envie !

— Excusez-nous, dit-elle à son ancien professeur.

Puis elle fut dans ses bras, le visage levé vers le sien.

— Tu as vraiment une patience d'ange, lui dit-elle.

— Moi ?

— Oui. Personne ne pourrait deviner que tu n'as pas choisi d'être ici.

« Mais j'ai envie d'y être », pensa-t-il. Une pression curieuse étranglait son souffle, il redoutait de se mettre à transpirer. Le DJ passait un tango d'autrefois, au rythme lent et sensuel ; Twyla dansait souplement, librement dans ses souliers de rubis. Il se pencha pour lui chuchoter :

— On tente un plongeon ?

— Surtout pas. Tu ne sauras pas.

— Bien sûr que si ! Les danses de salon étaient une matière obligatoire à Lost Springs. Elles faisaient partie de notre éducation sportive.

— Tu plaisantes.

— Je te jure. Au ranch, les éducateurs tenaient beaucoup à ce que nous sachions nous tenir en société. Ils voulaient nous préparer à toutes les situations possibles. J'apprenais à danser entre les cours de karaté et les séances d'attrapage de veaux au lasso.

— Je ne suis pas un veau et je vais me retrouver par terre.

— Tu ne me fais pas confiance ? Ecoute, nous y sommes presque.

— Où sommes-nous presque ?

— Au plongeon. Le moment prescrit dans la musique. Tu es prête ?

— Non !

— Tant pis pour toi.

En espérant que ses réflexes ne le trahiraient pas, Rob attendit le crescendo, glissa son pied derrière elle et se pencha vivement. Prise de court, Twyla laissa échapper un petit cri qu'il fut seul à entendre. Le mouvement fut parfait, et la sensation du corps de Twyla reposant au creux de son bras, curieusement gratifiante. Puis il la releva et la fit tourbillonner avec aisance.

— Très drôle, Valentino, lança-t-elle en riant.

— Tu vois ? Tu aurais dû me faire confiance.

— J'aurais dû…

Elle se tut, si brusquement qu'il se pencha pour scruter son visage. Très droite, parfaitement immobile, elle semblait transformée en statue de sel. Avec douceur, Rob l'entraîna hors de la piste. Là, en suivant son regard, il repéra un couple debout sur le seuil, auréolé par les lumières vives du foyer. Un homme de haute taille et une femme très mince, tous deux extrêmement beaux et vêtus de façon voyante. Ils n'eurent qu'à se présenter pour qu'un groupe se rassemble autour d'eux en lançant des exclamations de bienvenue. Les bijoux de la femme luisaient dans la pénombre, et le sourire de l'homme était très blanc, très exercé. Twyla contemplait la scène avec le regard des patients dont Rob se souvenait lorsqu'il avait fait son stage aux urgences.

— Laisse-moi deviner, dit-il tout bas. Ton ex-mari ?

Chapitre 14

Twyla sentit la main de Rob au creux de son dos. Ce geste, il l'avait déjà fait à plusieurs reprises ce soir mais, cette fois, elle ne se sentit ni délicieusement vulnérable ni délicieusement protégée. Elle était en chute libre et personne, pas même Rob Carter, ne pouvait la sauver.

— Je le croyais plus âgé que toi, murmura-t-il.

— De trois ans seulement, répondit-elle machinalement. Sa femme était dans la même année que moi.

Cette image de chute libre… Face à l'homme qui l'avait brisée sept ans auparavant, elle sentait presque le glissement de l'air qu'elle crevait en tombant dans le vide. Pour l'amour du ciel, à quoi pensait-elle en revenant ici ? Comment avait-elle cru pouvoir survivre à cette confrontation ?

— Allons leur dire bonjour, proposa Rob.

La pression de sa main dans son dos l'encourageait à s'avancer. Elle résista, le regard fixe, les dents serrées.

— Non.

— Oh, si. Nous allons leur parler, et tu te sentiras beaucoup mieux.

— Partons. Rentrons.

— En leur abandonnant le terrain ? Désolé, ma belle, ce n'est pas mon style.

— Mais…

— Mme Spinelli a investi une petite fortune dans la réussite de cette soirée. Et si je peux me permettre, l'enjeu pour toi est encore plus important.

Il lui saisit la main et l'entraîna. Elle faillit le supplier, envisagea même un instant de céder à la faiblesse qui s'emparait de ses jambes — ou de crier « Au feu ! » pour créer une panique, vider la salle. N'importe quoi pour éviter de se retrouver face à face avec Jake ! Seulement, ce serait se donner en spectacle et cela, elle ne le pouvait pas.

— Rob, Rob, je t'en prie, siffla-t-elle, les dents serrées. Il y a une chose que je ne t'ai pas dite.

Il s'immobilisa, se retourna vers elle.

— Il y a beaucoup de choses que tu ne m'as pas dites. Nous nous connaissons depuis très peu de temps.

Il pensait : « et nous ferions mieux de nous en tenir là. » Tout ce qu'on lui avait dit ou suggéré ce soir au sujet du père de Twyla lui faisait froid au ventre. Il n'était que pathologiste, ne connaissait rien à la psychologie, se sentait parfaitement incapable de venir en aide à un être touché par des chocs émotionnels aussi graves.

— Je sais tout ce que j'ai besoin de savoir, dit-il avec brusquerie. Tu ne dois pas te laisser intimider par un type aussi faux que lui.

Puis il se remit en marche, la main de Twyla serrée dans la sienne.

Jake Barnard levait le premier verre de la soirée à ses lèvres quand sa femme reconnut Twyla. Rob vit sa main se crisper sur la manche de son époux, vit celui-ci s'écarter sans la regarder. Le mouvement était discret mais Rob sut que ce contact le dérangeait. Puis Barnard parcourut la salle du regard et, à son tour, il repéra Twyla. Son unique réaction fut de vider son verre et d'en prendre un autre sur le plateau d'un serveur qui passait devant lui.

Rob sentait la main de Twyla vibrer de tension dans la sienne. Tout à coup, il se trouva cruel de la forcer à affronter cette situation si douloureuse… et pourtant, plus il s'approchait du couple, plus sa résolution s'affermissait. Ils étaient de tels stéréotypes tous les deux, lui avec son visage régulier et sa mâchoire bien carrée, elle si mince, avec sa coiffure trop parfaite. Ils lui semblaient tous deux si superficiels, insignifiants, mais dans l'univers de Twyla, ils bouchaient littéralement l'horizon, déployaient un immense pouvoir de malfaisance ! Ce soir, elle devait les voir tels qu'ils étaient réellement. Si elle allait jusqu'au bout, cette rencontre pourrait la libérer de ses tourments.

Le reste de l'assistance avait pris conscience de ce qui se jouait. Tous les regards se braquaient sur eux. Mise devant le fait accompli, Twyla fut superbe : ignorant l'intérêt passionné de la petite foule qui les entourait, elle s'approcha de son ex-mari avec le sourire et lança :

— Bonsoir, Jake.

Avec une crispation de mépris, Rob vit l'autre homme revêtir le visage inexpressif du joueur de poker, comme s'il s'agissait là d'une négociation difficile, comme s'il devait cacher ce qu'il pensait. En même temps, ses yeux fixaient Twyla avec une stupéfaction, une admiration palpables. « Tu aurais dû l'attendre, mon pote, pensa Rob avec dédain. Tu aurais dû deviner ce qu'elle pouvait devenir. Mais tu as choisi ton héritière pâle et maigre et c'est moi qui suis avec Twyla ce soir. » Un raisonnement machiste sans doute, mais sa satisfaction était bien réelle.

— Bonsoir, Twyla, répondit enfin Jake. Ça fait longtemps.

— Oui, répartit-elle poliment, avec un sourire étincelant et immobile. Jake, voici Rob Carter.

— Ma femme, dit Jake avec une brève inclinaison de tête vers celle-ci. Beverly.

La poignée de main de Jake était ferme, aussi exercée que son sourire ; celle de Beverly, glaciale.

— Nous n'avions pas l'intention de venir ce soir, murmura-t-elle, mais Willard Stokes y tenait beaucoup.

Elle leva les yeux vers Twyla et conclut d'une voix neutre.

— Je comprends pourquoi maintenant.

— Viens, tu vas me dire ce que tu deviens, proposa Jake en entraînant le groupe vers des sièges disposés dans un angle de la salle. C'est bien à cela que servent ces réunions ?

Puis il vida son verre et se tourna vers sa femme.

— Je ne sais pas ce qu'ils font circuler ce soir, c'est infect. Tu veux bien aller nous chercher quelques bières ?

Elle hésita un instant très bref, et Rob crut voir une étincelle d'inquiétude dans ses yeux. Etincelle dont Jake ne sembla pas avoir conscience : il s'installa, en disposant les bras sur le dossier de son fauteuil dans un mouvement expansif qui signifiait « je suis ici chez moi, vous êtes sur mon territoire ». Courtoisement, Rob attendit que Twyla soit installée, puis s'assit près d'elle. Quelques instants plus tard, Beverly les rejoignait, chargée d'un plateau portant trois bières pour eux, un cocktail pour elle.

— Aux vieux amis! lança Jake en levant son verre.

— Aux nouvelles rencontres, répondit Rob en levant le sien.

La bière était bonne et très froide. La première gorgée lui fit un bien fou.

— A mon avenir avec la femme la plus merveilleuse de l'Etat, reprit-il.

Il se découvrait une envie furieuse de la protéger, de la défendre. Quand il fit cette déclaration, elle laissa échapper une petite exclamation étranglée, mais Jake ne sembla rien remarquer.

— Alors? Que deviens-tu, Twyla? lança-t-il. Tu es superbe.

Elle levait son verre à ses lèvres quand il posa cette question. Interrompant son geste, elle demanda :

— Tu veux vraiment qu'on se dise tout ce qu'on aurait à se dire, Jake? Ici et maintenant?

L'intéressé semblait avoir parfaitement surmonté son choc initial : il se mit à rire.

— Peut-être pas! Aux dames de décider.

Rob but une autre gorgée en espérant que la bière fraîche éteindrait la colère qui se levait en lui. Ce fumier avait abandonné Twyla, sans jamais chercher à voir son propre fils. Allait-il enfin demander des nouvelles de Brian?

— A toi, proposa Twyla. Tu as toujours aimé parler de toi.

— Aïe! s'écria Jake avec une grimace exagérée.

Elle pique ! Hein, vieux, vous vous préparez des jours heureux !

— Je n'en doute pas un seul instant, repartit Rob d'une voix égale.

Devant son regard très direct, l'autre homme baissa les yeux.

— Très bien ! lança-t-il avec son rire jovial. Je me raconte. J'ai passé quelques années à faire l'avocat à Jackson, puis je me suis fait élire député à notre bon vieux Congrès américain.

— Je suis au courant, oui, murmura Twyla.

— Tu as voté pour moi ?

— Je n'habite pas dans ta circonscription.

En suivant attentivement cet échange, Rob comprit deux choses : Jake Barnard et son épouse buvaient trop, et ils se méprisaient mutuellement. Les signaux étaient subtils mais il fut sûr qu'il ne se trompait pas : leurs corps raides n'échangeaient rien, ils ne se touchaient pas, se regardaient à peine. Un sourd dégoût se glissa en lui. Il lisait une telle fatigue dans le regard de Beverly ! Elle était réellement très belle, mais inexpressive. Une femme heureuse, sûre d'elle et sûre d'être aimée montre tout cela sur son visage. Les sourires de Beverly étaient forcés et son expression, au repos, douloureuse. Encore un de ces mariages où chacun croit gagner quelque chose, et découvre trop tard qu'il a tout perdu !

Il reporta son attention sur Twyla, qui semblait écouter avec intérêt le récit de la première campagne électorale de son ex-mari. Un pincement irraisonné de contrariété le saisit. Pourquoi se montrait-elle si courtoise ? Il l'avait dégoûtée des hommes au point que deux vieilles dames s'étaient trouvées obligées d'organiser toute cette mise en scène pour la forcer à sortir avec lui.

— Il paraît que vous êtes médecin ? demanda Beverly. Quelle spécialité ?

Elle saisit l'olive de son cocktail, la tint un instant entre ses ongles au vernis très rouge, et la mangea délicatement. « Tiens, pensa Rob, elle aime les martinis, exactement comme… »

— Je suis pathologiste, se hâta-t-il de répondre.

— Je vois.

Peu de gens trouvaient un commentaire à faire quand il citait son métier. Beverly s'écarta même un peu de lui, comme si elle redoutait qu'il ne se mette à lui parler de la maladie du légionnaire, ou d'épidémies de E. coli. Il aimait aussi son travail pour cette raison : personne ne souhaitait réellement le faire parler de ce qu'il faisait. Il n'était pas, comme les autres médecins, perpétuellement harcelés par ceux qui espéraient obtenir une consultation entre deux portes.

Le plus curieux, au fond, était que cela ne le dérangeait pas, à l'occasion, de fournir un diagnostic éclair à la demande. A l'occasion, il appréciait de plonger son regard dans les yeux d'un être humain plutôt que dans l'oculaire d'un microscope.

— Et vous ? demanda-t-il quand le silence fut sur le point de devenir gênant.

— Epouse à plein temps, soupira-t-elle. Cela représente davantage de travail qu'on ne l'imagine. Les collectes de fonds, les soirées, les ventes aux enchères de bienfaisance…

Sa voix s'éteignit et elle agita une main épuisée,

sans voir que Rob rougissait à la mention des ventes aux enchères.

— Il faut tout organiser et je vous assure que, parfois, cela m'épuise, poursuivit-elle. Mais vous n'avez pas envie d'entendre parler de cela…

Pendant qu'elle buvait une longue gorgée de son cocktail, Rob se surprit à étudier ses escarpins. Habituellement, il ne remarquait jamais les chaussures des femmes, mais celles-ci attirèrent son attention car la semaine précédente, Lauren avait acheté exactement les mêmes. Des escarpins assez ordinaires à ses yeux, à part le fil d'or qui entourait le haut du talon, et qui était le signe distinctif d'un *designer* italien. Cela ne l'aurait pas frappé outre mesure mais, au moment où Lauren déballait son achat, le ticket de caisse était tombé à terre. En se penchant pour le ramasser, il avait lu le montant et senti sa mâchoire tomber sur sa poitrine : la somme suffisait amplement à nourrir une famille ordinaire pendant un mois. Et voilà qu'il retrouvait les mêmes chaussures aux pieds de cette femme qui, d'une façon étrange, ressemblait au double desséché de Lauren.

Il eut le sentiment troublant de soulever un voile et de découvrir un avenir glaçant. Chez cette femme, tout était correct et même parfait : la tenue, la façon de parler, la patine d'une excellente éducation. Elle avait tout ce qu'il avait cru important, nécessaire même, à la réussite d'une vie. Ce soir, au cœur de toute cette perfection, il ne percevait que du vide.

L'insatisfaction de Beverly provenait-elle du fait d'être enchaînée à un crétin comme Barnard ? En grande partie sans doute, mais, à une époque au moins, Jake avait été un homme assez intéressant pour que Twyla souhaite l'épouser. Il devait avoir, à tout le moins, beaucoup de charme. Ces deux-là, Jake et Beverly, n'avaient pas été bons l'un pour l'autre, décida Rob en terminant sa bière.

Puis l'étrangeté de sa propre attitude le frappa. Que faisait-il à analyser le mariage de deux inconnus qu'il ne reverrait certainement jamais ? Eh bien, la raison était simple : au fond de lui, il sentait que Lauren et lui prenaient un peu le même chemin. La fréquentation des grands de ce monde, grosses fortunes, artistes en vue, hommes politiques… les fêtes, les paillettes, l'obligation de vivre dans un certain quartier, de posséder certaines choses et de rouler dans une certaine voiture. Vu de l'extérieur, c'était l'apothéose du rêve américain, et la vie qu'il s'était choisie autrefois en lisant le magazine *Forbes*. Parce qu'il n'avait pas de famille qui puisse lui enseigner ce qui comptait vraiment.

Ce n'était pas la première fois qu'il ressentait ce doute un peu nauséeux, ou voyait ce vide s'ouvrir devant ses pas. Et si le mirage qu'il poursuivait allait le mener en plein désert ?

Twyla poussa la porte des toilettes des femmes et laissa échapper un énorme soupir de soulagement. Le pire était arrivé et elle tenait le coup. Stupéfiant ! Elle venait d'affronter Jake en personne, tête haute et le sourire aux lèvres.

Elle resta un long moment devant le miroir à revoir son maquillage. Elle redessinait sa bouche quand, du coin de l'œil, elle vit entrer une jeune femme portant la coque d'un berceau de voiture ; des pleurs très frêles s'élevaient de l'amas de couvertures pastel. Sans se préoccuper de Twyla, la maman se laissa tomber sur l'une des chaises groupées à l'angle de la pièce et déboutonna son corsage.

Délibérément, pour signaler sa présence, Twyla referma son rouge dans un claquement sec, puis s'avança vers le petit salon improvisé. La jeune maman leva les yeux et un sourire illumina son visage.

— Twyla ? C'est toi ?

Celle-ci scruta son visage, très gênée de ne pas la reconnaître. Le badge s'était retourné quand la jeune femme avait ouvert son corsage, et ce visage fatigué, ces cheveux ternes et ce corps épaissi ne lui disaient rien.

— C'est moi, Darlene ! s'écria l'inconnue.

Tendrement, elle cala son bébé contre elle et se mit à l'allaiter, en ajoutant avec un sourire :

— Et voici Mélanie.

Twyla se laissa tomber sur le siège le plus proche et, émerveillée, se pencha sur la toute petite fille.

— Oh, Darlene, bien sûr, excuse-moi ! Ton bébé est adorable.

Elle disait vrai, le bébé était magnifique mais… la maman avait tant changé ! Celle-ci contemplait sa fille qui tétait, le regard lointain et rêveur. De son côté, Twyla admirait le tableau qu'elles formaient toutes les deux, avec le pincement au cœur qu'elle éprouvait chaque fois qu'elle voyait un nouveau-né. Elle aimait tant les bébés ! En apprenant qu'elle était enceinte, elle s'était sentie si heureuse, et si sûre qu'elle aurait d'autres enfants par la suite! Puis Jake s'était empressé de mettre fin à ce rêve.

— C'est ta première? demanda-t-elle.

— Oh, non, la quatrième. Nous ne comptions pas venir ce soir, mais à la dernière minute nous avons décidé de faire garder les grands, juste le temps de prendre des nouvelles des vieux copains.

— Quatre gosses! s'écria Twyla, admirative. Quelle couvée!

— Tommy et moi, nous avons laissé faire la nature, et voilà le résultat. Figure-toi qu'il est facteur. Qui l'aurait cru?

Cette tendresse dans son expression! Qui l'aurait cru, effectivement! La capitaine des cheerleaders et le *quarterback* de l'équipe de football, tous deux beaux, sportifs, remplis d'une vitalité débordante. Ils étaient partis ensemble à l'Université du Wyoming et Twyla avait toujours supposé qu'ils feraient de belles carrières dans une ville importante.

En écoutant Darlene parler gaiement de son quotidien et de ses enfants, Twyla prit la mesure de sa métamorphose. Cette matrone au visage quelconque était-elle vraiment la Darlene d'autrefois, si vive et tonique? Ces pensées durent se refléter sur son visage car Darlene demanda soudain, en posant doucement la main sur la petite tête duveteuse de sa fille :

— Tu es surprise?

— Un peu, avoua Twyla.

— Nous avons dû interrompre nos études à la naissance de Thomas. C'est le numéro deux. Nous sommes revenus nous installer ici parce que les parents nous ont cédé la maison pour trois sous en partant prendre leur retraite à Scottsdale. Tu verrais le jardin! Je viens juste de planter mes haricots et mes tomates. Mes enfants, ma maison, mon jardin, voilà toute ma vie maintenant.

Elle acheva d'allaiter sa fille et la changea avec l'économie de mouvements née d'une longue habitude. Encore ce serrement de cœur! Twyla aimait Brian de toute son âme mais elle aurait tant aimé avoir d'autres petits!

— Mais toi, reprit Darlene avec animation, en couchant sa petite ensommeillée dans son berceau. Tu es plus jolie que jamais, et quant à ton homme! Tout le monde parle de lui ce soir. Il ressemble à 007, et il paraît qu'il est médecin.

— Oui. Nous sommes très heureux, ajouta Twyla, sûre que Darlene, dont le bonheur était réel et éclatant, repérerait immédiatement ce mensonge.

Mais Darlene la crut.

— Je suis contente! s'écria-t-elle en la serrant spontanément sur son cœur. Excuse-moi, je dois me sauver. Tommy veut rentrer tôt, il emmène les garçons à la pêche demain matin.

Twyla lui tint la porte pour qu'elle puisse passer facilement avec son berceau. De loin, elle la vit rejoindre son mari. Tom, lui, n'avait guère changé, il était toujours bel homme, vigoureux et énergique. Et cette tendresse palpable qui auréolait leur couple! Quand Darlene arriva près de lui, Tom la prit aussitôt dans ses bras; elle posa le front sur son épaule avec un sourire d'une douceur bouleversante, et ils dansèrent un slow, le berceau serré entre eux.

Tom et Darlene n'avaient réalisé aucune de leurs ambitions mais ils étaient le contentement incarné. Ils rayonnaient littéralement de bonheur.

— Tout va bien ? dit la voix de Rob derrière Twyla. Elle se retourna vivement.

— Je ne t'avais pas entendu. Oui, tout va bien, je parlais avec une ancienne amie. Tu as dû t'ennuyer ferme.

— Ton ex est effectivement l'être le plus ennuyeux que j'aie jamais rencontré. On danse ?

Sans attendre de réponse, il l'entoura de son bras et l'entraîna vers le centre de la piste. Elle se retrouva contre lui, heureuse de pouvoir le toucher et être touchée par lui. Elle savait pourtant que cela ne signifiait rien pour lui. Il était venu ici pour remplir un engagement, rien de plus, et pourtant la façon dont il l'enlaçait lui donnait force et courage.

— Bravo, dit-il tout bas à son oreille. Tu as affronté l'ogre, et tu lui as tenu tête.

— Je n'en reviens pas moi-même.

En levant les yeux par-dessus l'épaule de Rob, elle repéra aisément Jake, qui se trouvait comme toujours au centre du groupe le plus animé. Voilà, c'était fini, les regrets comme le chagrin. Elle n'enviait pas le couple qu'il formait avec sa femme, elle ne ressentait aucun désir de faire partie de leur monde. Non, tout ce qu'elle éprouvait maintenant, c'était une exultation subite. Elle, elle avait Brian, et cette soirée extraordinaire avec un homme merveilleux.

— Alors ? glissa Rob tout bas. Tu veux me dire ce que tu ressens maintenant ?

Elle se surprit en répondant aussitôt :

— Ce n'était pas du tout ce que je redoutais. Le fait de le revoir ne m'a pas bouleversée de la façon que j'attendais. C'est juste un homme qui m'a traitée très mal, il y a longtemps. Ce soir, j'ai compris que je n'avais rien à me reprocher. Rien de ce qui s'est passé n'était ma faute.

Avec une tendresse qui la stupéfia, Rob saisit une petite mèche échappée de son chignon et la glissa derrière son oreille.

— Cela valait la peine de venir, alors, murmura-t-il.

— Oui…

Twyla avait la bouche trop sèche tout à coup pour en dire davantage. Elle avait si peu l'habitude de discuter de choses aussi intimes, ou d'être bercée dans les bras d'un homme qui lui offrait ces petites caresses si discrètes. Tout cela l'émouvait tant qu'elle devait lutter pour ne pas se trahir.

— Tu veux que nous partions, maintenant? demanda-t-il tout bas.

— Oui.

— Nous rentrons au chalet?

— Oui.

— Tu te rends compte du danger que tu cours à dire oui à tout ce que je propose?

Elle eut un petit rire, et répondit encore :

— Oui.

Chapitre 15

Twyla se sentit délicieusement détendue pendant le trajet du retour. Une sensation étrange car elle était presque sûre de ce qui allait se passer au chalet, et cette perspective aurait dû générer une certaine nervosité. Seulement, elle avait si envie de Rob!

Non, la nervosité n'avait aucune place dans cette soirée miraculeuse, ce véritable état de grâce. La présence et le soutien de Rob l'avaient convaincue de plonger dans la part la plus sombre de son passé, et le voyage se terminait dans la compréhension et la sérénité.

Assis près d'elle, Rob conduisait dans un silence énigmatique. Elle le vit lâcher le volant d'une main, retirer sa cravate, déboutonner le col de sa chemise. A quoi pensait-il? Une part de ce qui l'attirait chez lui était justement son mystère. Elle le connaissait à peine, ne le reverrait sans doute jamais après ce week-end; pour elle, c'était incroyablement libérateur, cela la dispensait de toute prudence, de tout faux-semblant. Cette attitude était-elle superficielle? Peut-être, mais, pour une fois dans sa vie, elle voulait oser cela : se laisser aller, agir sans inhibitions.

La nuit était très fraîche, un vent vif soufflait des sommets enneigés. Ils sortirent de la voiture en frissonnant et marchèrent d'un pas vif jusqu'à la porte. Dès qu'ils furent à l'intérieur, Rob se débarrassa de son veston et entreprit de faire du feu dans l'immense cheminée. Twyla alla chercher la seconde bouteille de champagne, la déboucha et servit deux coupes. Debout près de la fenêtre, elle sirota lentement la sienne en contemplant Rob qui, très concentré, disposait artistement les bûches. Quelques minutes plus tard, de hautes flammes dansaient dans l'âtre, la chaleur envahissait doucement la pièce et l'air sentait bon la résine de mélèze.

— Tu te débrouilles bien pour un garçon de la ville, murmura-t-elle.

— Parce que je sais faire du feu ?

— Oui. Le premier hiver à Lightning Creek, je n'arrivais à rien avec notre cuisinière à bois. J'ai tout de même fini par apprendre.

— A Lost Springs, nous partions souvent camper ou faire des courses d'orientation.

D'un geste adroit du tisonnier, il repoussa un faisceau de brindilles incandescentes sous la bûche principale.

— Les danses de salon, la survie dans la nature… ils vous ont donné une éducation très complète.

Le regard de Rob vint se poser sur elle ; un regard admiratif qui la toucha comme une caresse. Elle s'avança vers lui et lui tendit sa coupe, y fit tinter la sienne et demanda :

— A quoi buvons-nous ?

— Mission accomplie ?

— Elle l'est vraiment ?

— A toi de me le dire. Tu t'es amusée à ta réunion, Twyla ?

— Oui. Et c'est entièrement grâce à toi. A toi, donc !

Ils burent. En sentant les bulles fraîches et piquantes glisser dans sa gorge, elle ferma les yeux et murmura :

— Je devrais faire cela plus souvent.

— Quoi donc ? demanda-t-il d'une voix un peu étouffée.

— Boire du champagne avec un quasi-inconnu dans un chalet isolé. Cela a un certain charme.

L'incroyable nouveauté de la situation la saisit tout à coup et elle se mit à rire.

— Je ne pense pas que tu mesures combien c'est rare pour moi de m'échapper, même pour un week-end. Ici, pour quelques heures, je ne suis la mère ni la fille de personne. C'est fabuleusement libérateur.

— Dans ce cas, je suis heureux d'avoir servi à quelque chose.

Il vida sa coupe, prit celle de Twyla et, la regardant au fond des yeux, les posa sur une petite table. « Maintenant, pensa-t-elle. Embrasse-moi avant que je ne trouve une raison de te repousser. »

— Bonne idée, chuchota-t-il.

Pour l'amour du ciel, elle avait dit cela tout haut ! Et elle ne le regrettait même pas.

Ce ne fut pas un baiser romantique, doux et rêveur comme celui de la veille au soir, mais un éblouissement brutal. Twyla s'enflamma aussi subitement que le fagot de brindilles dans la cheminée. Les mains de Rob l'attirèrent contre lui, des mains fortes, irrésistibles auxquelles elle n'avait aucune envie de résister. En même temps, la bouche de Rob était si douce, si tendre ! Elle

avait un goût de champagne et aussi une autre saveur,
quasi oubliée : l'essence du désir d'un homme.

La puissance subite de cette étreinte fit fuir les dernières hésitations de Twyla. De toute sa vie, elle n'aurait
peut-être jamais une autre nuit comme celle-ci. La
gâcher pour elle ne savait quels scrupules serait une
folie, un crime. Quand enfin Rob détacha sa bouche
de la sienne, elle sentait le désir fluide courir en elle au
rythme de son sang.

— Rob, je dois t'avouer quelque chose, murmura-
t-elle.

— Quoi donc ?

— J'espérais que cela arriverait.

Une fois de plus, elle revit une hésitation infime,
un éclair d'incertitude dans son regard mais, aussitôt,
un grondement de désir presque félin lui échappa, sa
bouche fondit de nouveau sur celle de Twyla, ses grandes
mains plongèrent dans ses cheveux, les firent couler en
cascade sur ses épaules ; descendirent à tâtons, défirent
habilement l'attache de sa robe. Elle sentit la fermeture
Eclair glisser jusqu'au creux de ses reins et, emportée
par la sensation des paumes de Rob sur sa peau nue,
laissa retomber sa tête en arrière. Fiévreusement, il
promena ses lèvres sur sa gorge en suivant le contour
du collier de rubis. Le vertige la gagnait ; elle se força
à ouvrir les yeux avant qu'il ne soit trop tard.

— Attends, chuchota-t-elle.

Il recula en plongeant la main dans sa poche. Fébrile,
maladroite, elle fouilla dans son sac du soir et se retourna
vers lui, rougissante comme une lycéenne, un petit

paquet plastifié à la main. Au même instant, il sortait de sa poche un paquet identique.

— Bien vu, souffla-t-il.

Et il entreprit de faire glisser la robe rouge le long du corps de Twyla. Elle noua les bras autour de lui, caressa son dos, puis sa poitrine ; lentement, voluptueusement, elle défit les boutons d'or et d'onyx de sa chemise. Quelques instants plus tard, le chef-d'œuvre d'Armani gisait sur le plancher avec la robe écarlate, et Twyla se tenait devant lui, vêtue uniquement de ses bas de luxe et de sa minuscule combinaison rouge.

— Quand j'aurai retiré cela, chuchota-t-elle, je crois que je vais m'effondrer en mille morceaux.

— Je suis médecin. Je saurai te rassembler.

Elle rougit, réprima un petit rire et retira ses bas.

— Tu vois, souffla-t-il, tu es encore tout d'une pièce. Et tu es magnifique.

Il tendit la main vers elle, ses doigts disparurent dans l'échancrure de la combinaison, effleurèrent le haut de ses seins, écartèrent d'une pichenette les fines bretelles de satin. Elle se mordit la lèvre pour réprimer le gémissement qui lui montait aux lèvres. Ce soir, elle osait tout, sauf laisser Rob deviner à quel point elle le désirait.

Il ne parlait plus, se penchait pour presser sa bouche partout où sa main venait de passer. Twyla ferma les yeux pour ne rien perdre de ses sensations. C'était si précieux, ce cadeau que lui faisait la vie après ses années de célibat. C'était le paradis, décida-t-elle, le paradis sur terre, là où on pouvait encore en profiter. Elle plongea les doigts dans les cheveux de Rob ; ensemble, ils se laissèrent glisser sur l'épais tapis de fourrure devant la cheminée.

Inexplicablement, cet homme qu'elle connaissait à peine lui semblait infiniment familier. Il y avait en lui quelque chose qu'elle reconnaissait; peut-être la saveur de ses rêves?

Le souffle court, elle laissa ses mains courir sur sa peau. Cela faisait si longtemps qu'elle n'avait pas touché un homme, elle ne se lassait pas d'explorer la forme de son corps, ses longs membres musclés, la toison douce et sombre de sa poitrine, l'ombre discrète sur ses joues. Comment, comment avait-elle vécu toutes ces années sans cela? Comment reprendrait-elle le cours de sa vie quand il serait reparti? La question jaillit comme un spectre glacé mais elle l'écarta pour se précipiter à corps perdu dans l'instant présent.

Rob la souleva dans une étreinte furieuse. Elle sentit ses seins s'écraser contre sa poitrine musclée et toute pensée s'évanouit, l'instinct prit le dessus; d'elles-mêmes, ses hanches ondulèrent. Elle s'accrocha à lui en mendiant son plaisir des mains, de la bouche, de tout son corps, sans la moindre honte, la moindre inhibition; passion-nément, il se jeta en elle et elle cria de saisissement de sentir la force, le bonheur indescriptible de la sensation. Instantanément, une houle puissante se leva en elle.

Rob la hissa sur une crête de sensations telle qu'elle eut peur de bouger, de respirer, de cligner des yeux de crainte de perdre une miette de plaisir. Quand elle crut qu'elle ne supporterait pas de rester suspendue en plein ciel un instant de plus, il l'emmena plus haut encore.

Elle n'avait jamais connu cela, c'était presque effrayant.

Elle ne s'était jamais doutée… Brusquement, elle bascula dans un néant extatique. Comme si leurs corps ne faisaient plus qu'un, elle fut secouée par le martèlement furieux du cœur de Rob, et sentit le déferlement de son plaisir d'homme. De très loin, elle s'entendit crier.

Quelques années-lumière défilèrent avant qu'elle ne puisse parler, ou même formuler une pensée cohérente. Ces longs instants vides furent ponctués par le craquement paisible du feu, le vacillement subtil des flammes sur leur peau nue. Enfin, l'une des bûches croula dans l'âtre en projetant une gerbe d'étincelles vers le puits noir de la hotte. Lentement, Twyla se souleva et posa une main sur la poitrine de Rob pour contempler son visage.

— Eh bien, murmura-t-elle d'une toute petite voix. Je ne suis pas sûre de ce qui doit se passer maintenant.

— Que veux-tu dire ?

— Cela faisait très longtemps. Une éternité. Je ne sais plus ce qu'il faut faire ensuite.

La main de Rob était restée emmêlée dans sa chevelure. Sans hâte, il la dégagea et la laissa glisser sur son épaule, son dos, sa hanche et sa cuisse, avec une incursion taquine vers son intimité.

— J'aurais bien une idée…

Elle rougit de sentir une nouvelle flambée de désir avant même que le plaisir ne se soit tout à fait évanoui.

— Dans ce cas, souffla-t-elle en saisissant délicatement le petit paquet carré abandonné un peu plus tôt, il nous en reste encore un.

— Oh, voyons…

Avec le geste d'un magicien de music-hall, il tira une chaîne de préservatifs de la poche de son habit.

— Nous avons tout ce qu'il nous faut !

Rob s'éveilla lentement, en savourant l'engourdissement voluptueux d'un long sommeil sans rêves. Une cuisse de femme soyeuse et tiède était drapée sur la sienne, il sentait le parfum mystérieux d'une chevelure répandue sur le drap. Une minute entière, il nagea dans le bonheur, puis le choc fondit sur lui comme un météore.

Pour l'amour du ciel ! Il avait fait l'amour avec Twyla ! Pas seulement une fois mais… Il ouvrit un œil pour tenter de remonter la piste : ils avaient commencé en bas, devant la cheminée, puis ils étaient montés en semant dans leur sillage vêtements, coupes de champagne et petits emballages carrés. Il se souvenait d'une étape dans le bain à remous, puis ils étaient arrivés ici, dans la chambre…

Et maintenant, il était pris au piège, dans tous les sens du terme, car le corps endormi de Twyla était emmêlé au sien. Jamais de sa vie il n'avait dormi ainsi, emmêlé de façon aussi intime avec une femme. Jamais il n'avait laissé une femme s'approcher autant de lui. Pas même… Nom de Dieu, pas même Lauren.

Lentement, avec d'infinies précautions, il s'efforça de se dégager de ce lit si doux, si tiède. Elle dormait si profondément, peut-être pourrait-il… Délicatement, il déplaça la longue jambe fine qui reposait sur la sienne ; ce mouvement fit jaillir d'autres souvenirs, il revit un kaléidoscope d'images de leur nuit d'amour.

Twyla s'étira doucement dans son sommeil. Instinctivement, ses jambes s'enroulèrent de nouveau autour de lui ; de nouveau, il chercha à se dissuader d'avoir envie d'elle. Il pensa à des techniques de laboratoire, à la situation politique, à l'état de la Bourse, à tout ce qui n'était pas la nuit qu'il venait de passer dans les bras de Twyla, mais ce corps tout contre le sien, sa chaleur, sa fragrance étaient impossibles à renier. Il se retrouva prêt à faire l'amour, et même torturé par le désir.

Serrant les dents, il souleva avec une délicatesse infinie la tête de Twyla du creux de son épaule, glissa adroitement un oreiller sous la cascade de ses boucles rousses. Elle soupira mais ne s'éveilla pas. Il dut soulever le drap pour se lever, et serra les dents en entrevoyant son corps de déesse.

Voilà, il était libre. A gestes furtifs, il enfila un jean, quitta la chambre sans bruit sur ses pieds nus et descendit dans la cuisine. Là, il mit la cafetière en marche et patienta, la tête parfaitement vide. Quand il s'aperçut qu'il était resté planté là depuis dix bonnes minutes, une tasse vide à la main, il s'ébroua, se servit et sortit sur le porche.

D'après la position du soleil, il était près de midi. Une chaleur écrasante faisait trembler l'air au-dessus du grand pré. Rob se laissa tomber sur la première marche du perron et but son café en prenant la mesure de ce qu'il venait de faire.

La nuit dernière, il avait perdu le contrôle de lui-même et cela ne lui ressemblait pas. L'axe même de sa vie était de tout maîtriser, de tout planifier. De choisir un objectif et de tout mettre en œuvre pour le réaliser.

Il avait son laboratoire, grâce auquel ses associés et lui-même étaient en train de faire fortune. Il avait Lauren et, s'ils ne parlaient jamais explicitement de mariage, il existait entre eux un accord tacite. Il vivait à Denver, une ville animée, trépidante, avec ses sorties ludiques ou culturelles, ses clubs de golf et ses aéroports… Denver où il trouvait tout ce que l'on pouvait désirer.

La nuit qu'il venait de passer menaçait tout l'édifice. Son plan de carrière, sa relation avec Lauren, il jetait tout cela aux orties pour une femme aux yeux francs et directs, au corps splendide, une femme douée de qualités qui le touchaient au cœur. D'un mouvement nerveux, il termina sa tasse de café, sauta sur ses pieds et se mit à arpenter l'herbe haute devant la maison. Maintenant, comment allait-il gérer la situation ?

Il avait la réputation de n'être jamais pris au dépourvu. Il savait envisager un problème sous tous les angles, trouver la solution et agir en conséquence. Et cette fois, alors que c'était vital pour lui, il ne trouvait rien.

Eh bien, pensa-t-il, il aurait peut-être de la chance. Twyla pouvait parfaitement ne rien désirer de plus qu'une unique nuit de folie. En se levant tout à l'heure, elle n'aurait peut-être qu'une envie : rentrer chez elle, tout simplement, reprendre le fil de son existence et oublier toute cette histoire. Dans le cas contraire, il trouverait un moyen de la convaincre que la seule solution pour eux était de ne pas se revoir. Ce serait le plus simple : une séparation cordiale et chaleureuse, après quoi ils passeraient tous deux leur chemin.

— Bonjour, dit une voix derrière lui.

Il sursauta violemment, se retourna d'un bond. Elle

venait de paraître à la porte, les cheveux en désordre, clignant des yeux éblouis, enveloppée dans un peignoir blanc beaucoup trop grand pour elle. Elle souriait.

— Bonjour, dit-il.

C'était le moment pour lui de tout mettre au clair, lui faire voir la réalité des choses… mais il lui rendit son sourire.

— Tu as bien dormi ? s'entendit-il demander.

— Tu n'as pas remarqué ?

Elle leva les mains au-dessus de sa tête pour s'étirer voluptueusement, en lui offrant sans le savoir un aperçu vertigineux de son décolleté.

— Et toi ? soupira-t-elle, la tête renversée en arrière.

— Oh, oui. Il y a du café, ajouta-t-il au bout d'un instant.

— Merci, je l'ai trouvé.

— Bien.

Que faisait-il ? Pourquoi ne trouvait-il pas les mots ? Incapable de supporter la situation un instant de plus, il gravit vivement les marches du perron.

— Notre avion est à 2 heures.

— Oui, nous avons encore du temps devant nous.

Elle leva le visage vers lui pour lui sourire et demanda ingénument :

— Qu'est-ce que nous pourrions faire, en deux heures environ ?

Ce sourire pulvérisa toutes les bonnes intentions de Rob.

— Nous trouverons quelque chose, souffla-t-il.

Sans autre forme de procès, il la souleva dans ses bras et l'emporta dans la maison. C'était un geste sorti tout droit d'un vieux film hollywoodien; jamais il ne se serait cru capable d'une impulsion aussi absurdement romantique. La portant toujours dans ses bras, il grimpa l'escalier d'un élan et la laissa choir sur le lit, ouvrant le peignoir et son jean quasiment dans le même mouvement. Puis il saisit un préservatif sur la table de nuit et l'enfila, très conscient du regard de Twyla posé sur lui.

Il n'eut pas une seule pensée en s'allongeant sur elle. Il sut seulement qu'il la désirait, que c'était un besoin absolu pour lui d'être auprès d'elle et en elle. Et le plus merveilleux fut qu'elle ne dit rien et sembla comprendre tout ce qu'il ressentait.

Sans doute ne savait-elle pas qu'il s'agissait d'une sorte d'obsession, une pulsion quasi pathologique. Sans doute ne saisissait-elle pas qu'il n'avait pas la moindre intention de bâtir avec elle une réelle relation d'amour et de confiance. Ou peut-être s'en fichait-elle? Quoi qu'il en soit, à cet instant précis, il était incapable d'agir autrement qu'il ne le faisait.

Chapitre 16

— A quelle heure est ton avion pour Denver demain ? demanda Twyla tandis que Rob déchargeait ses bagages de la voiture.

— Vers 11 heures du matin, répondit-il sans se retourner.

Tout allait de mal en pis, décida-t-il. Ou, d'un autre point de vue, de bien en fabuleux. Twyla était extraordinaire, faire l'amour avec elle était extraordinaire, mais il devait au plus vite fiche le camp d'ici et retourner dans le monde réel.

Avant de la rencontrer, il croyait sincèrement que Lauren et lui vivaient une belle histoire. Une relation solide faite pour s'inscrire dans la durée. Sans doute, au fond de lui, éprouvait-il certaines angoisses, sans doute la notion de permanence lui faisait-elle un peu peur : la vie l'y avait si peu préparé !

Non, s'il voulait regarder la réalité en face, ces considérations n'étaient que des prétextes, et même de mauvais prétextes. La vérité était toute simple : dès qu'il s'agissait de Twyla, il ne contrôlait plus rien. Il ne *se* contrôlait plus ! Elle représentait tout ce à quoi il avait tourné le dos en quittant Lost Springs, et en même temps tout ce qu'il désirait. Il devait s'échapper d'ici au plus vite, recouvrer sa santé mentale, reprendre le cours de sa vie à Denver. Lauren ne saurait jamais ce qui s'était passé… et pourtant, tout ce qu'il partageait avec elle se trouvait changé par cette histoire.

Il n'avait jamais parlé de Lauren à Twyla. Pour commencer, cela semblait tout à fait hors sujet et ensuite… une fois qu'il avait compris qu'il devrait évoquer cette question avec elle, il était déjà trop tard. S'il abordait le sujet maintenant, il ne ferait que la blesser. La meilleure, la seule chose qu'il puisse faire était de rentrer chez lui et oublier tout ce qui touchait à ce week-end. Il espérait seulement que Twyla verrait les choses sous le même jour.

Ils n'avaient pas évoqué ces questions dans l'avion du retour. L'appareil était plein, les conversations, très audibles d'un bout à l'autre de la cabine ; ils s'étaient donc contentés d'échanger des banalités. Une ou deux fois, elle avait posé la main sur le bras de Rob, ou sur sa cuisse, tout naturellement, tendrement, comme s'il était pour elle une présence familière. Chaque fois, il avait senti une chaleur au fond de lui.

Pourquoi était-ce si dur de renoncer à elle ? se demanda-t-il en portant les bagages de Twyla vers cette fichue maison charmante et délabrée. Pourquoi ne pouvait-il pas tourner les talons et l'oublier ?

Il prenait pied sur le porche quand la dernière marche du perron céda sous son poids. De saisissement, il lâcha la valise et se retrouva enfoncé jusqu'à la cuisse dans le bois pourri.

— Rob ! s'écria Twyla en se précipitant vers lui. Tu t'es fait mal ?

Il secoua la tête et se dégagea avec précaution du trou.

— Non, tout va bien. La marche, en revanche…

Gwen et Brian venaient de paraître dans l'encadrement de la porte d'entrée, des arômes délicieux de cuisine maison flottaient jusqu'au porche. Avec l'impression désagréable de s'être ridiculisé, Rob entreprit d'épousseter son jean.

— Je suis désolée, balbutiait Twyla, désemparée. Depuis le temps que je me disais que je devais absolument la faire réparer…

Il força un sourire.

— Maintenant, tu n'as plus le choix. Dis donc, Brian ? Je parie que tu sais où je peux trouver des outils ?

— Oui, viens, je te montre ! s'écria le petit en l'entraînant vers l'appentis qui se dressait derrière la maison.

Twyla se surprit à hacher son basilic au rythme des coups de marteau de Rob. La vieille maison n'était plus la même, on sciait, on clouait, un homme s'activait ! Puis elle sentit le regard de sa mère posé sur elle et cessa aussitôt de sourire. Appuyée au plan de travail, Gwen étudiait attentivement son visage.

— Quoi ? lui demanda Twyla avec un brin d'impatience.

— Tu sais bien quoi. Explique.

Twyla attaqua son basilic avec une vigueur renouvelée.

— Maman, je t'ai déjà tout raconté ! Nous nous sommes bien amusés et tout s'est passé bien mieux que je ne m'y attendais. Darlene et Tommy Lindstrom ont quatre enfants, Sandra Jaffe ne parle plus que de

religion, Harold Fox est alcoolique, j'ai vu Jake et le
monde ne s'est pas arrêté de tourner.

— Je sais tout cela, je te demande le reste. Il te plaît,
n'est-ce pas?

— Bien sûr qu'il me plaît!

Désinvolte, Twyla fit glisser le basilic haché sur sa
salade de tomates et, très concentrée, le couronna d'un
mince filet d'huile d'olive.

— Comment pourrait-il ne pas me plaire? Il a été
charmant, il a joué le jeu et fait une impression fracas-
sante à Hell Creek. Et maintenant il passe un moment
avec mon fils et répare mon porche. Tu ne peux pas
m'en vouloir de le trouver sympathique!

— Je te parle d'autre chose que de le trouver sympathique. Je te parle d'être folle de lui.

Twyla réprima une bouffée d'émotion.

— Pas si vite, maman, protesta-t-elle. Je ne le connais
que depuis deux jours!

— Parfois, deux jours suffisent. Surtout quand on
est faits l'un pour l'autre.

Twyla revit subitement sa première rencontre avec
Jake. Il faisait la queue devant elle à la cafétéria; arrivé
à la caisse, il s'était trouvé à court d'un dollar. Elle lui
avait prêté l'argent, il lui avait promis de la rembourser
et, quasiment dans la même phrase, proposé de sortir
avec lui le week-end suivant. Tiens, ce dollar, elle ne
l'avait jamais revu, en fin de compte! Sur le moment
bien sûr, elle était trop flattée d'avoir été remarquée
par un grand pour s'en rendre compte. Et pas seulement par un grand, mais par Jake Barnard! C'était
même bizarre: si elle y avait prêté attention, ce dollar

aurait pu la mettre en garde, lui épargner des années de souffrance.

Tournant le dos à sa mère et ses questions, elle se dirigea vers la porte d'entrée pour voir comment progressait le travail. Rob et Brian avaient traîné deux tréteaux et une pile de planches devant la maison. Rob portait sa vieille casquette de base-ball ; des outils qui n'avaient pas dû servir depuis des décennies jonchaient l'herbe. Elle le vit tendre à Brian l'extrémité d'un vieux mètre déroulant ; ensemble, avec la concentration de deux chirurgiens, ils tracèrent une ligne sur une planche. Le tableau qu'ils formaient tous les deux, l'homme et le petit garçon, lui gonfla le cœur d'une émotion très douce.

Rob scia la planche, enleva sa casquette de base-ball et, lançant une phrase à Brian, retira sa chemisette de golf et la jeta sur la balustrade du porche. Brian l'imita aussitôt, accrochant son petit T-shirt à l'effigie de Godzilla à côté de la chemise de son grand ami. Tout fanfaron, il imitait chacun des gestes de son héros.

— Voilà quelque chose que nous n'avons pas souvent l'occasion de voir, observa Gwen en rejoignant Twyla.

Retrouver le corps de Rob comme cela, au moment où elle s'y attendait le moins ! La bouche sèche, Twyla fit volte-face et fila dans la cuisine.

— Ils ont chaud, lança-t-elle. Je vais faire de la citronnade.

Cette fois encore, Gwen la suivit.

— Je me demande pourquoi cette marche a justement attendu aujourd'hui pour s'effondrer, observa-t-elle, pensive, en apportant des citrons sur le plan de travail.

Je suppose que tout arrive pour une bonne raison, même votre week-end.

— Notre week-end est arrivé parce que certaines personnes que je ne nommerai pas sont incapables de s'occuper de leurs affaires, répliqua aussitôt Twyla.

— Mais tu dis toi-même que c'était très positif. Tu es retournée là-bas la tête haute, et tu as récolté un galant par la même occasion.

— Stop ! Marche arrière ! Personne n'a rien dit au sujet d'un « galant ».

A gestes nerveux, Twyla sortit le presse-agrumes et le rinça.

— Je ne veux plus entendre parler de ces bêtises, ajouta-t-elle très fermement. Il rentre à Denver demain et nous ne nous reverrons pas.

— Pourquoi pas ?

— Parce que c'est comme cela, maman. Ma vie est ici, la sienne est là-bas.

— Tu penses que c'est incontournable ?

Twyla hésita un instant, puis se retourna vers elle.

— A ton avis, maman ?

Gwen serra les lèvres. L'expression de son petit visage fin serra le cœur de sa fille.

— Je suis désolée, dit-elle. J'ai tellement honte de mon… problème.

— Maman, tu n'as aucune raison d'avoir honte !

Ces paroles, elle les avait déjà dites bien des fois mais, cette fois, elle cherchait vraiment à se faire entendre.

— La honte, c'est du temps perdu ! Tu es une belle femme, encore jeune, tu pourrais faire toutes sortes de projets. Si tu ne quittes pas la maison, la vie ne viendra pas te chercher ici !

— Nous en avons parlé si souvent, soupira Gwen. Brian commence à me demander pourquoi je ne vais jamais nulle part. Je voudrais aller mieux, tu le sais, mais je panique, je n'y peux rien. Là, le simple fait de penser à sortir me donne le vertige.

Twyla sentit sa gorge se serrer. Le problème bizarre de sa mère la rendait folle, elle ne savait tout simplement pas comment l'aborder. Cela avait dû être insoutenable, ce jour-là, de regarder par la fenêtre du mobile home et de voir l'avion de son mari s'écraser sur la face rocheuse du mont Lost Horse ! Se remet-on jamais tout à fait d'un choc pareil ? Comment convaincre sa mère qu'elle pouvait prendre le risque de recommencer à vivre ?

Pendant quelques minutes, elles pressèrent des citrons en silence, travaillant en équipe comme elles le faisaient si bien toutes les deux. Tout à coup, Gwen s'écria :

— Pour l'amour du ciel, c'est à cause de moi, n'est-ce pas ? C'est à cause de moi que tu refuses de refaire ta vie, de trouver un autre amour.

— Maman, non ! Ne sois pas ridicule.

— Et toi, ne joues pas les martyres, surtout ! Tiens, je te propose un marché. J'ai toujours la carte du spécialiste des syndromes de l'anxiété. Et j'ai toujours les pilules qu'on m'a prescrites la dernière fois que j'ai tenté de m'en sortir.

Twyla leva la tête, en espérant que son visage ne trahirait pas l'espoir subit qu'elle ressentait.

— Pourquoi ce revirement ?

— J'ai vu la façon dont tu regardais Rob Carter à l'instant. C'était la façon dont je regardais ton père.

— Comment cela ?

— Comme si tu étais prête à le suivre n'importe où. Je veux que tu sois libre de faire ce choix, Twyla. De suivre un homme, n'importe où.

— Ce n'est pas cela, la liberté. C'est ce que j'ai fait avec Jake, et j'ai failli me détruire.

— Celui-ci est différent et tu le sais.

Twyla ne répondit pas. Elles versèrent le jus de citron dans le pichet avec de la glace, du sirop de sucre et de l'eau.

— Cela ne compte pas, maman, soupira enfin Twyla. C'était juste un week-end. Il va repartir.

Et elle ressortit en emportant la boisson fraîche. Brian l'accueillit avec un sourire de triomphe, en brandissant un petit objet qu'il serrait entre le pouce et l'index.

— M'man, regarde ! Rob m'a arraché ma dent !

— Ça alors !

Solennellement, son fils lui remit sa dent avant de renverser la tête en arrière, bouche béante, pour lui montrer le trou dans sa gencive.

— Tu n'as jamais laissé quelqu'un t'arracher une dent, s'écria-t-elle.

— Je me suis servi d'un mouchoir propre, se hâta de préciser Rob en s'approchant à son tour.

Sa poitrine nue, ses épaules lisses et musclées luisaient de sueur.

— Je n'ai même pas eu mal, déclara Brian.

Twyla glissa la dent dans sa poche. Brian ne la laissait jamais arracher ses dents, même quand l'une d'entre elles

ne tenait qu'à un fil. Avec Rob, il était différent, plus
sûr de lui, plus… lui-même peut-être. Elle eut envie
de le mettre en garde, de lui dire : « Ne t'habitue pas
trop à Rob, surtout. Ne te mets pas à compter sur lui,
à avoir besoin de lui… » Elle se contenta de lancer :

— Vous devriez rentrer vous laver les mains. Le
repas est prêt.

— Je pourrais dévorer un cheval, lança Brian d'une
voix mâle.

Elle se retourna à demi, surprise. Son petit garçon
semblait faire un effort pour abaisser le timbre de sa
voix grêle. Rien de tel que le fait d'empoigner des outils
pour faire grimper le taux de testostérone !

— Montre à Rob où trouver le petit coin, dit-elle.

— Pas le petit coin, objecta Brian avec impatience.
Les hommes ne disent pas comme ça !

Détournant la tête pour cacher son sourire, Twyla
alla disposer les plats sur la table.

Rob et Brian se présentèrent dans la salle à manger
sans casquettes, les mains propres et les cheveux peignés.
Pendant quelques minutes, il n'y eut guère de conversation. Les travailleurs dévoraient, trop affamés pour
faire des politesses.

— Rob, dit enfin Twyla, je ne sais pas comment te
remercier d'avoir réparé cette marche.

— C'était bien la moindre des choses puisque je
l'avais défoncée.

Il prit une autre tranche de pain encore tiède et se
resservit avec appétit.

— Si c'est comme cela qu'on me remercie, ajouta-t-il, je veux bien faire quelques trous supplémentaires dans ton escalier. Ce repas est délicieux !

Gwen et Twyla lui lancèrent un sourire rayonnant. C'était de famille, elles adoraient avoir du monde autour de leur table. Twyla remarqua que Brian continuait à copier les gestes et les attitudes de Rob. C'était drôle, c'était touchant, mais aussi quel crève-cœur ! Pauvre petit homme qui grandissait sans père… Ce n'était pourtant pas si rare à l'époque actuelle, mais tout de même, cette irremplaçable connivence entre un homme et un petit garçon ! Quoi qu'elle fasse, elle ne pourrait jamais lui apporter cela.

Oh, et puis à quoi bon le nier ? Elle *voulait* Rob. Pour toutes sortes de raisons, parce qu'il la faisait rire, parce que Brian l'adorait, parce que, quand ils faisaient l'amour, elle se sentait comme une déesse. Oui, oui à toutes ces questions. N'avait-elle vraiment aucune chance de le revoir ?

C'était tellement agréable de l'avoir à leur table ! Tout le charme de Gwen s'épanouissait tandis qu'elle bavardait et riait avec lui. Ils discutaient tous les quatre comme s'ils se connaissaient depuis toujours, il n'y avait entre eux aucune tension, aucune réticence. Etait-ce parce qu'ils n'attendaient rien les uns des autres ? Les rares fois où Twyla avait tenté de sortir avec des hommes, un poids invisible pesait sur les épaules des deux parties, un poids d'anticipation prudente, le sentiment d'un obstacle à circonvenir. Avec Rob, elle n'espérait rien, ne redoutait rien. Cette idée aurait dû la réconforter mais elle se sentit tout à coup très triste.

Enfin, Rob vida son verre et emporta son assiette dans l'évier.

— Mesdames, je vous remercie du fond du cœur. Un repas cuisiné maison, c'est un véritable événement pour moi.

— Vous nous avez déjà amplement remerciées, protesta Gwen. Cette marche était un danger public depuis des années. Brian ? J'aurai besoin d'un coup de main pour la vaisselle.

— Oh, mamie…

— Et ensuite tu devras m'aider à faire le pop-corn pour le film du dimanche soir.

Déçu mais docile, le petit garçon traîna un tabouret devant l'évier.

— Bonsoir, Gwen, Brian, dit aimablement Rob en tirant sa casquette de sa poche arrière. Je repasserai demain matin pour les finitions.

Twyla sortit avec lui pour le raccompagner.

— Ce n'est pas terminé ? demanda-t-elle.

Il se retourna vers elle en montrant d'un geste les tréteaux, les tas de sciure… puis son regard se braqua sur elle et ne la quitta plus.

— Pas terminé, non. Loin de là.

Puis il battit des paupières comme s'il avait perdu le fil de sa pensée.

— En fait, la marche est terminée, expliqua-t-il, mais il vous faut une rambarde.

— Il n'y a jamais eu de rambarde. Elle a dû s'effondrer avant que je n'achète la maison.

— C'est probablement contraire au code du bâtiment.

Autant bien faire les choses ! Laisse-moi ce petit plaisir, je n'ai pas souvent l'occasion de travailler de mes mains.

Chacune de ses phrases semblait avoir un sens caché, chacune lui rappelait la nuit passée ensemble.

— Très bien, céda-t-elle avec un sourire rapide. Dans ce cas, il nous faut absolument une rambarde.

— Je ne voudrais pas que ta mère manque une marche.

Twyla leva vivement les yeux vers lui et vit qu'il ne plaisantait pas. Baissant la voix, elle articula :

— Je parlais sérieusement, Rob. Elle ne descend jamais ces marches. Elle ne quitte jamais la maison.

Elle vit son visage changer. Tendant abruptement la main vers elle, il lança :

— Viens. Accompagne-moi.

C'était bon de toucher sa main de nouveau. Côte à côte, ils descendirent la pente vers la voiture et restèrent là à contempler la maison et le grand arbre qui l'ombrageait. Le pneu balançoire se balançait très légèrement à la brise du soir.

— Je sais ce que tu dois penser, dit tout à coup Twyla. Tout le monde trouve ma mère charmante, bourrée de qualités. C'est bien pour cela que son agoraphobie est si étrange, et si destructrice. Personne ne veut croire qu'une femme aussi formidable puisse être affectée par Dieu sait quel trouble bizarre.

— C'est plus ou moins ce que je pensais, avoua-t-il. J'ai fait un stage en psychiatrie pendant mes études. Les troubles de l'anxiété sont fréquents, et ta mère a le profil. Tu t'y connais probablement aussi bien que moi à ce stade, mais je veux juste que tu saches que cela se soigne.

— Je le sais. Maman aussi.

La brise s'enroula autour de ses bras nus ; elle frissonna.

— Tu as froid, dit-il aussitôt.

— Pas vraiment.

Elle s'écarta de quelques pas pour s'asseoir sur un rocher qui affleurait à travers l'herbe rase.

— De loin en loin, dit-elle d'une voix lointaine, maman décide qu'elle va se faire soigner. Cela ne dure jamais. Notre médecin de famille lui a prescrit des cachets mais je ne peux pas la forcer à les prendre.

Dans la maison sur la butte, une fenêtre s'éclaira. Vu sous cet angle et dans le crépuscule, la structure n'avait pas l'air si mal en point, on ne voyait plus ni la peinture écaillée, ni les planches gauchies. Au contraire, elle semblait douillette, accueillante. Personne, pensa Rob, n'aurait pu deviner que pour Gwen McCabe, c'était une prison.

— C'est peut-être l'une des raisons pour lesquelles ce problème a duré aussi longtemps, murmura Twyla. Maman est si raisonnable, si saine que sa maladie ne nous semble pas réelle.

Une pensée la frappa : Sadie mise à part, Rob était la seule personne avec qui elle ait jamais osé aborder la question.

— Les premiers temps, les gens d'ici l'ont simplement trouvée un peu casanière. Une femme d'intérieur. Une femme qui se sent bien chez elle et n'a guère de raisons de sortir. On venait la voir ici plutôt que l'inviter chez soi. Une femme d'âge mûr qui ne s'éloigne guère de chez elle, cela ne semble pas si bizarre. Parfois je me

demande si je n'ai pas contribué au problème sans le
vouloir.

— Comment cela ?

— J'avais besoin qu'elle soit là pour Brian pendant
que je travaillais. Pour moi, c'était la solution idéale.
Elle m'a beaucoup aidée et soutenue ; après une journée
de travail, je trouvais le repas sur la table. Je lui en
étais très reconnaissante et je la remerciais d'être aussi
disponible. Elle s'est fait une réputation de grand-mère
idéale, c'est une plaisanterie au bourg de dire que toutes
les mamans qui travaillent m'envient, et cherchent à
attirer Gwen chez elles.

Elle se pencha en avant en frottant lentement ses
bras nus.

— La cuisine maison, une femme d'intérieur, une
femme au foyer. Nous n'avons pas cessé de la repousser
dans ce rôle.

— Tu crois cela ?

— La société tout entière nous encourage dans ce
sens. C'est une vertu pour une femme de rester chez
elle ; dans un sens, maman n'a fait que pousser ce
raisonnement jusqu'au bout. Et maintenant, cela dure
depuis si longtemps que je ne sais pas si elle parviendra
jamais à briser ses chaînes.

Elle frottait toujours ses bras minces hérissés de chair
de poule, le vent du soir soulevait ses cheveux ; quelque
part à flanc de colline, un hibou lança son cri.

— Eh bien, dit-elle. Dire que tu croyais que ce serait
une journée de repos.

— Comment ? demanda-t-il, distrait de sa contemplation.

— Tu répares notre marche, tu donnes une consultation impromptue… Je t'assure que je me laisse rarement aller à raconter nos malheurs.

— Non, continue, cela m'intéresse. Tu ne m'as pas dit comment tout a commencé.

Twyla se mordit la lèvre. Habituellement, elle évitait ce sujet, mais elle sut qu'elle dirait tout à Rob. C'était si facile de lui parler ! Jamais elle n'avait connu un homme aussi rassurant, jusque dans ses silences. Rob n'était pas comme les autres, elle pouvait lui faire confiance.

— Cela a commencé quand mon père est mort.

Les mots restèrent suspendus entre eux dans le crépuscule. Rob ne dit rien. Il semblait sentir qu'elle avait besoin d'en dire davantage, et que le moindre commentaire suffirait à lui faire perdre courage.

— Le procès… celui où Jake représentait la partie adverse, commençait à mal tourner pour nous. Papa avait emprunté bien au-delà de ses possibilités. Il ne possédait que son avion, et son assurance vie.

— Oh, non, Twyla…

Quand il dit cela, d'une voix rauque et sourde, elle sut qu'il avait déjà tout compris. Le regard rivé au sol, elle endura la crispation familière dans sa poitrine, la montée du chagrin qui restait aussi brutal, aussi présent que le jour de la mort de son père.

— Je ne pense pas qu'il ait réellement eu l'intention de faire un geste aussi spectaculaire. Il savait qu'il serait bientôt en faillite et il a vu une façon de laisser quelque chose à maman avant que les huissiers ne viennent se servir. Ce qu'il n'a pas compris, c'est qu'elle avait besoin de *lui*. Elle se fichait de l'argent.

Elle leva la tête vers Rob pour lui demander :

— Comment a-t-il pu être aussi stupide ?

— Les hommes sont comme cela. Souvent.

Elle hocha sombrement la tête et ne le contredit pas.

— Il n'a sans doute même pas pensé que maman voyait le mont Lost Horse de la petite fenêtre au-dessus de l'évier de sa cuisine. Elle faisait la vaisselle du petit déjeuner quand… Elle a assisté à l'accident en direct. Je ne peux même pas imaginer ce qu'elle a dû ressentir à le voir s'écraser sur la montagne pendant qu'elle lavait la tasse de son café du matin.

N'y tenant plus, Rob prit son visage entre ses paumes.

— Twyla, pauvre douce, je suis si désolé.

— Tout a été assez épouvantable, mais les autorités ont conclu à un accident. L'assurance vie a payé ses dettes et nous a permis de fiche le camp de Hell Creek. On voit encore la trace au flanc de la montagne.

Elle sentit le pouce de Rob caresser sa joue et y cueillir une larme.

— Heureusement, ajouta-t-elle dans un bref sanglot. Heureusement que nous avons pu partir. Parce que là-bas, tout le monde savait que ce n'était pas vraiment un accident. La façon dont on nous regardait ! J'ai cru que je deviendrais folle.

— C'est pour cela que tu ne voulais pas retourner là-bas, n'est-ce pas ?

— C'était la raison principale. Enfin, les années ont passé ! Les gens ont trouvé un nouveau sujet de discussion et moi, j'ai fini par cesser de me sentir responsable de tout ce qui s'était passé.

Elle prit ses mains, les serra entre les siennes.

— Merci de m'avoir emmenée à cette réunion en faisant tout pour me valoriser. J'avais besoin qu'on puisse m'admirer, et même m'envier un peu. Ce que tu as fait, cela compte beaucoup pour moi, Rob, sincèrement. Et puis, cette marche…

— Je n'ai pas terminé…

— Je sais, nous avons besoin d'une rambarde.

Elle se leva, en lâchant ses mains et se tournant brusquement vers la voiture de Rob.

— Tu pourras terminer à temps pour ton avion demain?

— La quincaillerie ouvre tôt. Je passerai prendre ce qu'il me faut et j'arriverai un peu après 8 heures.

— A 8 heures, je serai déjà au salon. J'y vais tôt, moi aussi, pour m'occuper du courrier et de la comptabilité. Et le lundi, je fais du bénévolat. Brian sera à l'école, c'est la dernière semaine avant les vacances.

Elle réussit à lui sourire et conclut :

— Maman sera là, en revanche. Tu peux toujours compter sur elle.

Elle se planta devant la portière du chauffeur. C'était la meilleure façon de se dire au revoir, décida-t-elle. Surtout, ne pas s'attarder, ou tenter de faire durer les dernières minutes. Inutile de repousser l'inévitable. Se haussant sur la pointe des pieds, elle posa sur la joue de Rob un baiser ferme et rapide. Malgré son envie terrible de presser son visage contre le sien, de respirer l'odeur de son after-shave et même, même, d'embrasser ses lèvres… Non. Non, il était temps de revenir dans le monde réel.

— Merci encore, Rob, dit-elle d'une voix qui tremblait à peine.

Quand elle voulut s'éloigner, il la retint.

— Twyla, dit-il. Ce qui s'est passé la nuit dernière…

D'un geste très doux, elle posa deux doigts sur ses lèvres.

— La nuit dernière peut signifier… exactement ce que tu veux qu'elle signifie.

— Et pourquoi ne me demandes-tu pas ce que je veux ?

« Parce que j'ai peur de la réponse », pensa-t-elle. Tout haut, elle dit :

— Je crois que tu n'as pas encore décidé.

— Et toi ? demanda-t-il.

Elle réfléchit quelques instants.

— Non plus. Mais quand je le saurai, tu seras le premier à le savoir. Je dois rentrer, ajouta-t-elle en se dégageant. Bonne nuit, Rob.

Tandis qu'elle remontait vers la maison, elle sentit son regard sur elle mais elle ne se retourna pas. Tout en gravissant la pente, tête haute, elle se demandait s'il savait qu'elle venait de lui mentir. Car elle savait exactement ce que leur nuit signifiait pour elle !

Maintenant, il ne lui restait plus qu'à décider ce qu'elle allait dire à Mme Duckworth et Mme Spinelli.

Chapitre 17

C'était une erreur, Rob le savait, mais en arrivant au Starlite Motel, au lieu de téléphoner immédiatement à Lauren, il ressortit pour aller boire un verre au Grill Roadkill. La salle presque déserte était lugubre, un mince nuage de fumée flottait près du plafond.

Il s'installa au bar, commanda une bière et fit mine de s'intéresser au match relayé par l'image vacillante d'un vieux téléviseur. Il y parvint si bien qu'il remarqua à peine l'homme qui se glissait sur le tabouret voisin.

— Alors, Roméo ? entendit-il. Comment s'est passé ton fabuleux week-end ?

Il se retourna brusquement et reconnut Stanley Fish, bien bronzé, avec une très seyante barbe de quelques jours.

— Cela reste entre nous ? demanda Rob.

— Oh, ne me fais pas ça, mon vieux. Il me faut un scoop !

— Désolé, je n'ai rien pour toi. Je suis allé à une réunion d'anciens élèves, tout le monde a pensé qu'elle faisait quelque chose de sa vie, et je repars demain.

— Alors pourquoi es-tu là à pleurer dans ta bière ?

— Je regarde le match !

— Avec la tête d'un homme qui vient de perdre son meilleur ami. Tu peux m'expliquer pourquoi ?

— Les White Sox font une saison lamentable.

— C'est cela, oui.

A son tour, Stanley commanda une bière, puis des fléchettes pour la cible accrochée au fond de la salle.

— On fait une partie ? proposa-t-il.

— Tout à l'heure.

Stan posait vraiment trop de questions et, de toute façon, Rob n'avait pas envie de parler. Il se replongea dans la contemplation de l'écran, et son vieux copain se résigna à jouer aux fléchettes en solitaire.

Les yeux braqués sur les gesticulations des joueurs, Rob passait en revue sa vie à Denver. Il avait tout, un travail lucratif, une femme parfaite. Il pourrait même déchirer son billet d'avion, rouler toute la nuit et arriver là-bas en début de matinée. Ce serait la meilleure chose à faire. Il ne lui restait rien à accomplir ici, la réparation du porche de Twyla n'était qu'un prétexte pour s'accrocher encore un peu à une illusion.

La situation entière était complètement insensée. A quoi bon bouleverser une vie si parfaitement sur les rails ! Il avait tout planifié l'année de ses seize ans, et il irait au bout de ses projets. Pour remplir le vide creusé en lui par l'absence de sa mère, il devait faire un bon mariage avec une femme qui saurait faire progresser sa carrière. Une femme comme Lauren. Elle avait tout ce qu'il recherchait, le style, la sophistication, la culture. Seulement, elle n'était pas craquante, drôle et tendre. Elle ne vous écoutait pas de toute son âme. Elle ne ressemblait pas du tout à Twyla.

Lugubre, il but une lampée de bière. Twyla, avec sa mère fragile et son petit Brian sans père… ils représentaient tout ce qu'il cherchait à fuir depuis son départ de Lost Springs. Des gens modestes vivant dans un petit bourg isolé, avec leurs petites difficultés quotidiennes et leurs projets voués à l'échec. Et voilà que, au terme de ce week-end auprès de Twyla, il les voyait d'un œil nouveau. Il comprenait que son attitude était superficielle, sans savoir comment en changer.

Contre sa volonté, contre son bon sens, contre tout ce qu'il voulait faire de sa vie, il se sentait attiré par une femme qui avait grandi dans un mobile home, bercée par les rêves grandioses de son *loser* de père. Une petite coiffeuse. Une femme qui aimait tant son fils et sa mère qu'elle avait renoncé pour eux à tous ses rêves.

Il avait beau chercher à se concentrer sur Lauren et leurs projets d'avenir, un élan irrésistible le tirait dans une autre direction. Vers Twyla et la vie à laquelle il s'était juré d'échapper.

Brusquement, il repoussa sa bière et se dirigea vers la cible, en saisissant au passage une poignée de fléchettes.

Cette nuit-là, Rob dormit mal dans une chambre qui sentait la vieille cigarette et la lessive industrielle. L'enseigne clignotante qui dansait derrière les rideaux lui communiquait sa fébrilité. Il eut beau s'efforcer de ne plus penser à rien, il n'avait pas du tout sommeil ; tout au long de la nuit, il ne put s'assoupir que par plages de quelques minutes.

A deux reprises, il se leva, sortit sa carte routière et calcula la distance qui le séparait de Denver. Quatre cents cinquante kilomètres, à peu de chose près. S'il partait tout de suite, il pourrait prendre son petit déjeuner avec Lauren. Pourtant, vers 2 heures du matin, il replia sa carte pour la dernière fois. Non, s'il faisait cela, Twyla et sa maison délabrée le hanteraient toute sa vie. Sans savoir pourquoi, il sentait qu'il devait achever de réparer ce porche. L'explication se trouvait sans doute dans l'un des livres de psychologie de la jeune femme. S'il menait à bien cette tâche, il serait libre de tourner la page. Ou du moins il l'espérait.

Le petit bourg de Lightning Creek se levait tôt. Rob se doucha, enfila un T-shirt propre et un vieux jean que Lauren lui interdisait de porter en public, et descendit au Grill Roadkill pour prendre un café. Quand il reconnut les dames à la table voisine, il était trop tard pour battre en retraite.

— Madame Duckworth, s'écria-t-il avec un sourire forcé. Madame Spinelli.

— Robert, bonjour. Nous espérions te croiser ici.

Avec le soin que l'on apporte aux tâches importantes, Mme Duckworth mesura une cuillère de sucre pour son café.

— Nous voulons un rapport, déclara Mme Spinelli. Nous voulons tous les détails.

Rob faillit s'étrangler, et se hâta de lancer :

— Tout s'est bien passé, très bien !

Les deux femmes braquaient sur lui leurs regards limpides et implacables.

— J'ai fait tout ce que vous m'aviez recommandé de faire, ajouta-t-il en espérant de tout son cœur qu'elles en resteraient là. Je l'ai emmenée faire une promenade à cheval, je lui ai offert un cadeau, et je me suis comporté à la réunion comme si j'étais son fiancé.

— Elle était la plus belle de la soirée ?

— De très loin !

Cette réponse au moins, il n'eut pas à y réfléchir un seul instant. Mme Duckworth joignit les mains avec ravissement.

— C'est merveilleux. Je crois que Twyla a eu exactement ce que nous espérions.

« Et même davantage », pensa Rob.

— Et maintenant ? lança Mme Spinelli. Vous allez la revoir, n'est-ce pas ?

— Eh bien, en fait… Je… J'habite Denver et ce serait assez difficile…

— Tu n'auras qu'à monter jusqu'ici le week-end, déclara rondement Mme Duckworth.

« Oh, fichtre », pensa Rob. Ces deux-là ne renonceraient pas facilement. C'étaient des marraines-la-fée puissance industrielle.

— Madame, dit-il. Twyla est une femme extraordinaire…

— Nous étions sûres que tu t'en rendrais compte.

—… mais le week-end est terminé. Nous avons chacun notre vie. Nous n'avons pas l'intention de nous revoir.

— Mais si, le contredit sereinement Mme Spinelli. Vous devez comprendre, Robert, que nous vous avons choisi. Vous, pas l'un des autres célibataires. Parce que nous sentions que vous étiez l'homme qu'il lui faut.

Ayant dit ce qu'elles étaient venues dire, ces dames ouvrirent leurs sacs, réglèrent leur note et se levèrent.

Juste avant de partir, Mme Spinelli lui lança un sourire innocent.

— Nous avons été assez indiscrètes, je le sais bien, mais le destin a parfois besoin d'un petit coup de pouce. A vous de jouer maintenant.

Mme Duckworth braquait sur lui son regard gris acier. D'un ton plus sévère que celui de sa collègue, elle lança :

— Twyla est notre amie. Ne lui brise pas le cœur. Tu as toujours été un élève doué. Arrange-toi pour ne pas échouer cette fois.

Elle referma son sac dans un claquement sec ; l'audience était levée. Elles sortirent, laissant Rob figé à sa place, muet de saisissement devant son café refroidi. Ces deux-là avaient perdu la tête ! pensait-il. Complètement décroché de la réalité !

Sautant sur ses pieds, il sortit à son tour. Au magasin général du bourg, il acheta des clous, une lame de scie neuve — celle avec laquelle il avait travaillé la veille était rouillée —, des segments de balustrade et un bidon de produit de traitement pour le bois. Puis il passa au motel rendre sa clé. Le préposé de l'accueil lui tendit un papier rose en même temps que son reçu.

— Vous avez e un message, docteur Carter.

Lauren. Il le déplia rapidement, conscient de la tension désagréable qui se glissait dans ses épaules. « Changement de programme, lut-il. On se retrouve au chalet des Fremont à Chugwater. Viens me chercher à Casper, mon avion arrive à 16 heures. »

Le chalet des Fremont était à deux heures de route

environ au sud de Casper. En deux heures, il trouverait peut-être ce qu'il pourrait dire à Lauren.

Gwen McCabe l'accueillit en lui offrant une grande tasse de café et un muffin tout chaud qui lui fit fermer les yeux d'extase.

— Je serais prêt à changer de religion pour des pâtisseries pareilles.

— Je ne vous en demande pas tant!

Il dévora un second muffin, termina son café et proposa :

— Venez sur le porche, Gwen. Vous me tiendrez compagnie.

Elle hésita, puis alla chercher un panier rempli de chutes d'étoffe et un grand cercle de bois sur lequel était tendue une section de patchwork.

— Très bien, dit-elle. Je travaillerai un peu, moi aussi.

Rob, qui la regardait attentivement, vit trembler sa main quand elle poussa la porte moustiquaire. Elle tira un siège tout contre le mur de la maison et s'installa, sa couture sur les genoux. Il s'attaqua à sa propre tâche, sciant et clouant à gestes rapides et assurés, s'assurant à chaque étape que tout était parfaitement ajusté.

— Vous faites cela très bien, observa Gwen.

— J'aime travailler de mes mains. Je n'ai plus eu l'occasion de le faire depuis l'atelier bois à Lost Springs.

— C'est une chance pour nous que vous n'ayez pas oublié ce que vous avez appris là-bas.

Avec ses lunettes et le petit pli de concentration entre ses sourcils, Gwen ressemblait à une charmante petite chouette.

— C'est dommage que vous ayez manqué Twyla et Brian, reprit-elle au bout de quelques instants. Ils partent très tôt le matin, en semaine.

— Nous nous sommes dit au revoir hier, répondit Rob sans lever la tête de la planche qu'il mesurait.

— Elle a passé un bon moment, Rob. Je vous suis reconnaissante.

Il se sentit rougir jusqu'aux oreilles. Qu'avait dit Twyla à sa mère, exactement ? Jusqu'où s'était-elle confiée ? Toujours sans lever les yeux, il répondit :

— Une réunion d'anciens élèves, ce n'était pas exactement ce que j'avais en tête quand j'ai accepté de participer à la vente aux enchères, mais c'était intéressant, en fin de compte.

— C'était mieux que cela. Ce retour à Hell Creek était important pour Twyla. Elle a eu beaucoup de courage. J'en viens même à me dire qu'il serait temps pour moi de faire quelques efforts de mon côté.

Cette fois, Rob s'interrompit et attendit la suite avec intérêt. Ce fut au tour de Gwen de s'affairer sans regarder son interlocuteur.

— Twyla me dit qu'elle vous a parlé de ce qui nous est arrivé là-bas, dit-elle.

— Oui. Je suis absolument désolé, Gwen.

Celle-ci hocha la tête, un peu brusquement. Son aiguille courait de plus en plus vite.

— Et elle vous a aussi dit ce que cela m'a fait, à moi.

— Oui.

— Je connais le nom du problème. Je crois même savoir ce que je pourrais faire pour le régler. Les médicaments, les séances chez un psy... J'ai lu des livres, des articles sur l'agoraphobie, Twyla aussi. La difficulté est de me décider à franchir le pas.

— Et qu'est-ce qui vous empêche de vous décider, Gwen ?

— Voilà la question. La question que je me pose chaque jour. Je trouverai la réponse, tôt ou tard. Le problème, c'est que cela pourrait me prendre encore des années.

Enfin, elle cessa de coudre et son regard bleu se braqua sur Rob au-dessus de ses lunettes rondes.

— Vous avez déjà remis à plus tard une décision, ou une démarche, parce que vous ne saviez pas où cela allait vous mener ?

— Je sais toujours où mes décisions vont me mener. Je suis un fanatique de la planification.

— Mais si vous ne saviez pas ? Vous auriez du mal à vous décider ?

Elle se remit à ourler une pièce très colorée en forme d'éventail.

— Je crois que c'est cela, mon problème, observa-t-elle. La vie avec mon mari était si incertaine, je ne savais jamais de quoi serait fait le lendemain. Il m'entraînait dans son sillage, et je me laissais emporter parce que je l'aimais et qu'avec lui, ce mode de vie semblait normal. Et puis, quand il n'a plus été là, je me suis retrouvée paralysée. Il n'y avait plus personne pour m'entraîner.

— Et vous ne pouvez pas avancer toute seule ?

— Peut-être, dit-elle en piquant nerveusement son fragment de patchwork. Peut-être que si. Mais je n'ai pas encore réussi à faire le premier pas.

Ils se remirent tous deux à la tâche. Le soleil commençait

à chauffer dur ; Rob sentit une goutte de sueur rouler sur sa pomme d'Adam et s'écraser sur son T-shirt. Ils ne se parlaient plus mais le silence était confortable, Rob ressentait une affection inattendue pour cette femme intelligente, généreuse et profondément troublée.

Pendant ses études, il avait terminé son stage en psychiatrie sans la moindre envie d'opter pour cette spécialité. Il lui semblait que dans la plupart des cas, médecin et patient se retrouvaient au pied d'un mur infranchissable, et il se refusait à faire une carrière de cette frustration. Et pourtant, se dit-il, dans ce mur, il y avait parfois une porte.

Spontanément, il lança :

— Gwen, vous avez déjà pensé…

A cet instant, le téléphone sonna, les faisant sursauter tous les deux. S'excusant d'un sourire, Gwen disparut dans la maison pour répondre. Quelques instants plus tard, elle reparut sur le seuil, le visage blême et crispé.

— C'est l'école de Brian, articula-t-elle d'une voix blanche. Il a fait une mauvaise chute.

Chapitre 18

— Twyla est avec lui ? demanda aussitôt Rob.

Il se remémora la topographie du bourg. Le salon de coiffure se trouvait à quelques rues seulement de l'école primaire, Twyla pourrait rejoindre son fils en quelques minutes.

— C'est bien le problème, répondit Gwen. C'est son jour de volontariat à l'hôpital. L'école n'arrive pas à la joindre.

Rob arracha sa ceinture à outils, la déposa sur les marches, et plongea la main dans sa poche pour en sortir ses clés de voiture.

— Que s'est-il passé ? demanda-t-il.

— Il est tombé de leur structure d'escalade. Ce n'est probablement pas grave mais il a une grosse bosse à la tête et l'infirmière scolaire ne veut prendre aucun risque. Il a peur et il veut rentrer à la maison.

— Très bien. Je vais le chercher.

Rob dévala la pente, stupéfait de sentir son cœur battre aussi violemment.

— Attendez ! cria Gwen derrière lui.

Elle se tenait tout au bord du porche, tendue vers lui comme une naufragée sur son île déserte.

— Quoi donc ? cria-t-il avec impatience.

— Vous ne pouvez pas !

— Et pourquoi pas ?

— Vous ne faites pas partie des personnes autorisées à le prendre à l'école. Ils ne vous le confieront pas.

Rob s'arrêta net. C'était un territoire nouveau dont il ne connaissait pas les règles, mais il pouvait comprendre qu'une école ne laisse pas partir ses élèves avec n'importe qui.

— Et vous, Gwen ? On vous le confiera ?

Elle recula.

— Oui, mais… je ne peux pas.

— Gwen, ce n'est pas une option. Vous venez de dire que l'école refusera de me le confier.

— Mais…

— Le petit a besoin de vous.

Il fit un effort pour maîtriser sa voix ; la colère n'accomplirait rien à ce stade. Prenant une grande inspiration, il décrispa ses mâchoires, revint vers la maison, posa le pied sur la première marche et tendit la main à la petite femme qui fixait sur lui un regard affolé.

— Tenez, dit-il avec douceur. Prenez ma main. Nous allons faire cela ensemble.

Elle serrait toujours le téléphone contre elle. Il remarqua qu'elle avait de très belles mains, des mains façonnées par une vie de travaux pour les autres.

— Raccrochez le téléphone, Gwen, lui dit-il avec respect et gentillesse. Venez, nous y allons.

Elle eut un mouvement de recul. Un instant plus tard, alors même qu'elle laissait échapper une petite exclamation de protestation, elle posait l'appareil sur le siège le plus proche.

— Brian vous attend, dit Rob. Je vous emmène. Vous n'avez qu'à vous laisser emporter.

Le peu de couleur qui restait aux joues de Gwen s'effaça tout à fait. Elle fit un pas timide vers lui, comme si elle s'avançait vers le bord d'une falaise. La frayeur qu'il lisait sur son visage serrait le cœur de Rob, mais il s'obligea à lui tendre une main ferme, à lui offrir un sourire rassurant.

— Tout va bien, dit-il tout bas. Vous n'avez que quelques pas à faire. Pensez à Brian.

Elle serrait les poings, respirait trop vite. Pourquoi n'avançait-elle plus ! Le temps passait, il voulait ausculter Brian, s'assurer qu'il n'y avait pas de commotion. Cette terreur dans le regard de Gwen… Dans une nouvelle bouffée d'irritation, il fut tenté de la saisir sous son bras, tout simplement, et de la porter jusqu'à sa voiture. Il s'interdit de faire un geste. Elle devait franchir le pas par elle-même.

Enfin, d'un mouvement convulsif, elle lui saisit la main. Il sentit ses doigts glacés s'accrocher à lui comme la serre d'un petit oiseau et comprit qu'il ne devait rien dire de plus. Très concentré, il recula d'un pas ; elle suivit le mouvement, posant avec précaution le pied sur la première marche. Puis la deuxième. Puis, très lentement, la troisième. Voilà, elle était debout devant la maison ; tête baissée, elle contemplait ses deux pieds posés sur l'allée, face au vaste monde. Relevant la tête, elle fixa Rob et murmura :

— Allons-y.

Sans lâcher sa main, il la fit monter dans la voiture, prit le volant et fila vers le bourg.

— Respirez lentement, Gwen, dit-il sans la regarder. Lentement, profondément, et ne pensez qu'à Brian. Il nous attend. Vous lui faites un très beau cadeau.

Elle ne répondit pas, figée sur le siège, son visage livide luisant de sueur, ses mains nouées sur ses genoux. Le trajet fut rapide, et Rob ne cessa pas un seul instant d'aligner des phrases encourageantes, en lui répétant qu'elle s'en sortait très bien, que tout irait bien maintenant, que Brian serait si heureux de la voir…

— Il… Il croira probablement que sa bosse lui donne des hallucinations, dit-elle tout à coup. De toute sa vie, il ne m'a jamais vue sortir de la maison.

— Dans ce cas, cela comptera énormément pour lui.

Lentement, prudemment, elle tourna la tête vers lui. Elle bougeait comme si un faux mouvement pouvait la faire basculer dans le vide.

— Cela compte énormément pour moi, dit-elle.

C'était étrange d'arpenter de nouveau les couloirs de l'école primaire ! En quelques pas, Rob franchissait des distances qui lui semblaient interminables quand il était petit ; il aurait quasiment dû s'accroupir pour boire aux fontaines. Le bureau, lieu redoutable où l'on était convoqué en cas de grosse bêtise, se révélait une pièce agréable qui sentait le café et la colle de librairie.

— Nous venons chercher Brian McCabe, lança Gwen d'une voix claironnante. Il est à l'infirmerie.

— C'est quel nom ? demanda la secrétaire en levant les yeux de son écran.

— Je suis Mme McCabe, la grand-mère, et voici le

Dr Robert Carter, un… ami de la famille. Je suis sur sa carte d'autorisation.

La voix de Gwen se faisait plus assurée à chaque phrase. Elle reprenait des couleurs et semblait prête à renverser tous les obstacles pour rejoindre son petit-fils. La secrétaire ne fit aucune difficulté, leur indiqua même avec gentillesse le chemin de l'infirmerie. Rob se souvenait aussi de cette pièce avec ses affiches couvertes d'hiéroglyphes mystérieux pour tester la vision, ses petits lits recouverts d'une bande de papier immaculé, ses grands bocaux luisants remplis de cotons et de pansements. A une époque, il venait ici très régulièrement, en raison de sa manie de se lancer à corps perdu dans toutes les activités sportives. Il avait tant besoin de se prouver qu'il valait autant que les gosses qui rentraient dans une vraie famille après la classe ! Plusieurs fois, il était aussi venu se faire retaper après une bagarre : si un garçon du bourg osait faire un commentaire sur les garçons de Lost Springs, Rob se sentait obligé de lui faire comprendre son erreur.

L'infirmière, en revanche, était très différente de celle qu'il avait connue avec ses cheveux orange coupés très courts, son rouge à lèvres presque noir, la rangée de piercings à son oreille et son badge sur lequel on lisait : « on ne pleurniche pas ». Les yeux de Gwen s'arrondirent un peu mais elle se concentra sur Brian, allongé sur l'un des lits, une poche de glace sur la tête.

— Grammy ! cria-t-il.

Cette expression émerveillée ! Emu, Rob pensa que Gwen était bien récompensée de l'effort qu'elle venait de fournir.

— Salut, toi, dit-elle en s'asseyant près du petit. Il paraît que tu es tombé sur la tête ?

Discrètement, Rob se présenta à l'infirmière :

— Je suis le Dr Carter, de Denver. Je peux ?

La jeune femme lui tendit aussitôt son stéthoscope et une petite lampe. Rob prit un instant pour se laver les mains, puis s'approcha à son tour de Brian.

— Je veux juste regarder tes yeux, dit-il avec un sourire.

Il retira la poche posée sur les boucles rousses. L'hématome à la tête était assez important mais les pupilles réagissaient normalement et le visage du petit garçon avait une couleur saine. Depuis combien de temps Rob n'avait-il pas posé les mains sur un patient ? C'était curieusement satisfaisant, même pour un examen aussi superficiel. Une fois de plus, il se dit qu'il devrait envisager de se remettre à exercer hors de son labo. Ce serait désordonné, imprévisible, mais il y aurait cet échange, cette communication vitale. Quelque chose en lui répondait aux signaux rassurants qu'émettait le corps du petit garçon allongé devant lui.

— Il va bien, dit-il en se retournant vers Gwen. Il faudra le tenir au calme aujourd'hui, mais je ne me fais aucun souci.

Gwen signa le formulaire que lui tendait l'infirmière et prit la main de Brian ; ensemble, ils quittèrent l'école. Rob marchait sur leurs talons, le cœur rempli de tendresse. Jusqu'ici, il n'avait guère réfléchi à ce que cela signifiait d'être père. Quel effet cela faisait-il ? Saurait-il s'y prendre ? Tout à coup, il avait envie de le savoir. Terriblement envie.

— Grammy, tu es venue, dit le petit tandis que Gwen lui bouclait sa ceinture à l'arrière de la voiture.

— Oui, parce que je me faisais du souci pour toi.

Le petit garçon poussa un soupir de bonheur. Un instant plus tard pourtant, en jetant un regard dans le rétroviseur au moment de démarrer, Rob fut atterré de voir trembler son menton.

— Qu'y a-t-il? demanda-t-il.

— Je veux maman.

— Mais c'est son jour à l'hôpital, protesta gentiment Gwen.

— Je veux la voir, gémit Brian d'une voix tremblante.

Robert réfléchit à toute allure. On ne pouvait pas raisonner un gosse qui venait de faire une vilaine chute, et qui était prêt à pleurer parce qu'il voulait sa maman.

— Où est l'hôpital, Gwen? demanda-t-il.

— Sur la route de Shoshone, à une vingtaine de kilomètres en direction de Casper.

— Vous tiendrez le coup?

Elle hésita, puis hocha la tête.

— D'accord. Oui. Allons-y.

Il tourna au carrefour suivant en lançant par-dessus son épaule :

— Brian? Ta maman aime les surprises?

— Je ne crois pas, non…

Rob lui lança un large sourire dans le rétroviseur.

— Eh bien, je te garantis que celle-ci lui plaira!

Twyla plaça un coussin rebondi derrière le dos voûté de Mme Ulrich.

— C'est mieux comme cela?

— C'est parfait, ma chérie, chevrota la vieille dame.
Je suis très bien.

— Dans ce cas, je vais vous retirer vos bigoudis.
Vous êtes prête ?

— Oui ! Mon fils vient me voir aujourd'hui. Il fait
le voyage depuis Des Moines.

— Vous serez jolie comme une image.

Twyla posa sa grosse mallette sur la petite table près du
lit d'hôpital. Le soleil jetait des rayons obliques à travers
le store, il faisait frais dans la petite chambre paisible.
Lentement, avec douceur, elle défit les bigoudis posés
une heure plus tôt ; tout en travaillant, elle réfléchissait
à son métier. Manipuler les cheveux d'une autre personne, cela crée une intimité particulière, pensait-elle.
Toucher la tête d'un inconnu n'est pas un geste de la
vie courante ; ce contact est généralement réservé aux
proches, aux membres d'une famille ou aux amants.
Etait-ce pour cela que tant de gens se confient à leur
coiffeur ?

Et puis les cheveux comptaient tant dans l'image que
l'on avait de soi-même ! Au fil des années, Twyla avait
assisté à toutes les réactions imaginables face au miroir,
de l'exultation au désespoir. Une nouvelle coiffure
pouvait changer notre façon d'affronter le monde, et
Twyla prenait sa tâche très au sérieux.

Ces demi-journées de bénévolat à l'hôpital du comté
Converse avaient commencé à l'époque de la maladie
de Sugar Spinelli. Twyla savait déjà que peu de femmes
se sentaient jamais trop malades pour se préoccuper de
leur apparence, et Mme Spinelli ne faisait pas exception
à la règle. Twyla s'était occupée d'elle avec tendresse

et constance, jusqu'à la quasi-disparition de sa belle chevelure, vaincue par la chimiothérapie. Elles s'étaient alors tournées vers les turbans et les perruques, en s'amusant beaucoup plus qu'il n'était raisonnable face à une maladie aussi grave. Mme Spinelli jurait ses grands dieux que leurs fous rires avaient beaucoup contribué à sa guérison.

Et depuis, chaque lundi, après une heure de comptabilité au salon, Twyla prenait la route de l'hôpital pour offrir shampooings, coupes et permanentes aux patientes qui le désiraient. Aujourd'hui, elle s'occupait de cette dame très âgée qui s'était brisé la hanche et voulait se faire belle pour la visite de son fils. Fredonnant tout bas, elle peignait ses boucles blanches, aussi fines que des cheveux de bébé, les arrangeait avec art et les fixait d'un jet de laque.

Elle avait bien besoin de s'affairer ce matin, pour ne pas penser à Rob. A cette heure, il devait avoir terminé sa rambarde ; il roulait sans doute vers l'aéroport. Elle ne le reverrait jamais. C'était convenu ainsi depuis le départ : une rencontre, un week-end et chacun repartirait de son côté. La seule chose qu'elle n'avait pas prévue, c'était de se mettre à… avoir des sentiments pour lui.

— Pas trop de laque, s'il te plaît, ma chérie, murmura Mme Ulrich.

— Oh !

Un peu tard, Twyla s'aperçut qu'elle venait de fixer trois fois de suite la même mèche.

— Je suis désolée, je ne sais pas où j'ai la tête ce matin.

— Un week-end chargé ?

Twyla réprima une grimace. Cette question si inno-

cente sonnait à ses oreilles comme le pire des sarcasmes.
Un week-end chargé, oui! En deux jours, elle était
retournée au bourg dont elle s'était enfuie sept ans plus
tôt, au comble du chagrin et de l'humiliation, elle avait
revu son ex-mari, accepté la mort de son père, vécu
une nuit d'amour torride et romantique et — enfin,
elle se sentait prête à se l'avouer — elle était tombée
amoureuse.

— Assez chargé, oui, murmura-t-elle.

— C'est bien, il faut s'activer, observa placidement
la vieille dame.

— Oh! je n'ai jamais le temps de m'ennuyer. Voilà,
j'ai terminé.

Mme Ulrich prit le miroir que lui tendait Twyla
dans ses vieilles mains tremblantes.

— Oh, c'est ravissant. Ça me fait du bien. Je me
sens mieux, je t'assure.

Twyla la contemplait en souriant quand on frappa
un coup léger à la porte ouverte de la chambre. Elle
leva les yeux… et se figea sous le choc : Brian et Rob
se tenaient sur le seuil, la main dans la main.

— Salut, maman! s'écria Brian.

— Salut toi-même, murmura-t-elle, médusée.

— Maman, je suis tombé à l'école, et Rob dit que
je dois rester à la maison toute la journée, mais c'est
sûrement juste une bosse et il n'y a aucun problème. Je
peux? Dis, maman, je peux rester à la maison?

De ce petit discours dévidé à toute allure, elle ne
retint que la première information, celle de la chute.

— Il va bien, c'est sûr? s'écria-t-elle, un peu affolée.

Son cœur battait à tout rompre, et pas uniquement

par inquiétude pour son fils. C'était ce tableau qu'ils formaient tous les deux qui la frappait en plein cœur. Cela l'effrayait de mesurer combien elle voulait cela : les avoir tous les deux dans sa vie, les voir vivre ainsi, côte à côte.

Elle se détourna brusquement et, pour se donner une contenance, rangea vivement les bigoudis dans sa mallette.

— Madame Ulrich, vous voulez bien m'excuser une minute ?

— Oh, bien sûr, ma chérie !

Avec un sourire complice, la vieille dame reprit le roman qu'elle lisait à l'arrivée de sa coiffeuse.

— Brian va bien, assura Rob avec conviction, un peu alarmé par l'agitation évidente de Twyla. Mon grand, dis-lui que tout va bien.

— Je n'ai même plus mal, enfin, seulement si j'appuie sur la bosse. Hé, maman, devine quoi d'autre ?

L'intéressée passa devant eux pour sortir de la chambre, tête haute et mallette à la main ; elle hocha même la tête, bien qu'elle n'ait rien saisi de ce qu'il lui disait. Et là, son univers bascula une fois de plus. Elle ne vit plus ni son fils ni Rob, car le nouveau choc qui l'attendait dans le couloir brillamment éclairé de l'hôpital balayait le précédent.

Ses lèvres s'animèrent, mais rien ne vint. Rien à part une exclamation de petite fille :

— Maman ?

Livide, une boucle argentée en travers du front, Gwen lui tendit les deux mains.

— Surprise, dit-elle tout bas.

D'un élan, Twyla franchit les quelques pas qui les séparaient et serra sa mère sur son cœur. Les yeux fermés, elle respira sa fragrance si familière de lessive mêlée à son discret parfum floral ; l'étreignit comme si elle redoutait que le miracle ne s'évanouisse comme dans un rêve si elle la lâchait.

Gwen était bien là, bien réelle. Peu à peu, cette conviction s'imposa à elle et elle osa s'écarter, accrochée aux mains de sa mère, ses propres mains secouées d'un tremblement incontrôlable. Gwen avait quitté la maison. Après sept ans, elle était sortie de chez elle.

— Tu as réussi, articula-t-elle, le cœur si plein de joie et de stupéfaction qu'elle pouvait à peine parler. Tu as réussi. Oh, maman, c'est merveilleux.

— Oui, balbutia Gwen, merveilleux, oui.

Glissant le bras autour de sa taille, Twyla l'entraîna vers Rob et Brian. Tout à coup, elle riait de joie, une joie irrésistible et spontanée.

— Mais pourquoi aujourd'hui, maman ? s'écria-t-elle. Qu'est-ce qui t'a décidée ?

Gwen lui sourit, un sourire encore un peu pâle mais l'étincelle d'humour recommençait déjà à briller au fond de ses yeux. Son regard se tourna vers Rob et elle lança :

— J'attendais peut-être simplement que quelqu'un vienne réparer les marches du perron !

Chapitre 19

La rampe neuve du perron était solide sous la paume de Twyla ; une bonne odeur de bois frais flottait autour d'elle.

— Eh bien, cela me semble parfait, docteur Carter, dit-elle avec une feinte gravité. Mais votre avion pour Denver ?

A quelques pas d'elle, Rob rassemblait les outils épars. Il répondit sans relever la tête :

— Je ne rentre plus à Denver aujourd'hui. Je dois retrouver quelqu'un à l'aéroport de Casper.

— Bien, dit-elle en promenant la main sur la surface lisse du bois. Eh bien, comment puis-je te remercier ?

— En appliquant une couche de peinture avant l'hiver. Le bois est traité mais il durera plus longtemps avec une peinture d'extérieur.

Elle renversa la tête en arrière pour examiner la maison d'un regard critique.

— La maison tout entière aurait besoin d'une couche de peinture, observa-t-elle. Je le ferai peut-être faire cet été, si je vois que mes finances me le permettent.

Rob casait les derniers outils dans une vieille caisse de bois et nettoyait le chantier avec la précision d'un sergent des marines. Pensive, Twyla le regardait faire en se demandant comment il se comportait dans son « autre » vie. Sa vraie vie. Habitait-il une maison ou un appartement ? Quelle musique écoutait-il, qu'aimait-il manger ? Il y avait tant de choses qu'elle ne savait pas ; qu'elle aurait aimé savoir mais s'interdirait de demander.

Il devrait déjà être parti à cette heure, et une part d'elle regrettait qu'il soit encore là. Savoir qu'elle allait devoir lui dire adieu une seconde fois, c'était une véritable torture ! Et en même temps, quel bonus inespéré que ces quelques heures supplémentaires qu'elle devait à l'accident de Brian ! L'univers cherchait-il à lui faire un signe ?

Des rires joyeux leur parvinrent, portés par le vent. Souriant malgré eux, ils levèrent la tête vers le sommet de la colline où Brian montrait à Gwen les meilleurs coins à mûres. Une merveilleuse euphorie se glissa dans le cœur de Twyla.

— Elle n'avait encore jamais cueilli de mûres avec lui, dit-elle. Il est toujours allé les chercher tout seul, ou avec moi ; ensuite, il les lui apportait pour qu'elle les prépare.

Posant sa caisse d'outils, Rob contempla la grand-mère et le petit-fils. Il semblait pensif.

— Tout est plus amusant à deux, dit-il enfin.

Une gêne subite sembla s'emparer de lui ; il se pencha vivement pour ramasser deux clous tordus et les laissa choir dans sa boîte, en ajoutant avec maladresse :

— J'espère que ta maman ira de mieux en mieux.

— Elle a franchi le pas, je ne pense pas qu'elle reperdra le terrain conquis. Je vais tout de même lui demander de voir son médecin.

Puis, fatiguée de faire semblant, de garder un visage serein et souriant alors que tant d'émotions contradictoires se pressaient en elle, elle baissa la tête en se laissant aller contre la solide rambarde que Rob venait d'assembler pour elle.

— C'est pour cela que je ne sais pas comment te remercier, Rob. Pour maman.

— Twyla, je n'ai…

— Je savais que tu chercherais à dire que tu n'y es pour rien, s'écria-t-elle. En sept ans, personne n'a pu lui faire quitter cette maison. Sept ans, Rob !

— Elle a franchi le pas pour Brian, pas pour moi. Il avait besoin d'elle. Quand l'école a téléphoné, elle a su qu'elle n'avait pas le choix.

— L'école a déjà téléphoné une ou deux fois pour des problèmes de ce genre. Elle a toujours trouvé une solution, une solution parfaitement sensée et logique, pour éviter de s'y rendre en personne. Aujourd'hui, elle aurait pu téléphoner à Mme Duckworth ! Elle ne l'a pas fait. Je croyais que vous, les médecins, vous aimiez vous attribuer tout le mérite des miracles.

Il se mit à rire et souleva sa caisse pour l'emporter dans l'appentis.

— Je ne suis pas ce genre de médecin !

— Tu devrais peut-être le devenir.

Il s'immobilisa, saisi.

— Pourquoi dis-tu cela ?

— Une idée qui m'est venue comme cela, répondit-elle en s'efforçant de ne pas dévorer des yeux ses bras aux muscles gonflés par le poids de son fardeau. C'est difficile de t'imaginer dans un labo toute la journée, à faire

des cultures de bactéries ou consulter des volumes de
références.

— En fait, je passe davantage de temps en consultation avec d'autres médecins, des chercheurs et des
techniciens. Et quand je veux chercher une référence,
je me sers de l'ordinateur.

Il se détourna, s'éloigna pour aller ranger ses outils.
Piquée au vif, elle le suivit.

— D'accord! Peut-être! Mais ce n'est tout de même
pas la même chose que de voir des malades.

Pourquoi tenait-elle tant à le convertir? Il faisait un
travail important, un travail utile. En revanche, cela
lui apportait-il une satisfaction personnelle?

— C'est vrai, concéda-t-il. Il y a beaucoup de
façons de pratiquer la médecine. La plupart des gens
ne connaissent que les praticiens qui se trouvent en
première ligne.

Il disparut dans la pénombre poussiéreuse de l'appentis.

— Autrement dit, tu n'aimes pas travailler avec les
gens? lança-t-elle du pas de la porte.

— Pas de la même façon que toi. J'ai vu la façon
dont tu travaillais avec cette patiente, à l'hôpital.

— Mme Ulrich? demanda-t-elle avec un sourire
involontaire. Je l'ai coiffée, rien de plus. Elle voulait se
faire belle pour la visite de son fils.

— C'était plus que cela, Twyla.

Il émergea de la remise et, ensemble, ils retournèrent
vers la maison. Elle avait très envie de lui prendre la
main, cela lui semblait même le geste le plus naturel
du monde, mais elle résista, glissa même sa main dans
sa poche pour s'assurer qu'elle ne se laisserait pas sur-

prendre. De retour devant le perron, elle s'assit, fatiguée tout à coup, adossée contre la rambarde.

— Que veux-tu dire, « c'était plus que cela » ? demanda-t-elle.

— Ce que tu fais à l'hôpital, coiffer une femme, lui apporter un rouge à lèvres, ou tout ce qui l'aidera à se sentir mieux… c'est l'essence même de l'art de guérir. C'est tout un pan de la médecine auquel je n'avais plus réfléchi depuis des années. C'est moi qui devrais te remercier, de m'avoir rappelé ce qui compte vraiment. La raison pour laquelle je fais ce métier.

— Ton domaine, la pathologie… c'est important !

— C'est facile de perdre de vue le côté humain de la médecine quand on ne voit que des échantillons ou des radios. Voilà ce que tu m'as rendu : le côté humain.

Elle se sentit à la fois heureuse et gênée par ce petit discours. Être assise sur une marche à discuter de ce qui compte dans une vie, c'était tout simple… seulement, dans sa vie à elle, des instants comme celui-ci n'étaient pas seulement rares, mais inexistants ! C'était terrifiant de constater combien elle aimait cela, combien cela comptait pour elle que Rob soit là à l'écouter. Terrifiant parce qu'elle allait devoir se passer de lui désormais. Le cœur serré, elle jeta un coup d'œil à sa montre et se leva.

— Tu ne devais pas retrouver quelqu'un à Casper ?

Il ne réagit en aucune manière, se contenta de hocher la tête, d'empiler deux tréteaux et de les emporter à leur tour dans l'appentis. Le week-end était terminé, la réunion aussi. Rob avait réparé les marches et, si stupéfiant que cela puisse paraître, guéri sa mère. Comme un météore, le Dr Carter avait fondu sur son petit univers en bouleversant tout sur son passage : sa vie, sa maison, ses priorités… son cœur. Et maintenant, les derniers instants tiraient à leur fin. Twyla aurait aimé pouvoir arrêter le temps, reculer d'un pas et examiner chaque instant de ce week-end comme un tableau dans un musée. Un tableau rare et précieux, merveilleusement éclairé et séparé par un cordon de velours rouge du reste de son existence.

Elle voulait se souvenir des rayons obliques du soleil sur les montagnes et du rire de Brian qui leur parvenait de loin ; de l'herbe qui ployait au passage d'une petite brise, et du mouvement du tablier de sa mère qui marchait sur la crête de leur petite colline, le visage levé vers la lumière. Par-dessus tout, elle voulait se souvenir de Rob, qui lui avait donné tellement plus qu'un soutien moral pour son voyage dans le passé. Lors de leur première rencontre, il l'avait intimidée parce qu'elle le trouvait trop beau, trop parfait. Maintenant, c'était stupéfiant de voir à quel point il lui semblait accessible. Un homme à qui elle pourrait confier jusqu'au dernier de ses secrets.

Son souffle s'étrangla dans sa gorge. Elle allait devoir le lui dire. Au-delà d'un simple remerciement, elle devait lui dire qu'il l'avait changée. Que, grâce à lui, elle se sentait capable de redevenir la femme qu'elle avait cessé d'être. Une femme qu'elle reconnaissait à peine : une femme capable d'aimer de nouveau.

— Eh bien, dit-il en revenant vers elle. Je ferais bien…

— Rob.

L'intonation de sa voix dut le frapper car il s'immobilisa, le visage grave, et s'épongea le front de son

COMME SI C'ÉTAIT LUI 283

mouchoir. Pour l'amour du ciel, même la sueur ne faisait qu'ajouter à sa séduction !

— Oui ?

— Je voulais que tu saches... que ce week-end...

Elle se tut, incapable d'aller plus loin.

— Oui ? répéta-t-il.

— Je me sens... Oh, non, c'est trop difficile !

« Dis-le, Twyla, fulmina-t-elle. Dis-lui que tu ne veux pas en rester là, dis-lui que tu voudrais le revoir. » D'un mouvement nerveux, elle se leva et fit quelques pas, les mains enfoncées dans les poches de sa jupe.

— Ce week-end a compté pour moi, Rob.

— Je suis content. C'est ce que voulaient tes amies.

— Ce n'est pas de cela que je te parle. Franchement, je ne crois pas que leur petit projet allait jusqu'à nous jeter dans le même lit.

Elle vit les paupières de Rob s'abaisser légèrement, et ressentit un spasme de plaisir devant ce regard intense dans lequel couvait la braise.

— C'était un bonus, je suppose, murmura-t-il.

Elle s'efforça de sourire, sans y parvenir tout à fait.

— Je ne peux pas plaisanter sur ce sujet, Rob. Souviens-toi d'hier soir, quand tu m'as demandé si j'avais pensé à... à ce que cela pourrait signifier ?

En voyant son regard se déporter de côté, elle sut que sa gravité le mettait mal à l'aise, mais elle refusa de faire machine arrière.

— Ce qui s'est passé entre nous signifie davantage pour moi qu'une passade. Alors je me demande ce que cela signifie pour toi.

Inconsciemment sans doute, la main de Rob tripotait

sa montre. Elle se sentit coupable de le retarder, mais elle avait trop besoin de savoir pour le laisser partir maintenant. De son côté, il surprit son regard sur ses mains et alla s'asseoir sur la marche, les avant-bras sur les genoux. Elle hésita un instant avant de s'asseoir près de lui.

— En toute franchise, Twyla... Pour commencer, je ne voulais pas de ce week-end, je ne voulais même pas participer à la vente aux enchères. Je me sentais une dette envers Lost Springs et, quand je vous ai rencontrées, toi et tes amies, je me suis senti obligé d'aller jusqu'au bout.

— Elles sont très douées pour vous culpabiliser, observa Twyla à mi-voix.

Rob se leva d'un bond et s'appuya de la hanche contre sa rambarde neuve. Sans l'écouter, il enchaîna :

— A un moment donné, tout a changé. J'ai commencé à m'intéresser à ce projet. J'appréciais le temps que je passais avec toi.

Ses paupières s'abaissèrent de nouveau, Twyla retrouva le regard voilé de son désir et ce fut avec un frisson délicieux qu'elle l'entendit ajouter :

— J'aimais faire l'amour avec toi.

Puis il respira très profondément et il ne restait aucune trace de passion dans son expression quand il ajouta :

— Et je n'aurais pas dû.

Twyla croisa étroitement les bras et se prépara au pire. Incapable de soutenir le regard de Rob, elle leva les yeux vers la colline à laquelle s'adossait la maison. Là-haut, Brian gambadait comme un cabri, très occupé à montrer à sa Grammy tous ses coins préférés, les arbres auxquels il aimait grimper, ses cachettes.

— Tu n'aurais pas dû faire l'amour, ou tu n'aurais pas dû aimer cela ? demanda-t-elle.

— Ni l'un ni l'autre.

S'écartant d'une détente de la rambarde, il se mit à marcher de long en large.

— Je n'ai jamais eu l'intention de te mentir, Twyla, mais je ne t'ai pas non plus dit toute la vérité.

« Quoi donc ? pensait-elle avec fièvre. Il est marié. Ou il a fait un pari avec les autres : parié qu'il réussirait à m'attirer dans son lit avant la fin du week-end. Ou… » Au prix d'un effort, elle interrompit le tourbillon de ses pensées et demanda d'une voix ferme :

— Quelle est toute la vérité ?

— C'est compliqué.

— Les mensonges sont toujours compliqués.

Elle se concentrait si intensément sur lui qu'elle faillit ne pas entendre le crissement des pneus sur le gravier. Shep, lui, n'oublia pas son rôle : aboyant furieusement, il se précipita vers la vieille camionnette du magasin du bourg qui s'immobilisait en haut de l'allée. La portière du passager s'ouvrit.

Rob dit tout bas quelque chose qu'elle ne comprit pas. En un instant, il se métamorphosa en un inconnu : lui tournant le dos, il s'éloigna à grands pas vers la camionnette. Sans réfléchir, Twyla sauta sur ses pieds et le suivit en rappelant le chien. Abasourdie, elle vit une femme blonde descendre et se retourner pour agiter la main, remerciant manifestement le chauffeur de l'avoir emmenée à bon port. Puis elle se tourna vers Rob et l'embrassa sur la bouche. Un très long baiser.

Rob s'écarta enfin, le visage figé dans un sourire.

— Lauren, dit-il. Comment es-tu arrivée ici ?

— J'ai pris un autre avion.

Figée sur place, la main agrippée au collier de Shep, Twyla vit la femme appelée Lauren plisser son nez délicat en s'écartant de Rob.

— Pour l'amour du ciel, que faisais-tu ? Tu es couvert d'une horrible sueur et tu sens la sciure.

Twyla ne trouvait pas sa sueur horrible. Ce fut sa seule pensée consciente tandis qu'elle s'approchait lentement du couple.

— Mais comment m'as-tu trouvé ? demandait Rob.

— Pourquoi, tu cherchais à te cacher ?

Lauren avait la voix mélodieuse et l'accent cultivé d'une actrice des années quarante. Elle renversa la tête en arrière en riant, puis tendit la main à Twyla.

— Bonjour, Lauren DeVane !

Twyla serra cette main fine et élégante, en notant au passage la beauté de sa manucure.

— Twyla McCabe, dit-elle.

— M. Reilly, du magasin local, a eu la gentillesse de m'emmener jusqu'ici. Tu es prêt, mon ange ?

Elle se tourna vers Rob avec le sourire éblouissant d'une publicité de dentifrice.

— Si nous partons tout de suite, nous pouvons être à Chugwater à l'heure des cocktails.

Se tournant vers Twyla, elle expliqua d'un charmant petit air de connivence :

— Nous devons retrouver des amis.

Quelque chose dans la façon dont elle dit cela fit
sentir à Twyla qu'elle était exclue de ce cercle. Et aussi,
très clairement, que cet effet était calculé.

— Je vais chercher mes clés.

Rob parlait d'une voix sans timbre, une voix de
condamné. Et c'est exactement ce qu'il était, pensa
Twyla. C'était donc cela, « toute la vérité » ! Au prix
d'un effort, elle parvint à recouvrer sa voix.

— Voulez-vous boire quelque chose avant de prendre
la route ? proposa-t-elle. Un peu de citronnade, ou un
verre de vin blanc ?

Une part d'elle aurait volontiers proposé du cyanure.
Le regard poli de Lauren se leva un instant vers la
maison, puis revint vers Rob. Elle dit :

— Savez-vous que j'adorerais passer un moment avec
vous ? Je meurs d'envie de tout savoir de ce week-end.
Une réunion d'anciens élèves ! C'est charmant.

Rob se raidit dans un mouvement brusque qui
sembla l'arracher à l'inertie qui s'était emparée de lui.
Twyla sentit son regard sur elle mais elle se détourna,
et l'entendit dire à sa compagne :

— Je croyais que tu étais pressée d'arriver à Chugwater.

— Oui, tu as raison. Une autre fois peut-être ? dit-elle
avec un sourire d'excuse pour Twyla.

— Bien sûr, dit cordialement celle-ci.

Elle aussi savait se montrer artificielle ! Elle s'obligea
même à s'adresser directement à Rob pour ajouter :

— Je ferai tes adieux à Brian et à maman.

Il hocha la tête. Lui tendit la main. Elle la prit, très
consciente du regard de Lauren qui soupesait la moindre

nuance de leurs gestes, et luttant contre le souvenir vivace de cette main, si tiède et si savante, sur sa peau nue...

— Au revoir, dit-elle. Et encore merci d'avoir réparé le porche.

Ce fut comme si un mauvais génie l'avait transformée en arbre et plantée là, incapable de faire un geste pendant que la voiture s'éloignait. Quand le bruit du moteur se fut éteint, quand le plumet de poussière fut retombé, elle réussit à faire volte-face, à rentrer à pas comptés dans la maison, à grimper au premier et à refermer la porte de sa chambre avant de s'effondrer en larmes.

Chapitre 20

— Le Dr Carter, je vous prie. On demande le Dr Carter.

Rob se redressa en s'étirant, sauvegarda un fichier dans son ordinateur et alla répondre à l'appel. Depuis des heures, il travaillait sur le cas d'un bébé de deux jours, né à terme, admis d'urgence en soins intensifs pour une insuffisance respiratoire. L'appel annonçait sûrement le résultat des tests de coagulation.

Il sortait de l'ascenseur quand il vit la double porte au bout du couloir s'ouvrir pour livrer le passage à une femme chargée d'une énorme gerbe de fleurs. La masse du bouquet cachait son visage mais il remarqua aussitôt ses chaussures rouges… et la boucle rousse qui se lovait sur son épaule.

En dépit de toute logique, de toute vraisemblance, son cœur fit un bond dans sa poitrine et sa bouche forma un nom :

— Twyla ?

— Pardon…

La femme aux fleurs passa sans ralentir, laissant dans son sillage un parfum douçâtre de fleurs forcées. Il entrevit un visage agréable, qui n'était pas celui de Twyla.

— Tu es en train de perdre la tête, dit-il tout bas. Concentre-toi sur ta malade.

Arrivé dans le service, il fendit des groupes de visiteurs, salua des collègues en blouse blanche, croisa le représentant d'un grand laboratoire pharmaceutique. L'un de ses techniciens l'attendait à l'accueil, une liasse de documents à la main, un sourire de triomphe aux lèvres.

— Vous aviez raison, dit-il. Les résultats de l'analyse confirment votre intuition. Trop d'héparine.

— Merci ! s'écria Rob, enchanté d'avoir cerné le problème.

Restait maintenant à informer l'équipe des soins intensifs. Il prit les documents en demandant :

— Vous avez fait appeler le médecin du bébé ?

— Oui, elle est déjà sur place, au pavillon C.

Rob noua un masque sur son visage et se hâta de rejoindre le groupe rassemblé autour du berceau de Plexiglas dans lequel reposait la petite patiente. De l'autre côté de la vitre, les parents anxieux attendaient de savoir. Les documents identifiaient l'enfant sous le nom terriblement impersonnel de « nouveau-né Gardner, (fille) ».

Rob et son équipe avaient travaillé la moitié de la nuit pour tenter de trouver la cause des symptômes de ce bébé. Il se pencha sur la toute petite fille qui luttait, prise dans un réseau de tubes.

— Cette petite, déclara-t-il, a reçu une surdose d'héparine.

— Pardon ? demanda une infirmière d'une voix

glaciale. A aucun moment cette enfant ne s'est trouvée dans la même pièce qu'un flacon d'héparine.

— Je me doutais que quelqu'un dirait cela, répliqua Rob en tournant les pages de son rapport. J'ai donc demandé des analyses.

Une néonat'que Rob connaissait de vue réagit aussitôt.

— Merci, docteur ! Nous allons nous en occuper.

Se tournant vers une interne, elle lui ordonna d'apporter immédiatement du plasma surgelé.

— Veuillez m'excuser, intervint Rob, mais cela ne corrigera pas le problème. Le plasma sera tout simplement contaminé à son tour par la circulation de l'héparine. C'est de là que vient toute la difficulté.

— Que faut-il faire, alors ?

— Le sulfate de protamine corrigera l'overdose.

La jeune médecin lui prit le rapport des mains.

— Merci mille fois. Vous avez fait du beau travail.

En quittant le service, Rob passa tout près des parents. Son travail était terminé, il venait de sauver la vie de leur bébé, mais une part de lui aurait aimé s'attarder, voir la petite fille retrouver une respiration normale, cligner des yeux, réagir au contact de la main de sa maman. Voilà ce qui manquait dans sa vie professionnelle : ce contact humain.

Son orgueil n'était pas en jeu. En sondant ce qu'il ressentait, il avait conclu qu'il ne recherchait pas, comme certains médecins, l'admiration ou la reconnaissance. Ce qui lui manquait, c'était uniquement le lien, l'échange.

Comme cela lui était arrivé bien des fois cet été, il revit Twyla dans ce petit hôpital de campagne, ses mains si apaisantes peignant les cheveux argentés d'une vieille dame qui lui ouvrait son cœur. Devant ce tableau, il s'était surpris à remettre en question ses propres choix professionnels. Sa rencontre avec Twyla avait été si brève, et pourtant il se sentait profondément transformé. Oui, la pathologie était une discipline très importante, et il avait accompli un sérieux travail dans cette branche, mais, en se montrant brillant au fond de son laboratoire, ne finissait-il pas par perdre une part de son humanité ?

Le moment était venu pour lui de passer à autre chose. Bien sûr, cela devait parfois être difficile d'affronter la souffrance d'un patient, ou son refus de coopérer, mais il ne pouvait pas fuir éternellement cet aspect de son métier.

De retour dans son laboratoire, tout au fond d'une annexe de l'hôpital, il prévint l'équipe que tout s'était bien terminé mais refusa leur invitation d'aller boire un verre pour fêter cette victoire. Refermant la porte de son bureau, il retira sa blouse et se laissa tomber sur son siège en desserrant sa cravate.

Sur sa table de travail reposait, en guise de presse-papier, le fer à cheval offert par Twyla. Ce porte-bonheur ne cessait de lui rappeler ce fameux week-end et la place que Twyla tenait désormais dans sa vie. D'elle-même, sa main se tendit pour le saisir et il s'entendit murmurer furieusement :

— Eh bien, au travail ! C'est bien mon tour d'avoir un peu de chance.

Instinctivement, il se tourna vers le téléphone, qui resta muet. Lisse et luisant, posé à l'angle de la table, l'appareil semblait se moquer par son silence de toutes ses difficultés. Dire qu'avant cette maudite vente aux enchères, il croyait vivre avec Lauren une relation parfaite! Puis il avait rencontré Twyla et découvert ce que signifiaient la véritable connivence, la véritable intimité entre deux êtres.

Ce jour-là, en quittant la maison de Twyla, il avait emmené Lauren à Lost Springs.

— Je n'ai aucune envie de m'enfoncer dans les méandres psychologiques de ton retour aux sources, avait-elle dit en jouant nerveusement avec la fermeture de son sac design. Tu as eu un départ difficile dans la vie mais tu t'en es sorti, c'est l'essentiel.

Lui aussi croyait cela, à une époque. Plus maintenant. Ce n'était pas là l'essentiel et il avait fallu une jeune coiffeuse de village pour lui faire voir cette réalité.

Le jour de sa rupture avec Lauren, elle avait pleuré, sans chercher pour autant à le convaincre de rester. Intelligente comme elle l'était, elle avait sans doute deviné la vérité avant lui. Il la soupçonnait d'avoir tout compris dès l'instant de son arrivée chez Twyla.

Et maintenant, l'automne dorait les trembles et il n'avait toujours pas revu celle-ci. Dès qu'elle reconnaissait sa voix au téléphone, elle raccrochait. Il avait fini par renoncer à l'appeler, faute de savoir comment la convaincre que, en l'espace d'un week-end, il était tombé profondément, irrémédiablement amoureux d'elle. Faute de savoir comment lui dire que cette rencontre avait changé sa vie.

Il se doutait bien ce qu'elle pensait de lui, son visage le montrait assez clairement la dernière fois qu'il l'avait vue! Comment pourrait-il regagner sa confiance?

Une semaine après la réunion, un colis était arrivé pour lui au laboratoire. En voyant le cachet de la poste de Hell Creek, il avait ressenti un fol espoir… aussitôt balayé par la découverte de l'écrin, dans un nid de formulaires d'assurance. Et, sous la jolie boîte contenant le collier de rubis, la photo d'eux prise par Gwen au moment du départ. Pas de mot, aucune explication ; Twyla le balayait purement et simplement de son existence.

Il savait qu'il pourrait retourner là-bas, frapper à sa porte, exiger et supplier d'être entendu… mais cela, il ne se sentait pas prêt à le faire. Pas encore. Pas avant de savoir exactement ce qu'il pouvait lui offrir.

Il retourna le fer à cheval entre ses mains. Il avait eu tout l'été pour réfléchir, s'interroger, faire des projets. Seulement, quand tout est dit, les projets ne vous emmènent pas au-delà d'un certain point.

Distraitement, il remarqua qu'un fax était arrivé pendant son absence. Serrant toujours le fer à cheval dans sa main, il se leva pour prendre la feuille… et son visage s'illumina d'un sourire heureux.

— Nom de Dieu, dit-il tout haut. Il était temps !

Planté là, son talisman dans une main, le message dans l'autre, il ressentit une curieuse sensation dans sa poitrine. Une sensation d'espace et de légèreté. Jusqu'à cet instant, sa vie ultra-planifiée ressemblait à un parcours du combattant : un effort continu pour surmonter tous les obstacles, atteindre successivement tous ses objectifs. Aujourd'hui, il s'apprêtait à plonger, les yeux bandés, dans un avenir qu'il ne parvenait absolument pas à imaginer. Il s'apprêtait à suivre son instinct plutôt que son intelligence. Soit il commettait l'erreur la plus monumentale de toute son existence… soit il faisait le choix qui le conduirait au bonheur.

Chapitre 21

La clochette du salon de Twyla tinta ; Gwen entra en coup de vent, apportant avec elle une bouffée de l'air vif de l'automne.

— Tiens, qui voilà ! observa Mme Duckworth en tournant avec précaution sa tête enduite de teinture lavande. Comment allez-vous, ma chère ?

— Je suis débordée ! s'écria Gwen.

Elle avait les joues roses, les yeux brillants. Avec une moue atterrée, elle tendit ses mains à Diep.

— C'est le jardinage ! se lamenta-t-elle. J'ai des ongles affreux.

— Vous travaillez trop, répliqua la jeune Asiatique d'un ton réprobateur en l'entraînant vers son poste de travail. Tout le temps travailler !

Gwen salua joyeusement Sadie et Mme Spinelli qui jouaient aux cartes, têtes prises sous les casques des séchoirs, et se laissa tomber dans un siège libre qu'elle fit pivoter d'un mouvement enfantin.

— C'est vrai ! s'écria-t-elle. C'est merveilleux, non ?

Twyla la contempla en souriant. Sa mère avait encore parfois des moments d'angoisse quand elle se trouvait loin de la maison, mais elle adorait venir au salon. Pour voir du monde, pour se faire belle.

Il avait été beaucoup question de beauté cet été car Twyla et Gwen s'étaient décidées à dépenser toutes leurs économies pour offrir un grand lifting à la maison et au jardin. Gwen avait pris la tête du projet, supervisant les ouvriers et abattant elle-même une besogne phénoménale. Grâce à son œil d'artiste et son talent pour les équilibrer les formes et les couleurs, le résultat était tout simplement extraordinaire. La vieille maison se dressait désormais sur sa butte, toute pimpante avec ses murs blancs et ses volets jaune citron. Tout autour, c'était une explosion de couleurs délicates dans les plates-bandes et les buissons que Gwen entretenait de ses propres mains.

Elles venaient de vivre un été extraordinaire, leurs horizons s'étaient élargis, leurs vies avaient pris un nouveau visage, tout comme la maison et le jardin. Gwen revivait et Twyla elle-même portait un nouveau regard sur sa vie. Tout semblait mieux qu'autrefois… mis à part le gouffre des souvenirs laissés par son week-end trop bref avec Rob Carter.

Au fond, Twyla aurait dû s'y attendre. Un homme comme lui, seul? C'était peu vraisemblable! Il devait forcément y avoir une Lauren DeVane quelque part en coulisses, une femme aussi belle et sophistiquée qu'une publicité de magazine. Lauren était tout à fait la femme pour lui, il suffisait de la voir pour deviner qu'elle connaissait tout le beau monde, était allée à l'école en Suisse et faisait son shopping à New York ou à Londres. Twyla pouvait même comprendre — ou tout au moins faire semblant de comprendre — pourquoi

Rob ne lui avait rien dit. Leur week-end n'était pas censé avoir de suites.

Et pourtant, la blessure était profonde. Rob aurait parfaitement pu l'accompagner à Hell Creek sans la toucher en aucune manière, mais il avait tout pillé, son corps et son cœur, et il était reparti en ne laissant derrière lui que du vide. Depuis le début, il savait qu'il retournerait auprès de Lauren. Depuis, ses amies elles-mêmes avaient renoncé à lui proposer de nouvelles rencontres.

Twyla fit un effort pour repousser une vague de mélancolie et de lassitude. Ces coups de blues fondaient souvent sur elle depuis quelque temps. Elle alla terminer la couleur de Mme Duckworth et, avec un sentiment de gratitude, presque de défi, elle sentit son cœur s'alléger au fil des gestes qu'elle faisait. Non, elle ne se noierait pas dans le chagrin, ce n'était pas sa nature. Elle se réconforterait plutôt en écoutant ses amies bavarder paisiblement, se taquiner et rire. De quoi se plaignait-elle ? C'était ridicule de s'accrocher au passé. Sa vie n'avait pas pris le cours qu'elle espérait mais, comme l'un des patchworks de sa mère, elle s'assemblait à partir de pièces disparates qui finissaient par former un tout harmonieux. Un tout qui la satisfaisait et dont elle pouvait se sentir fière. Elle était mère, fille et entrepreneure, et chacun de ces rôles lui apportait une part de bonheur.

Elle retirait ses gants quand une ombre passa au ralenti devant la vitrine ; une Lincoln luisante venait de se garer devant le salon. Curieusement pour une voiture aussi luxueuse, tout l'arrière était bourré de cartons et de bagages ; elle vit même un patchwork, pressé contre la vitre arrière par le poids du chargement. Avec plusieurs secondes de décalage, elle sursauta. Elle venait de reconnaître le patchwork de la loterie de Lost Springs.

— Ça alors, s'écria Sadie en émergeant de sous son séchoir. Twyla, c'est...

— Je sais qui c'est, dit celle-ci d'une voix blanche.

— Eh bien, va vite voir ce qu'il veut, lança Mme Spinelli, à la fois anxieuse et autoritaire. A moins que tu ne tiennes à ce qu'il entre ici ?

— Qu'il entre ! cria Diep. Moi, j'ai un mot à dire à ce Dr Beau Gosse.

Désemparée, Twyla se tourna vers sa mère, qui fit un léger signe de tête vers la porte.

— Tu ferais mieux d'y aller.

Twyla s'essuya les mains sur sa blouse en résistant à l'envie de jeter un coup d'œil au miroir. C'était absurde, mais elle aurait aimé avoir un instant pour raviver son rouge à lèvres. D'une démarche de condamnée, elle traversa le salon, poussa la porte et émergea sur le trottoir.

Rob descendit de la grosse voiture. Il avait les cheveux un peu plus longs ; son sourire donnait toujours à Twyla l'impression de regarder le soleil en face. « Je vous en prie, pensa-t-elle confusément, faites que je tienne le coup. »

Il lui tendit la main ; machinalement, elle la prit et sentit aussitôt des sirènes d'alarme se déclencher en elle. Ne le touche pas ! Recule ! Sauve-toi pendant que tu le peux encore !

— Comment vas-tu ? demanda-t-il.

Comment allait-elle ? En apparence, sa vie voguait

sur son erre avec le salon, son bénévolat à l'hôpital, Brian qui venait d'entrer en CE1. Sa mère se rendait désormais chez ses amies du cercle de couture, et après les travaux de l'été, leur maison était métamorphosée, mais au fond les choses suivaient leur cours.

— Je vais bien, dit-elle.

— Viens faire un tour, proposa-t-il.

Au prix d'un effort sur elle-même, elle dégagea sa main.

— Non, merci.

— Très bien. Dans ce cas, nous parlerons ici. Cela donnera aux dames dans ton salon et à la clientèle du Roadkill de quoi parler pendant les longues soirées d'hiver.

Elle ouvrit la bouche pour protester mais se ravisa aussitôt. Qu'il aille au diable, il avait raison ! La seule idée de lui faire une scène sous le regard intéressé de ses voisins la rendait malade. Quelle lâcheté ! Elle avait pourtant eu le courage de retourner à Hell Creek pour exorciser le passé ! Maintenant, elle devait continuer à affronter tout ce qui lui faisait mal. A commencer par le Dr Robert Carter.

— Très bien, dit-elle en le regardant droit dans les yeux. Pourquoi es-tu ici ?

Aussitôt, il sortit de sa poche un écrin de velours noir dont elle reconnut le logo.

— Non, dit-elle. Je t'ai renvoyé ce collier parce que je ne voulais plus jamais le revoir.

— J'ai échangé le collier contre ceci.

Quand il ouvrit l'écrin, elle sentit son souffle se bloquer, ses yeux s'élargir démesurément. S'il lui avait laissé le temps de se préparer, sans doute aurait-elle mieux su masquer sa stupéfaction !

Autour d'elle, le bourg vivait sa vie et, bien entendu, leur face-à-face attirait l'attention des passants. Du coin de l'œil, elle vit quelqu'un sortir du magasin général ; une voiture ralentit en arrivant à leur hauteur. Elle regretta de n'avoir pas accepté d'aller dans un endroit plus discret.

Elle fit un effort violent pour se ressaisir… mais comment rester de glace face à cette splendide bague incrustée de rubis et de diamants ?

Puis Rob saisit sa main gauche, glissa la bague à son annulaire et lui dit :

— Je veux t'épouser, Twyla. Je t'en prie, dis oui.

Elle ressentit d'abord une sorte d'éblouissement douloureux, une envie désespérée de s'abandonner, de tout accepter. Puis un Klaxon de voiture retentit au loin et la réalité croula sur elle. Forçant un rire brutal, elle arracha sa main de celle de Rob. Le poids lisse de la bague à son doigt lui procurait, malgré elle, un plaisir qui lui serrait le cœur.

— Combien Mme Spinelli t'a-t-elle payé pour dire cela ? demanda-t-elle.

— Je parle sérieusement.

Ces yeux ! Ces yeux de velours, si sincères qu'elle eut envie de le gifler.

— Notre histoire, si on peut dire, n'était qu'un mensonge, articula-t-elle. Comment pourrais-tu vouloir m'épouser ?

— Oh, Twyla, le simple fait de te connaître le temps d'un week-end a changé ma vie. Je veux être près de toi et Brian. Je veux te donner tout ce que tu désires. Ton diplôme de psychologue, ton voyage en France, ta maison de rêve, tout ce que tu voudras !

Encore une fois, elle éclata d'un rire amer.

— Trop tard ! Pour moi aussi, tout a changé après ce week-end. J'ai découvert que je suis parfaitement heureuse, ici et maintenant. C'est peut-être difficile à comprendre pour un médecin de la grande ville, mais c'est comme cela. Ma place est à Lightning Creek, à coiffer les femmes et à les écouter parler de leurs soucis.

Elle sentait les larmes se presser sous ses paupières. Pourvu, pourvu qu'elle ne se mette pas à pleurer !

— Je n'ai pas besoin d'un diplôme pour savoir écouter les autres, ou pour être une amie valable. Je n'ai pas besoin d'aller à Paris pour me sentir plus sophistiquée. J'ai découvert que la sophistication ne me plaît guère.

— Mais…

— Non, laisse-moi terminer.

Elle sentait qu'elle ne tiendrait pas longtemps et elle devait tout dire, une fois pour toutes.

— Après ton départ, je me suis torturée à me demander si tu serais venu te jeter à mes pieds si j'avais eu des diplômes, si j'étais allée à Paris. Si j'avais été quelqu'un d'important ! Et puis j'ai décidé que je suis effectivement quelqu'un d'important, même si je ne compte pas pour toi.

Les yeux sombres de Rob lancèrent un éclair.

— Et qui est venu te dire ce que je pense ? s'enquit-il. Comment sais-tu ce que je ressens ?

Le facteur s'approcha d'un pas dégagé ; manifestement, il cherchait à surprendre leur conversation. Puis une serveuse du Grill Roadkill sortit pour balayer le trottoir. Elle s'affaira à quelques pas d'eux, soulevant les senteurs de l'automne à chaque mouvement de son balai. Rouge de gêne, Twyla baissa la voix.

— Appelle cela de l'intuition, siffla-t-elle. Pour cela non plus, je n'ai pas besoin d'un diplôme.

— Dans ce cas, ton intuition a pris des vacances.

Il tendit la main et fit courir le bout de ses doigts sur son bras, de l'épaule au poignet. Elle eut beau se raidir, elle frémit comme la première fois qu'il l'avait touchée.

— Ne me dis pas que tu n'as pas mesuré l'importance de ce qui s'est passé entre nous pendant ce week-end, dit-il. La dernière chose à laquelle je m'attendais était de rencontrer une femme comme toi. Une femme en qui je puisse avoir confiance, à qui je puisse… parler de Lost Springs. Une femme capable de me montrer ce qui compte vraiment. Je ne m'attendais pas du tout à tomber amoureux de toi.

Twyla se mordit la lèvre pour réprimer un sanglot d'émotion. De toutes ses forces, elle repoussait les paroles de Rob, de peur de les croire, de peur de s'exposer à une nouvelle déception.

— Je ne crois pas aux histoires d'amour longue distance, dit-elle. Et je ne veux pas vivre à Denver.

— Cela tombe bien. Je ne vis plus à Denver.

— Comment?

— J'ai vendu mon appartement et mes parts du laboratoire. Je compte recommencer ma vie.

— Mais… pourquoi as-tu fait cela?

— Parce que ce serait beaucoup trop loin pour venir tous les jours travailler à l'hôpital de Converse.

Le regard brillant, il lui tendit un fax froissé dont elle reconnut l'en-tête.

— Cela m'a pris tout l'été, dit-il. Pour décrocher un poste, et pour obtenir mon accréditation pour exercer dans l'Etat du Wyoming.

— Dans *mon* hôpital? balbutia-t-elle.

— Oui. Je ferai partie de l'équipe soignante à partir du mois prochain.

Sa main revint se poser sur son bras, légère, tendre et suppliante.

— Qu'en dis-tu? murmura-t-il. Tu crois qu'on peut tout reprendre au commencement? Je te jure que cette fois, je saurai mieux y faire.

— Donne-moi une minute…

Elle tremblait de tout son corps. Tournant les talons, elle rentra en trombe dans le salon et s'adossa au mur, les paupières serrées, les joues ruisselantes de larmes.

— Twyla, ma chérie, que se passe-t-il? demanda la voix de sa mère.

Les cinq femmes se rassemblèrent autour d'elle. Elle sentit Diep saisir sa main en piaillant :

— Une bague, il t'a offert une bague!

Il y eut un concert d'exclamations admiratives. D'une voix mourante, elle avoua :

— Il dit qu'il est amoureux de moi.

Aussitôt, sa mère fondit en larmes et se jeta dans ses bras.

— Oh, ma grande! Je le savais! J'en étais sûre!

— Il dit qu'il veut m'épouser…

Elle parvenait à peine à articuler les mots. Sadie leva les yeux au ciel en s'écriant, moqueuse :

— Je comprends maintenant pourquoi tu fais cette tête. Quel désastre !

— Quelle tragédie, renchérit Mme Duckworth en lui offrant un mouchoir en papier.

— Et dire qu'elle aurait pu épouser l'entrepreneur de pompes funèbres chauve de Terre Haute ! s'attrista perfidement Mme Spinelli.

— Exactement. J'ai vu ce garçon et si je devais choisir entre lui et George Clooney…

Sadie éclata d'un rire qui gagna aussitôt les autres. Médusée, Twyla les contemplait sans réagir.

— Retourne le voir ! hoqueta Diep. Tu dis oui, tu peux garder la bague !

— Chérie, dit Gwen en s'essuyant les yeux, sais-tu seulement combien j'aimerais avoir cet homme pour gendre ?

Twyla fut secouée d'un sanglot convulsif. A tâtons, elle prit le mouchoir que lui tendait Mme Duckworth, se tamponna les yeux et se moucha.

— Bon, si tu le prends de cette façon, dit-elle entre ses dents.

Elle prit une grande respiration, saisit avec précaution la poignée de la porte… et se figea. Tournant la tête vers sa mère, elle lança :

— C'est ta dernière chance. Tu peux encore me faire changer d'avis.

Rayonnante, Gwen secoua la tête.

— Pas question, ma chérie, souffla-t-elle.

Lentement, prudemment, Twyla émergea de nouveau au grand soleil de l'après-midi. Rob patientait, adossé à sa voiture. Il semblait très décontracté mais elle nota que ses tempes luisaient de sueur.

— Désolée, murmura Twyla avec une certaine raideur — mais un sourire étirait peu à peu son visage. Tu m'as dit cela si brusquement…

— Je comprends tout à fait. Tu voulais consulter ton comité.

Elle fut secouée par un petit rire, et résista à l'envie de se pincer pour s'assurer que tout cela était bien réel.

— Enfin… surtout ma mère, avoua-t-elle.

— C'est bien, une mère. Et qu'a-t-elle dit ?

— Qu'elle adorerait t'avoir pour gendre.

— Et toi, Twyla ?

— Moi, je t'aime. Un point, c'est tout. Je t'aime tant que je n'arrive même plus à penser clairement.

— Parfait. Monte dans la voiture.

— Comment ? Mais je…

Dépassée par les événements, elle se retourna à demi vers le salon. Les dames alignées à l'intérieur de la vitrine firent des gestes vigoureux comme si elles chassaient des oiseaux. S'abandonnant à la folie qui semblait s'être emparée de sa journée, Twyla obtempéra. Dès que sa portière fut refermée, Rob démarra et fila vers la sortie du bourg. Quelques minutes plus tard, il s'engageait dans la petite route de terre qu'il lui avait montrée le jour de leur visite de Lost Springs. Un vertige s'empara de Twyla.

— Je me souviens de cet endroit, s'écria-t-elle. C'est le chemin des amoureux !

Rob lui lança un sourire rapide et se gara à l'ombre, coupant le moteur mais laissant la radio en sourdine.

Posant le bras sur le dossier du siège, il se pencha vers elle, si près que leurs bouches se touchaient presque.

— Dans ce cas, murmura-t-il, tu sais pourquoi je t'ai emmenée ici.

Il descendit, étendit le patchwork dans l'herbe du terre-plein, là où la petite falaise surplombait le torrent. Muette, Twyla retira ses chaussures et passa doucement la plante de son pied sur la surface si douce.

— Tu as dû me trouver bien gauche, le jour où tu m'as acheté ces billets de loterie, murmura-t-elle.

— Je me souviens d'avoir pensé beaucoup de choses à ton sujet le jour où je t'ai rencontrée…

Il glissa les bras autour de sa taille et l'attira vivement contre lui.

—… mais le qualificatif « gauche » n'en faisait pas partie. Je t'ai trouvée sérieuse. Drôle et sexy, et aussi très intelligente.

— C'est vrai ?

— C'est vrai.

A gestes lents, délibérés, il entreprit de défaire les boutons de sa blouse.

— Crois-tu un seul instant que j'aurais pu me contraindre à t'accompagner à ta réunion d'anciens élèves si je n'avais pas eu la plus haute opinion de toi ?

Ses doigts effleurèrent la peau de Twyla, qui s'embrasa aussitôt.

— C'était effectivement héroïque de ta part, soupira-t-elle. Et moi, je te trouvais si élégant, si sophistiqué que j'étais sûre que tu riais de moi dans mon dos.

— J'étais à ta merci dès le premier instant, Twyla,

murmura-t-il à son oreille. Tu pouvais faire de moi ce que tu voulais.

La fièvre s'empara d'eux au même instant. Twyla se jeta dans ses bras ; après tant de semaines passées à croire qu'elle ne le reverrait jamais, elle avait besoin d'être tout contre lui, tout de suite.

Ils firent l'amour comme deux adolescents, avec le même désir foudroyant, la même hâte et probablement, pensa-t-elle sans regret, le même manque de grâce et de finesse. Ils étaient si fous de désir qu'ils prirent à peine le temps de se déshabiller. Le bonheur que ressentit Twyla, en revanche, n'avait jamais fondu sur elle au temps de l'adolescence. A l'époque, après une étreinte furtive, c'était la gêne, la culpabilité diffuse et le silence tout au long du trajet du retour. Cette fois, ils s'attardèrent, demi-nus, rassasiés et heureux, étendus sous le doux soleil de l'automne. Le creux de l'épaule de Rob offrait à Twyla un oreiller si parfaitement confortable qu'elle aurait voulu ne jamais se lever.

Il tendit une main paresseuse et, du bout du doigt, souleva l'un des sabots rouges qu'elle portait à son travail.

— Quand je me suis surpris à fantasmer sur des chaussures rouges tout au long de l'été, avoua-t-il, j'ai su que c'était forcément de l'amour.

Elle éclata de rire et se tourna sur le flanc pour pouvoir mieux le regarder. Sa chemise ouverte, ce visage… Comment avait-elle survécu un été entier sans revoir ce visage ? Puis son bon sens pointa le bout de son nez et elle s'entendit dire :

— Tout se passe si vite, Rob. Nous devrions peut-être

nous assurer que ce n'est pas juste… physique ? Que c'est pour de vrai ?

— Cela changerait quelque chose ?

— Si je voulais te faire une réponse d'adulte, je dirais que nous devrions nous donner un peu de temps, voir si cela fonctionne réellement entre nous.

— Autrement dit, c'est oui ?

— Oui !

Elle fronça les sourcils et, les mains tremblantes, s'efforça de reboutonner sa blouse. La situation semblait exiger un minimum de dignité de sa part ! Elle ne devait pas se laisser emporter par l'émerveillement, la joie qui s'éveillaient en elle.

— Voyons, dit-elle, je… j'ai oublié quelle était la question.

— La question était : « Veux-tu m'épouser ? »

— Et je viens de dire oui ?

Il hocha vigoureusement de la tête.

— C'était un engagement ferme, irrévocable.

Elle faillit protester. Ce n'était pas ainsi que les choses devaient se passer ! Pourtant, en plongeant son regard dans celui de Rob, elle se sentit vaciller… et basculer dans le vide. Et ce vide était le pays du bonheur, et elle y avait sa place.

— Oui, dit-elle d'une voix tremblante. Je me suis engagée.

Il ferma les yeux. Pendant un instant, son beau visage régulier sembla enfantin, terriblement vulnérable. Puis il tourna la tête vers elle et lui dit :

— Je n'avais aucune idée de ce que c'était de vouloir avant de te rencontrer. Sais-tu que, de toute ma vie, je

n'ai jamais voulu quelque chose comme je te veux, toi ?
Je veux vivre avec toi, être le papa de Brian.

Le cœur près d'éclater, elle se souleva à demi pour
l'embrasser. Un temps infini passa, puis il se souleva
sur un coude en déclarant :

— Nous ne pouvons pas commencer notre vie
commune sur un mensonge.

Elle se figea. Non ! Il n'allait pas lui parler de cette
femme, pas maintenant ! Un instant, il sembla surpris
par son expression, puis il éclata de rire et précisa, en
plongeant la main dans la poche de son jean :

— Je n'ai pas vraiment échangé le collier pour la
bague.

Le beau collier ruisselait de ses doigts, jetait mille
feux au soleil. Rob fit asseoir Twyla et le fixa à son cou,
s'interrompant plusieurs fois pour embrasser sa nuque.

— Je ne supportais pas l'idée de le rendre, souffla-
t-il en pressant ses lèvres sur le pouls qui battait à sa
gorge. Je n'arrêtais pas de me souvenir… Ce collier,
c'était tout ce que tu portais la première fois que je t'ai
fait l'amour.

Elle ferma les yeux, émue.

— Je me souviens aussi.

— Dans ce cas, j'espère que tu mesures à quel point
c'était excitant !

Elle se mit à rire, inondée de bonheur.

— J'ai aussi un aveu à te faire, dit-elle. Cette proposition de m'emmener à Paris ?

— Oui ? Le voyage dont tu disais n'avoir aucun
besoin parce que tu avais atteint la sérénité parfaite ?

— Voilà. Eh bien, j'ai peut-être parlé un peu vite.

C'était surtout une façon d'illustrer ce que je voulais dire. De te faire comprendre que je pouvais me satisfaire de ma vie même si je n'allais jamais à Paris.

— Où veux-tu en venir ?

— Simplement que si tu insistes, si tu y tiens vraiment, je serais heureuse de visiter Paris avec toi.

— Il paraît que c'est la destination parfaite pour une lune de miel. Mais je ne sais pas…

— Quoi donc ?

— Tu pourrais devenir trop sophistiquée pour moi. Tu pourrais devenir invivable.

Elle ouvrit sa blouse pour révéler le collier étincelant.

— Voilà un risque que vous devrez affronter, docteur.

Les paupières de Rob voilèrent à demi son regard.

— Très bien. Ce sera donc Paris. Mais je veux que tu me promettes une chose.

— Tout ce que tu voudras.

— Promets-moi de porter tes escarpins rouges à notre mariage, et de ne jamais, jamais te couper les cheveux.

Elle se laissa aller en arrière sur le patchwork parfumé par le soleil, en étirant les bras au-dessus de sa tête.

— Je porterai les escarpins si tu le veux, s'écria-t-elle en riant de bonheur, même si j'imagine déjà les commentaires. Quant à mes cheveux… nous verrons !

PRÉLUD'
Le 1er Mars

www.harlequin.fr

A paraître le 1er mars

Best-Sellers n°455 • suspense

Le secret de Black Falls - Carla Neggers

De retour dans son village natal de Black Falls pour fuir un scandale qui menace sa carrière d'agent secret, Jo Harper vient chercher un peu de calme et de sérénité sous le rideau neigeux des montagnes de son enfance. Mais au lieu du havre de paix dont elle rêve, elle retrouve son village en état de choc : une adolescente a mystérieusement disparu dans la montagne. Incapable de laisser cette jeune fille seule en pleine tempête, Jo propose de participer aux recherches… pour découvrir qu'il lui faudra s'associer à Elijah Cameron, l'homme qui lui a brisé le cœur quinze ans auparavant. Malgré ses douloureux souvenirs, Jo se résigne à faire équipe avec Elijah. D'autant plus que des indices la conduisent à soupçonner l'adolescente disparue de ne pas s'être seulement perdue, mais aussi et surtout de fuir un danger – un danger redoutable qui pourrait bien les placer eux aussi dans la ligne de mire d'un tueur.

Best-Sellers n°456 • suspense

L'ombre du soupçon - Laura Caldwell

Izzy McNeil n'en revient pas : la voilà présentatrice d'une nouvelle chaîne de télévision. Après des mois particulièrement difficiles, la chance semble enfin lui sourire à nouveau. Il ne lui reste plus qu'à retrouver confiance en elle et à remettre de l'ordre dans sa vie sentimentale. Mais tout cela passe d'un seul coup au second plan quand elle retrouve Jane, sa meilleure amie, sauvagement assassinée. Anéantie, Izzy doit en outre affronter les attaques d'un odieux inspecteur de police qui la soupçonne du meurtre de son amie. Comment se défendre face à ces accusations quand des coïncidences incroyables la désignent comme la coupable idéale – tandis que de sombres secrets que Jane aurait sans doute voulu emporter dans la tombe commencent à remonter à la surface ?

Best-Sellers n°457 • thriller

Au cœur du danger - Alex Kava

Des cauchemars, qui la hantent nuit après nuit… Des insomnies, de plus en plus fréquentes. Maggie O'Dell n'aurait jamais imaginé que son travail de profiler du FBI s'insinuerait de la sorte dans sa vie privée, jusqu'à troubler son sommeil. Déstabilisée mais décidée à conserver son sang froid, elle n'hésite pas un instant à se rendre en Floride pour une nouvelle enquête qui se révèle ardue. D'étranges paquets non identifiés ont en effet été repêchés par les garde-côtes, dans les eaux de Pensacola. Des paquets qui ne laissent hélas aucun doute sur le fait que des meurtres ont eu lieu. Sur place, Maggie ne tarde pas à trouver une piste, celle d'un trafic terrifiant. Mais son enquête se complique quand un terrible ouragan se déclare. Au cœur de la tourmente, elle est alors soulagée de pouvoir compter sur l'aide du médecin militaire Benjamin Platt, un homme qu'elle connaît de longue date et à qui elle accorde une confiance absolue. Car ils ne seront pas trop de deux pour exhumer la vérité… au risque d'être ensevelis avec elle.

Best-Sellers n°458 • roman

La baie des promesses - Debbie Macomber

C'est dans la petite ville de Cedar Cove qu'elle ne quitterait pour rien au monde qu'Olivia Lockhart exerce avec passion son métier de juge aux affaires familiales. Un métier qui réserve souvent bien des surprises, comme par cette belle matinée d'été, où elle a affaire à un jeune couple décidé à divorcer alors que leur amour semble encore possible. Mais des surprises, la vie en réserve aussi en dehors du tribunal. Ce journaliste, par exemple, qu'Olivia vient de rencontrer et qui lui fait une cour assidue. Et puis, il y a sa fille, Justine, qu'elle aimerait aider dans ses choix de vie ; sa mère, Charlotte, qui a toujours un nouveau projet en tête ; et sa meilleure amie Grace, qui cherche son mari mystérieusement disparu. Bref, des gens qu'elle aime et qui ont besoin de toute son affection. Des gens qui ne peuvent que se croiser et se retrouver car à Cedar Cove, on n'est jamais loin les uns des autres…

Best-Sellers n°459 • paranormal

Le piège des ténèbres - Gena Showalter

Immortelle dotée de pouvoirs maléfiques qu'elle a toujours rejetés, Gwendolyn désespère d'échapper un jour aux hommes impitoyables et cruels qui la retiennent prisonnière. Pourtant, elle nourrit encore l'espoir secret de voir son père, cet ange aux yeux d'azur et aux grandes ailes blanches dont elle conserve précieusement le portrait depuis son enfance, la libérer de ses ravisseurs – et surtout de la moitié sombre de son être. Mais au lieu de cela, c'est Sabin, un guerrier ténébreux, un prince des seigneurs de l'ombre, qui se présente à elle pour la délivrer. Et semer le trouble dans son esprit. Car comment accorder sa confiance à cet immortel qui ne songe qu'à se battre et dont la violence est légendaire ? N'est-il pas en train de lui tendre un piège encore plus redoutable que celui dans lequel elle est déjà enfermée ? Suivre Sabin, n'est-ce pas prendre le risque de renoncer à jamais au monde dont elle a toujours rêvé ?

Best-Sellers n° 460 • suspense

Le silence des anges - Dinah McCall

« Dors, mon ange, dors. » L'inscription, gravée sur le pendentif, est de celles qui vous glacent le sang. Car l'enfant que l'on vient de retrouver, portant ce collier, a été assassinée…

A l'annonce de cette nouvelle, Olivia Sealy est sous le choc. Car la petite fille est morte vingt-cinq ans plus tôt – au moment même où Olivia était enlevée, séquestrée, puis libérée contre rançon. Plus troublant encore : comme Olivia, la petite fille assassinée a une légère déformation à la main… Pour la première fois de sa vie, Olivia se sent en danger, à la merci d'une vérité sur laquelle elle n'a aucune prise. Car il est possible que, vingt-cinq ans plus tôt, on l'ait confondue avec la petite morte…

Best-Sellers n° 461 • historique

La duchesse scandaleuse - Nicola Cornick

Angleterre, Régence

Depuis le décès de son mari, Laura, duchesse de Cole, est déterminée à rester libre et sans attaches, excepté ce lien fort qui l'unit à Hattie, sa fille adorée. Une décision irrévocable, croit-elle, jusqu'au jour où elle apprend l'arrivée en ville de Dexter Anstruther. Dexter, le véritable père de son enfant. Le seul homme qu'elle ait jamais aimé et avec lequel elle a passé, jadis, une scandaleuse nuit d'amour… avant de se résoudre à le quitter, dans l'espoir de l'oublier. Peine perdue : quatre ans plus tard, les souvenirs de Laura sont plus vivaces que jamais, tout comme l'alliance irrépressible qu'elle éprouve pour Dexter. Pourtant, cette fois, elle devra tout faire pour l'éviter. Car non seulement Dexter n'a manifestement jamais digéré l'affront qu'elle lui a fait, mais en plus, il ignore tout de sa paternité. Et s'il venait à découvrir la vérité, nul doute qu'il s'en servirait pour se venger d'elle…

www.harlequin.fr

GRATUITS !

2 romans
et 2 cadeaux surprise !

Pour vous remercier de votre fidélité, nous vous offrons 2 merveilleux romans **Prélud** entièrement GRATUITS et 2 cadeaux surprise ! Bénéficiez également de tous les avantages du Service Lectrices :

- **Vos romans en avant-première**
- **5% de réduction**
- **Livraison à domicile**
- **Cadeaux gratuits**

En acceptant cette offre GRATUITE, vous n'avez aucune obligation d'achat et vous pouvez retourner les romans, frais de port à votre charge, sans rien nous devoir, ou annuler tout envoi futur, à tout moment. Complétez le bulletin et retournez-le nous rapidement !

☐ **OUI !** Envoyez-moi mes 2 romans Prélud et mes 2 cadeaux surprise gratuitement. Les frais de port me sont offerts. Sauf contrordre de ma part, j'accepte ensuite de recevoir chaque mois 4 livres Prélud inédits au prix exceptionnel de 5,23€ le volume (au lieu de 5,50€), auxquels viennent s'ajouter 2,90€ de participation aux frais de port. Dans tous les cas, je conserverai mes cadeaux.

N° d'abonnée (si vous en avez un) ⊔⊔⊔⊔⊔⊔⊔⊔⊔⊔⊔ | AZ1F09 |

Nom : .... Prénom : ....

Adresse : ....

CP : ⊔⊔⊔⊔⊔   Ville : ....

Téléphone : ⊔⊔⊔⊔⊔⊔⊔⊔⊔⊔

E-mail : ....

☐ Oui, je souhaite être tenue informée par e-mail de l'actualité des éditions Harlequin.
☐ Oui, je souhaite bénéficier par e-mail des offres promotionnelles des partenaires des éditions Harlequin.

Renvoyez cette page à : Service Lectrices Harlequin – BP 20008 – 59718 Lille Cedex 9

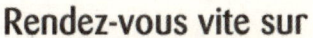

Composé et édité par les
éditions **Harlequin**

Achevé d'imprimer en France (Malesherbes)
par Maury-Imprimeur
en janvier 2011

Dépôt légal en février 2011
N° d'imprimeur : 160501 — N° d'éditeur : 15485